BLOEDBANDEN

D1322468

Magdalen Nabb

Bloedbanden

Oorspronkelijke titel *Property of Blood*
Copyright © 1999 Magdalen Nabb en Diogenes Verlag AG Zürich
© 2004 Nederlandse vertaling Uitgeverij Sirene, Amsterdam
Vertaald door Anke ten Doeschate
Omslagontwerp Studio Eric Wondergem BNO
Foto voorzijde omslag Alami
Foto achterzijde omslag Dirk Vogel
Zetwerk Stand By
Druk Bercker, Kevelaer
Uitgave mei 2004
Alle rechten voorbehouden
Uitgeverij Sirene is een onderdeel van Uitgeverij Maarten Muntinga bv
www.sirene.nl

ISBN 90 5831 314 X
NUR 331

1

'Ik zal mijn best doen u alles te vertellen, maar wat ik me herinner is misschien niet wat u nodig hebt. Bovendien hebben ze me mijn horloge afgepakt. Omdat ik niets kon zien of horen dreef ik vaak van de realiteit weg en het is goed mogelijk dat ik secondes, dagen of zelfs weken kwijt ben.

Maar ik herinner me het begin nog wel omdat ik dat die eerste dagen in mijn hoofd duizend keer opnieuw heb afgespeeld. Ik probeerde een antwoord te vinden op de vraag wat ik had moeten doen, hoe ik had moeten reageren. Ik nam het in ogenschouw en bedacht een ander einde, namelijk dat ik wel had weten te ontsnappen. Dat ik om hulp had geschreeuwd, dat iemand toevallig was langsgelopen, dat Leo me tegemoet was gekomen – dat deed hij soms. Ik heb heel wat uren op die manier doorgebracht, maar dat veranderde niets aan het heden, net zomin als dat het wat er die nacht was gebeurd kon terugdraaien. Ik liet Tessie uit. Er waaide een ijskoude wind. Ik herinner me hoe hij gierde, en dat ik zo nu en dan een klap hoorde als een dakpan op straat viel of een luik losbrak. Tessie trok zoals altijd aan haar riem. Ik heb nooit begrepen hoe ze zo snel kon lopen. Ze dribbelde altijd voort op die kleine pootjes van haar – ze sloegen en schopten haar tot ze krijste. Daar wil ik het niet over hebben.

Ik kwam weer op de *piazza* en wilde de deur openduwen... toen was er niets meer. In de duisternis zag ik pal voor mijn neus iets snel ronddraaien als de bladen van een ventilator en alles om mij heen tolde mee. Ik wilde overgeven en kreeg geen adem. Ik rook chloroform en dacht dat ik in het ziekenhuis was, dat ik bijkwam van een operatie. Ik dacht dat er vast wel iets moest zijn waarin ik kon overgeven, maar toen moet ik weer van mijn stokje zijn gegaan.

Dit is een vervelend hiaat voor u, daarvan ben ik me bewust. Ik weet niet hoe lang ik al in de auto was toen ik weer bijkwam. Ik lag tussen de voor- en de achterbank en mijn gezicht was tegen het tapijt gedrukt. Er zaten stof en pluisjes in mijn neus en mond. Ik voelde onder mijn gezicht hoe de auto voortsnelde. Hij reed almaar rechtdoor, waarschijnlijk over de snelweg. Ze hadden iets, een leren jas volgens mij, over me heen gelegd. Hij stonk naar zweet en naar een zure, vettige lucht. Ik wilde het van mijn hoofd trekken omdat ik geen adem kreeg, maar ik ontdekte dat mijn handen op mijn rug waren vastgebonden.

"Ik stik! Haal dat ding van mijn hoofd, ik stik," riep ik. Ik kreeg een harde klap op mijn ribben en ik voelde dat iemand zijn voeten op mijn lichaam had gezet. Ik probeerde mijn hoofd op te tillen.

"Laat me wat meer lucht krijgen! Alsjeblieft!"

Hij trapte op mijn hoofd en zei: "Dat wijf is wakker."

Ik hoorde wat gerommel en het geluid van iets wat werd afgescheurd. Toen rukte hij mijn hoofd bij mijn haren naar achteren en hoorde ik vlak bij mijn oor een stem.

"Vertel mij nooit, maar dan ook nooit, wat ik moet doen. Hoor je dat? Je zit nu niet in dat chique *palazzo* van je. Ik ben hier de baas. Begrepen?"

"Ja."

Hij zette zijn laars onder mijn kin en trok mijn hoofd tegen de achterbank aan. Vervolgens deed hij een breed stuk plakband op mijn mond en drukte het stevig aan. Hij smeet mijn hoofd terug op de bodem en dekte het nog zorgvuldiger toe met de stinkende jas. Ik was in blinde paniek. Mijn mond zat vol viezigheid en door het plakband was ik gedwongen die ondraaglijke stank door mijn neus in te ademen. Ik verloor mijn zelfbeheersing en begon te gillen, althans dat probeerde ik, maar mijn geschreeuw reikte niet verder dan mijn keel. Het was zinloos en pijnlijk.

Vanaf de voorbank schreeuwde iemand. Niet de chauffeur.

"Wat ben je verdomme aan het doen?"

"Ik heb haar mond afgeplakt. Dat wijf maakte te veel lawaai."

"Stomme lul! Haal het eraf! Nu meteen! Als ze overgeeft van de chloroform zal ze stikken. Haal het eraf!" Ik hoorde Tessie zachtjes janken en een kreet slaken toen iemand haar sloeg.

De vingers die onder mijn neus friemelden stonken naar rook. Ik hield mijn adem in toen hij de grote pleister eraf rukte. Een paar haren waren er bij het opplakken aan vast komen te zitten en het deed vreselijk veel pijn toen ze werden uitgerukt. Ik begon te huilen. Ze sloegen er geen acht op omdat ze nog steeds zaten te bekvechten. Degene voorin was laaiend.

"Je raakt haar alleen aan als ik het zeg! Ik ben er verantwoordelijk voor dat de vracht ongeschonden blijft, dus doe je wat ik zeg."

Ik probeerde met mijn tanden de pluisjes en het zand van mijn tong te krijgen en het uit te spugen. Ik ademde door mijn mond zodat ik de geur van oud zweet wat minder sterk rook. De arm waarop ik lag sliep, maar ik ondernam geen poging te verliggen. Ik vreesde pijn als mijn gevoel in mijn arm zou terugkeren en was bang dat die laars opnieuw op mijn ribben zou stampen.

Door de chloroform was ik nog steeds behoorlijk duf, maar ik kon het mezelf niet toestaan weer in slaap te vallen ook al had ik dan minder pijn geleden. Door het gevoel dat ik stikte, de duisternis en het feit dat ik me niet kon bewegen zou in slaap vallen een soort sterven hebben betekend. Ik besloot muisstil te blijven zodat de man die op me zat me geen pijn zou doen. Ik probeerde aanwijzingen over de duur en de bestemming van de rit op te vangen. Er kwamen er geen. Na de ruzie over het plakband zwegen ze. Wat had ik dan gedacht? Dat ze zouden zeggen: "O kijk, hier is de afslag naar die en die plaats"?

Kilometers wegdek schoten onder mij voorbij. Boven mij het gewicht van hun stilte. Die geur. Even dacht ik: dit is te idioot om waar te zijn. Het is een nachtmerrie. Zo'n nachtmerrie waarin je je niet kunt bewegen. Ik moet gewoon wachten en dan word ik weldra wakker in de echte wereld waarin deze mensen niet bestaan.

Aan de nachtmerrie kwam geen eind, maar aan de autorit wel. Door de onderkant van de auto heen voelde ik een ander soort weg, een weg met bochten en kruispunten waarna een onverhard landweggetje volgde. De auto hield halt. Toen ze me de koude nachtlucht in smeten was ik blij dat ik een lammycoat en warme bontlaarzen aan had getrokken om Tessie uit te laten... Het spijt me.

Voelt u zich alstublieft niet opgelaten omdat ik huil. Het is eigenlijk niet eens huilen, maar eerder een ontlading van alle opgekropte pijn en spanning. Alsof niet ik, maar mijn lijf huilt, begrijpt u wat ik bedoel? Kijk maar. Ik lach door mijn tranen heen, wat betekent dat het enkel een fysieke reactie is. Ik heb nu toch alle reden om gelukkig te zijn?

Dat was het moment dat ze Tessie schopten en sloegen en een van hen tilde haar op en gooide haar weg.

We gingen te voet verder. Ik zag geen hand voor ogen. Het was echt donker, een dichte, drukkende duisternis die je zintuigen in verwarring brengt en ervoor zorgt dat je uit je evenwicht raakt. We vochten ook tegen de ijskoude wind. Ze duwden en trokken me voort. Die keer hoefde ik niet zo ver te lopen. Eerst over de stenen en het gruis van de landweg, daarna over zachte grond en grote, rechthoekige stenen, daarna over bosjes kort gras. Ik zag er niets van, maar voelde de veranderingen onder de rubberzolen van mijn laarzen. Toen begonnen we te klimmen. Ik kon mijn evenwicht maar moeilijk bewaren omdat mijn handen nog altijd waren vastgebonden en de duisternis om mij heen me geen referentiekader verschafte. Eén keer struikelde ik. Zonder succes stak ik om mijn val te breken mijn armen naar voren waardoor ik tegen de man voor mij aan viel. Hij vloekte en trapte zo hard terug dat het ondanks de laarzen pijn deed en het bracht me zo uit mijn evenwicht dat ik echt viel. Ik werd bij mijn haren overeind getrokken.

"Sta op, Contessina. Loop door."

Terwijl ik probeerde op te staan, drong het tot me door dat ik moest plassen en dat ik het door de verdoving of misschien de kou niet kon ophouden.

"Ik moet plassen."

Ze duwden me een beetje opzij. "Doe het hier."

Mijn lammycoat zat in de weg en ik droeg een broek met een ritssluiting aan de zijkant. "Het lukt me niet! Mijn handen!"

Ze sneden me los, maar het was te laat. Mijn broek was al nat en hooguit de helft kwam op het gras terecht. Daarna kreeg ik het koud, mijn benen waren nat en ik dacht: Wat me nu ook maar overkomt, ik overleef het niet. Dit soort dingen zal me kapotmaken, niet de trappen in mijn ribben. Maar het was zo moeilijk de heuvel op te lopen dat ik me wel moest concentreren om mijn evenwicht te bewaren. Toen ik eenmaal in het ritme van het klimmen kwam, werd de vochtigheid warmer en begon ze zelfs op te drogen. Ik weet dat dit vreemd klinkt, onvoorstelbaar zelfs, maar ik herinner me dat ik op het hoogtepunt van mijn angst en ellende mezelf plaagde. Ik zei tegen mezelf wat we tegen onze kinderen zeggen: waarom ging je niet meteen toen je voelde dat je moest? Ik wilde erom giechelen. Ik denk dat het gewoon door de spanning kwam. De kinderen... Ik kan niet wachten om ze te zien. Duurt het nog lang?

Die nacht stopten we bij een soort grot. Ik moest een heel stuk kruipen voor we op een plaats kwamen waar je kon zitten of knielen, maar het was te laag om te staan. Op mijn knieën kon ik met mijn hoofd het plafond aanraken.

"Voel rechts van je. Daar ligt een matras."

Ik voelde het. Ik rook het.

"Kruip erop en ga op je rug liggen... Als je met je hand voelt, vind je achter je hoofd een paar spullen."

Een plastic fles met water, een ondersteek van plastic en een rol toiletpapier.

"Geef me je rechterhand." Ik voelde hoe een ketting om mijn pols werd gebonden en met een hangslot werd vastgemaakt. Toen voelde ik het gewicht van de ketting over mijn linkerbeen glijden waar hij opnieuw werd vastgemaakt, waarna ik hoorde dat de ketting ergens in de grot werd vastgeklonken. Misschien aan een ijzeren kram in de muur. Waarom moest het zo strak? Wat zou ik hebben kunnen uitspoken als het maar een beetje losser had gezeten? Waar had ik naartoe gekund? Het was toch nergens voor nodig mijn bloedcirculatie af te sluiten.

"Steek je linkerhand uit."

Hij legde er iets in. Iets kouds, vochtigs en zwaars, iets doods. Ik huiverde. Hij sloot mijn vingers eromheen en duwde het naar mijn mond. Zijn naar rook stinkende vingers zaten pal onder mijn neus. "Eet op."

Het was vlees – misschien gekookte kip want het was erg vochtig en glibberig. Het rook sterk naar knoflook. Ik ben vegetariër, maar ik wist zelfs toen al beter dan te protesteren. Dat zou me ongetwijfeld weer een dreun en een scheldkanonnade hebben opgeleverd. Bovendien, als ik wilde overleven had ik geen andere keus dan te eten wat me werd voorgeschoteld. Ik beet in het koude, glibberige gevogelte en dwong mezelf erop te kauwen. Ik kauwde op twee brokken, maar ik kon het niet doorslikken. Ik probeerde het wel, maar ik had geen speeksel en ik moest kokhalzen van mijn pogingen het weg te krijgen.

"Het spijt me. Het spijt me heel erg. Ik kan niet slikken. Het ligt niet aan het voedsel – het is heerlijk – misschien komt het door de chloroform. Ik krijg het gewoon niet weg. Het spijt me heel erg." Alsof ik bij een etentje een tweede keer opscheppen weigerde. "Het gaat echt niet, maar het was heerlijk, werkelijk..." Het duurde lang voor ik weer iets te eten kreeg, maar ik kon er niets aan doen. Hij liet me wat water drinken. Met één hand kreeg ik de fles niet open – later leerde ik hoe ik de dop er met mijn tanden af kon draaien – dus draaide hij hem voor mij los. Ik nam hem aan – hoewel zelfs dat moeilijk ging met één hand, want de fles was van plastic en zat vol – om zijn vingers niet meer te hoeven ruiken. Ik vond het vreemd dat Rookvingers de enige was die me gezelschap hield. Waren de anderen, de chauffeur en de man voorin die had gezegd dat hij de baas was, weggegaan? Ik vermoedde het wel want nadat ik van het water had gedronken hoorde ik hem wat rommelen waarna hij zonder nog een woord te zeggen wegging. Ik hoorde het geritsel van zijn kleding toen hij naar de uitgang kroop. Ik bleef gespannen, spitste mijn oren en was als de dood dat een van hen of dat ze met zijn allen zouden terugkeren. Bang dat ik nog meer klappen zou krijgen of dat ze me zouden verkrachten terwijl ik was vastgeketend. Dat ze zouden ontdekken dat ik mezelf onder had geplast, dat ze me net zo zouden vinden stinken als ik hen. Ik heb daar misschien wel uren gelegen voor het tot me doordrong dat ze niet zouden terugkomen. Dit was voor altijd. Ze konden om losgeld vragen wanneer het hun uitkwam. Als ik hier aan de ketting zou blijven, liepen ze niet het risico te worden betrapt als ze me voedsel brachten. Er was geen enkele reden om aan te nemen dat iemand me ooit zou kunnen vinden.

Ik liet geen traan. Volgens mij huilen we om hulp en troost te krijgen, denkt u niet? Daarom huilen baby's tenslotte. Ze kunnen zich niet verroeren of praten, ze hebben geen controle over hun leven, kunnen niet om voedsel vragen als ze honger hebben noch een nieuwe luier omdoen als ze hebben geplast. Ze kunnen alleen maar huilen. Maar ze huilen in de wetenschap dat er iemand zal komen, met de overtuiging dat er wel iemand moet komen. Nou, ik had problemen die baby's ook hebben. Ik was nat en had het koud; ik was eenzaam en had honger. Ik begon zelfs zachtjes te huilen, maar het verstomde. Er gebeurde niets. Niemand kon me horen, het lukte me zelfs niet te fantaseren dat er iemand was die me zou horen. Ik was levend begraven en de wereld zou zonder mij verdergaan.

Ik vond het niet erg om te sterven. Dood gaan we toch. Ik verzette me tegen het feit dat ik niet mijn eigen dood kon sterven, dat mijn stoffelijk overschot niet met zorg zou worden omringd. Ik wilde dat mensen afscheid van me konden nemen. Ik wilde een graf met bloemen erop. We denken liever niet aan de dood, maar als we er zoals ik toe gedwongen worden, maakt het ons allemaal iets uit hoe we sterven, net zoals we ons erom bekommeren hoe we leven. Het is het laatste wat je doet en het hoort een passend eind te zijn bij het leven dat je hebt geleid. Ik heb veel tijd gehad om na te denken, begrijpt u, maar dit zijn niet de zaken die u wilt weten al zit u hier dan geduldig te luisteren. Ik heb het koud. Hebt u nog meer dekens? Ze komen uit de cellen hè? Niet dat het me iets uitmaakt. Ik ben tenslotte zelf ook een ex-gevangene. Bedankt.

Die nacht duurde een eeuwigheid. Ik heb geen oog dichtgedaan. Ik had nog altijd het gevoel dat in slaap vallen erop neerkwam dat ik me bij de dood neerlegde. Als ik dan toch in die grot moest sterven dan wilde ik dat bij volle bewustzijn meemaken. Ik wilde er wat van maken, zo goed en zo kwaad als dat ging wanneer je in het donker zit vastgeketend. Mijn hersenen functioneerden immers gewoon. Men zegt bovendien dat de hongerdood het brein echt op scherp stelt en dat het een plezierige dood is, dat je op het laatst in een euforisch delirium raakt.

Desalniettemin woog de duisternis zwaar op me. Het was een volledige duisternis die je enkel midden op het platteland tegenkomt. Ze zorgt niet alleen voor te weinig licht om goed te kunnen zien, maar het is ook een kracht die haar eigen gang gaat. Na verloop van tijd ga je erdoor hallucineren. Je brein bedenkt informatie omdat het niets waarneemt. Lichtgevende, kronkelende wormen, vreemde figuren die pijlsnel opdoemen zodat je voor ze wilt wegduiken. Doodse stilte misleidt je op dezelfde manier. Ze zorgt ervoor dat je geluiden bedenkt, het maakt niet uit wat, als het de leegte maar vult.

Ik wilde mijn gedachten op een rijtje zetten, mijn leven overpeinzen en er afscheid van nemen. Ik denk dat ik een soort waardigheid probeerde te herwinnen, maar de streken die mijn brein me leverde maakten dat onmogelijk. Ze kwelden en verwarden me. Ik had ook veel moeite met ademhalen. Hoe groot was die grot? Hoeveel zuurstof stond er tot mijn beschikking? Hadden ze de ingang versperd? De verstikkingsdood leek me het ergste wat er was. Ik ben niet echt claustrofobisch, maar ik zwem bijvoorbeeld niet graag omdat ik nooit kopje-onder heb gedurfd. Vroeger lachte mijn zoon me altijd uit omdat ik als een eend met mijn hoofd kaarsrecht in de lucht zwom. Dan ging hij me nadoen terwijl hij achter me aanzwom.

Uit angst om te stikken zette ik me in beweging. Ik duwde me met mijn linkerhand overeind in een zittende positie en tastte om mij heen. Dat hielp. De wetenschap dat ik met mijn hand door die tralies van duisternis kon snijden. Achter mijn hoofd voelde ik de wand van de grot, waar het water stond en de andere dingen lagen. Ik kon het plafond aanraken, maar voor me en naast me was er niets dan leegte. Ik schuifelde naar voren en volgde de richting van de ketting. Ik duwde me met mijn vrije linkerhand voorwaarts. Er was niet alleen leegte, ik voelde ook een flauwe luchtstroom die van buiten kwam. Als hier lucht kon komen, dan zou er ook licht binnenvallen.

Ik schuifelde terug naar de matras en ging liggen om na te denken. Ik werd rustiger. Ik vulde mijn hoofd met eigen gedachten en beelden waardoor de door de duisternis ontstane hallucinaties op afstand bleven. Door iets te doen, de ruimte om me heen te onderzoeken, was ik rustiger geworden. Ik bleef mezelf bezighouden. Eerst gebruikte ik de steek die ik met mijn linkerhand behoorlijk onhandig vasthield. Vervolgens veegde ik me met het toiletpapier droog. Ik duwde de steek naar mijn linkerzijde en pakte de fles water. Dat was lastig en ik knoeide een heleboel op de matras, maar toch wist ik er wat van te drinken. Hoewel ik het steenkoud had, was mijn mond warm en droog en waren mijn lippen gebarsten alsof ik koorts had. Het water was heerlijk, heerlijk en bevredigend, zo zalig als een goede, witte wijn. Ik dronk het om mezelf bezig te houden, maar merkte ook dat ik na de voettocht en de lange, angstige uren dorst had gekregen. Het opdrinken van het water schonk me veel vreugde vanwege de smaak en de betekenis ervan. Waarom zouden ze voor water hebben gezorgd als ze me hier hadden achtergelaten om te sterven? Zou er dan een steek en zelfs toiletpapier zijn geweest? Als u moeite heeft te begrijpen hoe blij een slokje water me maakte, dan is het nog veel moeilijker te begrijpen hoe ongeduldig ik wachtte op de terugkeer van mijn ontvoerders. En alsof deze blije gedachte moest worden gevierd brak de dageraad aan. Vaag zag ik de contouren van mijn hand, toen rondom me de spookachtige keien, de reusachtig ijzeren kram waaraan ik zat vastgeklonken en de uitgang. Zo diep in de grot drong het daglicht niet echt door, maar als er genoeg licht was om te kunnen zien moest het buiten klaarlichte dag zijn. Ik barstte van de energie. Ik schuifelde naar het einde van de matras en schreef met een platte steen van de grond iets op de muur – iets waarvan ik wist dat Leo het zou begrijpen en waarvan hij zeker zou weten dat ik de schrijfster was. Ik deed het laag bij de grond zodat ik het met een stapeltje stenen kon verbergen.

"Ga liggen!"

Ik was aan de grond genageld.

"Ga met je gezicht naar beneden op de matras liggen!" Ik deed wat me werd gezegd, waarna iemand de grot in kroop.

Hij tilde mijn hoofd op en ik hoorde gescheur en geknip.

Grote pleisters werden op mijn ogen gedrukt, vervolgens

een lange witte strook van de ene slaap naar de andere. Hij werd goed aangedrukt en rond mijn neus gemodelleerd. Dit was niet Rookvingers. Ik herkende de stem van degene die had geschreeuwd dat hij er verantwoordelijk voor was dat de vracht ongeschonden bleef. Ik probeerde zijn hand aan te raken – de grootte ervan zou me een indicatie geven van zijn lichaamslengte – en hij gaf me zo'n harde klap dat mijn gezicht diep in de matras zonk.

"Probeer bij ons niet voor politieman te spelen! En je verroert je alleen als je dat wordt gezegd. En als je ook maar een beetje verstandig bent, slik je met die pleisters op je ogen je tranen in. Het zal branden tot je het uitschreeuwt."

Ze wisten waar ze mee bezig waren. Hij maakte de ketting los. Ik wilde me omdraaien om mijn pols en enkel te masseren omdat de ketting de bloedtoevoer daar bijna had geblokkeerd, maar ik durfde niet.

"Volg me op handen en voeten."

Ik kroop achter hem aan de grot uit en iemand die daar stond te wachten trok me overeind. De ijskoude wind belaagde me en deed me bijna mijn evenwicht verliezen. Hij sneed in mijn gezicht, maar zijn gehuil klonk mijlenver weg. Ik was me ervan bewust dat een onafzienbaar niets me omringde. Ik rook sneeuw en zelfs van achter het plakband voelde ik het verblindende daglicht.

"Jezus Christus!"

"Wat moeten we nu?"

"Hou je bek. Hou gewoon je bek!"

De man die het voor het zeggen had was boos, in paniek zelfs. Ik herkende moeiteloos zijn stem, maar ik was er niet zeker van wie "wat moeten we nu?" had gezegd. Misschien de chauffeur van de avond ervoor. In de auto had hij geen woord gezegd. Ze spraken met een Florentijns accent, krachtig en ruw.

"Jullie hebben je vergist, hè? Jullie moeten mij niet hebben – ik ben niet rijk genoeg."

Ik kreeg een klap in mijn gezicht. "Hou dat dure mondje van je. Kom hier met je linkerhand." Ik stak hem uit. "Raak dit aan – raak het aan, zeg ik je! Ga er niet aan hangen om het jezelf makkelijker te maken. Leg er onder het lopen je hand op. Als hij stilstaat, stop jij ook. Als hij loopt, zet jij ook de pas erin. Vooruit!" Hij porde met wat ik dacht dat de loop van een pistool was.

Ik voelde het ruwe canvas van een rugzak die de baas die voorop liep droeg. Ik probeerde te doen wat me was gezegd en begon te lopen terwijl mijn linkerhand licht op de rugzak rustte. Ik hoorde de sneeuw onder mijn voeten kraken. Ik wist dat we erg hoog moesten zitten. Niet alleen vanwege de sneeuw, maar ook omdat het lage gehuil van de wind van ver beneden ons kwam en niet van boven. We liepen over een pad vol stenen dat aan de rechterkant langs een ravijn liep. Omdat het zo smal was en mijn laarzen niet geschikt voor zulk ruig terrein waren, struikelde ik over de stenen die boven de droge sneeuw uitstaken. Ik had toch geen andere keus dan mezelf te redden door me aan de rugzak vast te klampen?

Ik kreeg meteen een trap van voren. "Ga niet aan mij hangen, stomme trut!" De man achter me trok me overeind en stompte me in mijn rug.

"Kom overeind! Ga niet aan de rugzak hangen en probeer een valpartij niet als smoesje te gebruiken om ons aan te kunnen raken, anders mep ik je hiermee in je gezicht." Hij duwde de loop van het pistool tegen mijn wang en legde vervolgens mijn hand weer op de rugzak. "En nu lopen!"

Ik was niet expres gevallen, echt niet! Maar ik durfde niets te zeggen uit angst voor nog meer klappen. Ik wilde praten. Ik wilde ze vragen waarom ze me dit aandeden. Ik was hier niet rijk genoeg voor. Waarom hadden ze niet iemand genomen die echt stinkend rijk was, die er nooit voor had moeten knokken, bij wie alles van een leien dakje was gegaan? Het soort mens dat deze types het gevoel gaf dat ze het recht hadden hem te haten en te straffen. "Mij moet je niet hebben!" wilde ik zeggen. Ik wilde ze vertellen dat ik arm was geweest, dat het een gevecht was geweest mijn kinderen groot te brengen en dat ik me jarenlang een slag in de rondte had gewerkt. Verdiende ik tussen de problemen van armoede en de beslommeringen van de rijken niet op zijn minst een paar jaar rust? Het was te belachelijk voor woorden dat ik werd ontvoerd voordat ik zelfs maar de tijd had gehad mijn schulden af te betalen.

Maar ik waagde het niet daarover te beginnen. Wat zou het ook hebben uitgemaakt? Ik had het stempel gekregen dat ik een rijke trut was en dat stempel moest ik zien te behouden om hun geweten te kunnen sussen. Zo is het echt gegaan. U gelooft het niet hoe ze al die weken tegen me hebben gepreekt, hoe ze hun hebzucht en wreedheid rechtvaardigden.

Hoe dan ook, ik durfde geen woord te zeggen, dus liep ik door. Door de lammycoat kreeg ik het bloedheet van de inspanning, maar mijn hoofd en met name mijn oren deden pijn van de kou. Ik had geen gevoel meer in mijn handen, dus de helft van de tijd wist ik niet eens of ik de rugzak wel aanraakte. Een tijdje hield ik mijn rechterhand in mijn zak, maar ik had hem nodig om mijn evenwicht te bewaren. Ik was me bewust van de afgrond aan mijn rechterzijde waar mijn laars steeds van het pad gleed. Telkens als ik struikelde, vielen er rake klappen en werd ik vervloekt. We liepen de godganse dag en naar mijn idee klommen we de hele tijd. We zijn niet één keer gestopt om te pauzeren en ik wist dat ze zenuwachtig waren, bang zelfs. Er was iets niet in de haak. Die opmerking die ze hadden gemaakt toen ze me die morgen goed hadden opgenomen... Misschien had ik het bij het rechte eind. Ze hadden een vergissing gemaakt en moesten mij helemaal niet hebben. Misschien lieten ze me kilometerslang in een cirkeltje rondlopen en zouden ze me ergens in de buurt van de bewoonde wereld achterlaten. Ik had hun gezichten tenslotte niet gezien. Ik zou ze niet kunnen identificeren, waardoor ze niets van me te vrezen hadden.

Al lopend reikte de man achter me over me heen om iets uit de rugzak te pakken. Hij plaatste een plastic fles in mijn rechterhand.

"Kunnen we niet stoppen? Ik ben bang om te vallen."

"Doorlopen." Ik nipte van het water en ik begon onmiddellijk te boeren waardoor ik ging kwijlen. Het was erg lang geleden dat ik had gegeten. Hij gaf me een snee behoorlijk oud brood en een brok Parmezaanse kaas. Dat smaakte goed, vooral de kaas die knapperig en zout was. Maar toen ik de hap waarop ik kauwde probeerde door te slikken, begon ik weer te boeren. Mijn maag leek het er niet mee eens te zijn dat ik iets zou doorslikken. Hij trok samen zoals wanneer je wilt overgeven of juist je best doet dat niet te doen. Ik bleef het proberen omdat ik niet kon geloven dat mijn psychische gesteldheid mijn fysieke basisbehoeften zomaar terzijde kon schuiven. Het zou toch precies omgekeerd moeten zijn? Uiteindelijk bewaarde ik wat fijngekauwd voedsel in mijn mond en wachtte ik tot het zo'n brij was dat het met mijn speeksel beetje bij beetje naar binnen ging. Op die manier kreeg ik zes of zeven happen weg en telkens als het me werd aangeboden, dronk ik wat water. Ik moest proberen op krachten te blijven. Inmiddels was ik ervan overtuigd dat ze een vergissing hadden gemaakt en dat ze me zouden laten gaan. Ik maakte mezelf wijs dat ik zo gehoorzaam mogelijk moest zijn. Ik zorgde ervoor dat ik mijn linkerhand vlak hield en licht op de rugzak liet rusten. Ik boog mijn hoofd nog verder dan daarvoor en zette mijn stappen voorzichtig zodat ik niet zou struikelen en ze kwaad zou maken. Dat deed ik vooral omdat ik misschien nog een behoorlijke afstand in mijn eentje moest afleggen wanneer ze me uiteindelijk zouden laten gaan. Ik wilde namelijk geen vertraging door verwondingen oplopen.

Ik hield halt toen Rugzak stopte. Ik hoorde dat hij van het pad af liep en ging plassen. De andere man duwde het pistool tijdens zijn afwezigheid in mijn rug. Ik weet niet waarheen ik volgens hem kon vluchten en ik stond stilletjes met gebogen hoofd te wachten tot Rugzak weer voor me stond en Pistool mijn hand weer op zijn plek legde, waarna ook hij ging plassen. Pas toen drong het tot me door dat Rookvingers er niet bij was. Ik maakte een gebaar dat ik ook moest plassen.

"Doe dat hier maar. Aan de linkerkant." Rechts van ons was nog steeds een afgrond en aan die kant zou ik dus mijn evenwicht verliezen. Ik kon mezelf met mijn jas bedekken en ik deed mijn best hem niet onder te plassen. Doordat ik niet kon zien, had ik dezelfde angsten als kleine kinderen hebben als dit noodgeval zich voordoet. De angst voor doornen, brandnetels en gebroken flessen. Ik voelde niets anders dan het korte stekelige gras, de poedersneeuw en de ijskoude wind die bezit nam van mijn blootgestelde, warme lijf. Van de gedachte dat ze me zouden vrijlaten stonden mijn hersenen op scherp en ze werkten op volle toeren. We moesten wel een heuvel of een berg beklimmen en aangezien de afgrond zich nog altijd aan onze rechterzijde bevond, waren we niet van richting veranderd. We liepen dus niet zomaar in een kringetje rond. Ik concludeerde dat we de heuvelrug op moesten, waar we op een gegeven moment een cirkel zouden maken, groot en geleidelijk genoeg om me in verwarring te brengen. Daarna zouden we dan weer afdalen. U kunt zich voorstellen dat ik dolblij was toen we inderdaad omlaaggingen. Ze zouden me ergens achterlaten en ik kon wel huilen van blijdschap! Het was allemaal een grote vergissing en diezelfde avond zou ik weer thuis zijn, een warme douche nemen, mijn plaatsje op de bank innemen met Leo en Caterina naast me. Ik zou tv-kijken, ik zou mijn vrienden kunnen bellen – en Patrick! Zou hij al in Italië zijn? Vast en zeker, hij zou het eerste vliegtuig uit New York hebben genomen wanneer hij eenmaal op de hoogte was gesteld. Zou hij op de hoogte zijn gesteld? Mijn eigen bed, mijn mooie, stille slaapkamer. Dit had niets te betekenen. Het was een misverstand en het was bijna voorbij.

Rugzak stopte. Het was zover. Terwijl ik op instructies wachtte, stelde ik me vlakbij een weg voor, misschien een tankstation of zo'n café-restaurantwinkel die je wel eens tegenkomt in de provincie. Ik bereidde voor wat ik zou zeggen, omdat ik bang was dat mensen zouden denken dat ik geschift was als ik uit het niets zou opdoemen zonder geld voor de telefoon op zak. Bovendien had het misschien nog niet in de krant gestaan... Hoe lang werd ik vermist? Voor mijn gevoel was het al weken, maar...

"Hier?"

"De luchtbuks. Niet dat onbenullige ding."

Mijn oren tintelden, mijn hart bonsde. Rugzak had deze woorden gesproken. Ze gingen me helemaal niet vrijlaten. Ze gingen me vermoorden. Ik raakte niet in paniek. Ik werd enkel overspoeld door verdriet en keek omhoog. Ik wilde mijn ogen naar de hemel opslaan ook al kon ik niets zien. Pistool mepte mijn hoofd naar beneden en Rugzak zei: "Vooruit dan."

Ik hoorde wat gefriemel, de haan van een geweer die werd gespannen. Ik wachtte met gebogen hoofd. Pistool schoot. Iets warms rolde over mijn gezicht en ik voelde dat spetters op mijn laars vielen. Toen nog eens en nog eens.

Oorverdovend weerklonken de knal en het gierende geluid van de schoten uit de luchtbuks in mijn hoofd. In de verte echode nog een schot.

"Mooi," zei Rugzak.

Pistool legde mijn hand weer op de rugzak en gaf me een duw in mijn rug.

"Doorlopen."

Ze hadden me niet vermoord. Ze hadden me niet laten gaan. Ze hadden een teken gegeven en daarop was geantwoord. Ze hadden met geweren naar elkaar geseind. We waren zo ver van de bewoonde wereld, van een willekeurig schuurtje of van wie dan ook verwijderd dat ze met buksen naar elkaar konden seinen. Op de plek waar hij me had geslagen, waarschijnlijk met het pistool, druppelde er bloed uit mijn slaap. "Lopen jij." De nachtmerrie duurde dus voort.

Het terrein werd nu veel moeilijker begaanbaar. We moesten ons een hele tijd door struikgewas heen worstelen, waarbij we door stekels werden geprikt. Ik hoorde dat Rugzak een kapmes gebruikte. Anders hadden we ons helemaal geen weg kunnen banen. Het laatste deel van de tocht was het allerzwaarste stuk. Het moet een stuk land zijn geweest dat was begroeid met ondoordringbaar struikgewas, waarin reeds een tunnel was gekapt. We moesten urenlang kruipen. Ik verging van de pijn in mijn benen en rug, die niet gewend waren in een dergelijke positie inspanning te leveren. Doornstruiken reten de huid op mijn hoofd, gezicht, handen en knieën open. Een tak met stekels boorde zich diep in mijn handpalm en bleef daar zitten. Ik moest stoppen.

"Alsjeblieft, ik kan zo niet..."

"Houd je kop. Ga verder." Hij fluisterde, zoals altijd. Het leek wel alsof hij dat deed omdat hij bang was. Waarvoor? Eerst vuren ze buksen af en vervolgens fluisteren ze. Waar kon je hier nu bang voor zijn? Ik ontdeed me van het takje, maar de doorn liet ik zitten, waarna we weer verder kropen. Algauw merkte ik dat voor me Rugzak overeind kwam. We waren vast op een open plek uitgekomen. Pistool duwde me naar voren en een nieuw paar handen greep me beet. Mijn polsen werden aan elkaar geboeid en ik werd tegen een boomstam op de grond geduwd. Ik rook de geur van een ander persoon. De muffe, vettige geur van een slagerij, een van de redenen waarom ik nooit vlees eet. Voetstappen knerpten bij mij vandaan. Ik verroerde me niet en luisterde. Ik was nerveus omdat ik niets kon aanraken of zien. Mijn hersenen richtten zich volledig op luisteren. Eerst klonken de stemmen gedempt. Volgens mij wilden ze niet dat ik hoorde wat ze te zeggen hadden. Maar ze kregen ruzie en ik bespeurde een Sardisch accent. Ik begreep niet waar de ruzie over ging, maar ik wist dat ik het bij het rechte eind had. Pistool en Rugzak waren bang voor deze mannen. Toen ze uitgeruzied waren hoorde ik het geknerp en gesleep van Pistool en Rugzak die door de tunnel van doornen vertrokken.

Iemand kwam naar me toe en deed de boeien af. Nu mijn handen los waren begon ik mijn pijnlijke polsen te masseren. Hij trok de ketting echter strak om mijn enkel en ik hoorde dat een hangslot werd dichtgeklapt. "Draai je om naar rechts en ga op je handen en je knieën zitten."

Inmiddels had ik geleerd snel te gehoorzamen om een pak slaag te voorkomen. Mijn handen en knieën deden pijn en hadden al flink te lijden gehad van het kruipen door de tunnel, maar ik protesteerde niet. Dit waren nieuwe mensen die misschien nog wel gewelddadiger dan de vorige waren.

"Kruip recht vooruit. Er staat daar een tent. Kruip erin en ga liggen. Trek jezelf niet overeind aan de tentstok, anders komt de hele handel naar beneden." Alles werd gefluisterd, maar niet omdat ze bang waren zoals bij Rugzak en Pistool – ze deden het enkel om hun stem te vervormen. Ik was kwaad. Ik was heus niet zo stom om aan een tentstok te trekken. Maar toen raakte ik hem per ongeluk toch aan toen ik naar een weg naar voren rondtastte. Hij gaf me een harde trap op de achterkant van mijn dijbeen. Hij moet zware laarzen aan hebben gehad en een vlijmende pijn laaide op in een reeds gekwelde spier. De tranen welden op omdat het allemaal zo oneerlijk was. Mijn ogen begonnen meteen te branden en ik hapte naar adem. Ik was de waarschuwing vergeten. Ik probeerde mijn tranen te bedwingen en mijn verdriet om te zetten in woede. Ik had niet aan de tentstok getrokken. Het was niet mijn schuld. Wat moest ik nu als ze me toch wel zouden slaan al deed ik nog zo hard mijn best? Ik ging in de tent liggen en merkte dat hij naast me naar binnen kroop.

"Doe je laarzen uit." Ik deed wat me werd gezegd, maar het ging niet makkelijk omdat ik zo verkrampt was. "Geef me je linkerhand." Ik voelde dat de ketting werd strakgetrokken en nog een hangslot werd vastgemaakt. Mijn pols zat aan mijn enkel vastgeketend. Slager. Ik haatte hem omdat hij me zonder goede reden had geschopt en omdat de ketting om mijn pols veel strakker zat dan nodig was waardoor het veel pijn deed. Desondanks smeekte ik hem de brandende pleisters van mijn ogen te halen, maar dat deed hij niet. Waarom? Hulp was zo ver weg dat ze zelfs met geweren konden schieten, dus hoe zou ik in hemelsnaam moeten ontsnappen? Ik zat in een tent en had geen idee waar ik was. Zij zouden ongetwijfeld bivakmutsen dragen. Alsof hij mijn gedachten kon lezen – hoe vaak had hij dit al gedaan? – fluisterde hij: "Doe die pleisters zelf maar af."

Ik was blij toe dat hij me niet zou aanraken. Ik hield mijn adem in en was als de dood voor wat er zou overblijven van mijn wenkbrauwen en wimpers. Ik scheurde de lange strook eraf en trok een hoekje van een van de pleisters daaronder los. Ik probeerde het snel en met een kleine beweging te doen. Pijn werkt op een rare manier. Vrouwen epileren bijvoorbeeld hun benen en de pijn bij een geboorte kan verschrikkelijk zijn, maar uiteindelijk telt alleen de reden waarom je lijdt. Als we in dezelfde mate worden gemarteld of gestraft, is dat ondraaglijk. Toen ik die pleisters eenmaal had losgetrokken en had gezien dat mijn wenkbrauwen en wimpers eraan zaten vastgeplakt, drong het tot me door dat ik op een heel nieuwe manier met pijn moest leren omgaan, wilde ik hier levend uit komen.

Zoals ik had verwacht droeg Slager een zwarte bivakmuts. Hij was een grote man en hij nam alle ruimte in de kleine tent in. "Alles wat je nodig hebt vind je achter je bij het hoofdeinde," fluisterde hij. Hij gooide mijn laarzen naar buiten, kroop er zelf achteraan en deed de rits naar beneden.

Eenmaal alleen ging ik uitermate voorzichtig, zonder geluid te maken, rechtop zitten. Ze hadden me gezegd dat ik moest liggen, maar toen ze uit het zicht waren, namen mijn angst en gedweeheid af. Ik zocht naar mijn horloge, maar dat moesten ze me in de auto hebben afgenomen toen ik bewusteloos was.

De tent was klein en had een laag dak. Ik kon alleen precies in het midden rechtop zitten. Er was geen matras, enkel een plastic grondzeil, maar er lag wel een slaapzak en een oud, met bloemen bedrukt kussen. Ik raapte het kussen op en snoof eraan. Ik ben al mijn hele leven zeer gevoelig voor geuren. Als kind kon ik wanneer ik bij een vriendinnetje had gespeeld mijn moeder bij thuiskomst vragen: "Mammie, waarom ruikt het bij Debbie thuis zo raar?"

"Hoe ruikt het er dan?"

"Dat weet ik niet... Ik vind het niet lekker."

"Alle huizen hebben een eigen geur."

"Ons huis niet."

"Ons huis ook. Maar je bent er zo aan gewend dat je het niet ruikt." Bij Patsy thuis hing een warme geur van taarten en strijkgoed. Daar kwam ik graag.

Het kussen rook muf, maar zijn geur stond me niet tegen. Daar was ik dankbaar voor omdat ik er met mijn hoofd op moest slapen. Zoals Slager tegen me had gezegd lagen er achter me stapels spulletjes: een pak met acht rollen toiletpapier, één van in totaal twaalf flessen water, een pakje dunne, goedkope zakdoekjes. Naast me, aan mijn rechterkant, stond een steek en een reeds losgetrokken rol toiletpapier.

Buiten hoorde ik lawaai. Ik hield mijn adem in en luisterde. Ze waren aan het werk, ze hakten hout en waren dingen aan het verplaatsen. Een ruisend geluid boven mijn hoofd deed me opkijken. Ik maakte hieruit op dat ze mijn tent met sprokkelhout wilden camoufleren. Ze wilden ongetwijfeld ook hun eigen accommodaties verbergen. De geluiden leken van vlakbij te komen en ik stelde me voor dat de open plek niet zo groot moest zijn. Toen krakende voetstappen zich in de richting van de voorkant van mijn tent begaven, ging ik liggen. De rits ging omhoog.

"Glijd naar voren naar de ingang." Een hand schoof een tinnen dienblad naar binnen. Er lag brood op en tot mijn verbijstering ook de kip waaruit ik twee of drie hapjes had genomen. Rugzak en Pistool hadden het meegenomen! Het lijkt ongelooflijk, maar plotseling voelde ik me schuldig. De rijke trut. Zelfs als ik al gevogelte had gegeten, dan was een deels opgegeten stuk kip van de dag ervoor iets wat ik zonder er maar een seconde over na te denken zou hebben weggegooid. In financieel barre tijden zou ik het voor ons drietjes in een soep of een risotto hebben verwerkt.

Ondanks mijn schaamte en mijn vastberadenheid in leven te blijven kreeg ik het niet weg. Ik bleef maar boeren en mijn maag zat potdicht. Uit angst voor een afstraffing deed ik wat een kind misschien ook zou doen: ik trok de glibberige koude kip in stukken en verborg het in de tent in een stuk toiletpapier. Daarna nam ik een flink stuk van het keiharde brood en zoog er langdurig op terwijl ik ondertussen slokjes water nam. Ik kreeg niet veel binnen, maar ik wist geen andere oplossing.

Een hand verscheen en trok het dienblad deels naar buiten. Een stem fluisterde: "Maak jezelf schoon met wat water en de zakdoekjes en geef die me dan aan." Ik greep deze gelegenheid aan om de doorn uit te zuigen en de ergste schrammen schoon te maken. Het koude water werkte pijnstillend. Pas toen het dienblad uit het zicht verdween bedacht ik dat ik de stukjes gevogelte misschien in de zakdoekjes had kunnen verstoppen. Het dienblad was verdwenen. Mijn kans was voorbij.

"Gebruik de steek en duw hem naar buiten. Trek dan de rest van de ketting naar binnen zodat je in je slaapzak kunt kruipen. En schiet op, we moeten nog veel doen."

Ik deed wat me was gezegd. De rits ging naar beneden.

Het was hartstikke moeilijk om in de slaapzak te komen. Het lukte me door mijn geketende been er eerst in te steken, maar zelfs op die manier zat mijn dikke jas me in de weg. Na een lange worsteling wist ik de jas uit te trekken, duwde ik hem langs de ketting omlaag en kon ik in de slaapzak kruipen. Ik legde de lammycoat erbovenop. De rits ging weer open en de ondersteek werd naar binnen geduwd. Ik was zo uitgeput van mijn worsteling met de slaapzak en de dagmars dat ik zonder een seconde na te denken over mijn situatie in slaap ben gevallen.'

2

'Iemand greep mijn voet in de slaapzak vast en schudde me door elkaar. Ik werd wakker en voelde me nog steeds versuft. De geur van de tent, mijn pijnlijke ledematen en een gevoel van enorme opwinding verwarden me. Waarom voelde ik me zo beroerd, als ik op kampeervakantie was? Toen herkende ik de opwinding als angst. Buiten de tent waren ze druk bezig. Ik hoorde dat hout werd gekapt en versleept.

Iemand fluisterde goed verstaanbaar: "Kruip uit je slaapzak en kom naar de ingang." De rits ging een klein beetje open. Het was inmiddels klaarlichte dag dus zouden ze me niet naar buiten laten kijken. Maar ik moest echt naar buiten. Hoe moest ik anders... Het kostte me veel moeite om uit de slaapzak te komen, maar daarna schoof ik op mijn billen naar voren.

"Luister! Is daar iemand? Ik moet naar buiten om naar het toilet te gaan." Ze lachten me uit. Ze waren met zijn tweeën.

"Gebruik de steek maar. En schiet op."

Ik raakte in paniek. "Dat kan ik niet! Dat lukt me niet als ik erbij moet liggen."

"Steek je voeten naar buiten."

Ze gingen me mijn laarzen teruggeven. Godzijdank. Ik stak mijn voeten door de kleine opening en gilde het uit toen ze me met een stok of de handgreep van een schop of iets dergelijks sloegen. Ik hoorde gelach toen ik mijn voeten terugtrok.

"Gebruik de ondersteek."

Het was lastig de steek met maar een hand op zijn plaats te houden en om liggend de juiste spieren te gebruiken. Des te moeilijker omdat elke spier stijf was en pijn deed van de tocht van de dag ervoor. Ik dacht aan die dag en aan de grot waar het makkelijker zou zijn geweest, maar waar ik de behoefte niet had gevoeld. Nu was ik bang. Bang voor mijn eigen stank, bang voor een afranseling wanneer ik per ongeluk weer iets verkeerds zou doen. Gelukkig was er in ieder geval genoeg toiletpapier. Had ik toen maar aan de stukjes kip gedacht...

"Ben je klaar?"

"Ja."

"Schuif het naar buiten."

Ik legde een stukje schoon papier op mijn uitwerpselen en duwde de steek naar buiten. Achterdochtig en angstig wachtte ik op gelach, commentaar en straf. Enige tijd gebeurde er niets en toen werd de steek weer naar binnen geduwd. Hij was schoongemaakt en rook naar bleekmiddel.

De rits ging open en een hoofd in een bivakmuts kwam tevoorschijn.

"Kom hier. Doe je hoofd omlaag."

Ik schoof naar voren en boog mijn hoofd. Ik kromp ineen uit angst voor weer een dreun. Iemand kroop naar binnen. Hij moet klein van stuk zijn geweest want ik hoefde nauwelijks voor hem plaats te maken. Een nieuwe geur, een olieachtige. Rook zijn haar zo? Toen hij mijn gezicht aanraakte, voelde ik dat zijn vingers smal en benig waren en zijn nagels dik en scherp. Vos. Hij trok een bivakmuts over mijn hoofd, achterstevoren zodat de gaten niet voor mijn ogen zaten, en rolde hem omhoog om mijn mond vrij te laten. De muts stonk en de lange sprieten ruwe wol kropen in mijn neus.

"Alsjeblieft... alsjeblieft, haal mijn neus eruit. Ik stik."

"Houd je bek." Hij kroop naar buiten.

"Kom naar de voorkant." Een nieuwe stem. Ik schuifelde voorwaarts. "Pak dit vast. Wees voorzichtig. Als je het morst, vullen we het niet bij." Hij greep mijn handen en omsloot mijn rechterhand, die aan mijn enkel zat vastgeketend, om een grote tinnen mok. Hij stopte een lepel in mijn linkerhand, kneep me en duwde de lepel in de richting van de kom.

"Het is koffie verkeerd met brood erin." Ik probeerde het brood eruit te vissen, maar omdat ik niets kon zien, was het een hopeloze onderneming en moest hij me helpen. Hij had grote warme handen en toen hij de lepel naar mijn mond bracht, merkte ik dat hij lekker rook. Een geur van pas gehakt hout. Misschien had hij de open plek met een bijl of een kapmes verbreed. Misschien was hij houthakker van beroep.

"Je moet een beetje opschieten, we moeten nog veel doen." Hij lepelde de hete kleffe stukjes in mijn mond. Ik kon hem maar moeilijk bijhouden. Voeden we onze baby's ook zo wanneer we haast hebben, alles aan kant willen hebben, naar ons werk moeten, willen bellen of moeten plassen? We verwachten van ze dat ze het zonder ook maar één adempauze te nemen werktuigelijk opschrokken zodat ze in opstand komen, het uitspugen of naar de lepel meppen. Dat soort dingen deed ik niet. Ik had geen honger, maar dit was in ieder geval makkelijk door te slikken. Ik probeerde hem bij te houden. Hij kantelde de mok zodat ik het laatste beetje kon opdrinken.

"Ga weer naar binnen en maak je mond schoon. Je mag de muts afdoen." De rits ging weer naar beneden.

Ik was blij dat ik de stinkende muts mocht afdoen en mijn neus kon snuiten om die sprieten kwijt te raken. Daarna wachtte ik. Ik luisterde naar de bedrijvigheid buiten, naar de fluisterende stemmen.

De rits ging weer omhoog. Ik rook meteen dat dit Slager was en verstijfde van angst.

"Ga opzij, ik moet iets achter in de tent pakken." Ik deinsde terug toen hij met zijn grote zwarte bivakmuts op me afkwam. Hij kroop langs me heen om achter in de tent, waar alle voorraden lagen opgeslagen, een blauwe plastic zak te pakken. Toen hij achterstevoren terugkroop, stopte hij. Mijn hart begon te bonzen toen ik zag waarnaar hij keek. Ik moet met het brood in mijn hand in slaap zijn gevallen en er lagen kruimels en brokjes in het hoofdeinde van mijn slaapzak en op het grondzeil van de tent. Hij draaide zijn zwarte hoofd naar me om en gooide de tas die hij vasthield opzij. Ik kon me nergens verstoppen en me op geen enkele manier verdedigen. Ik kon alleen mijn gezicht met mijn vrije hand afschermen.

"Smerig! Smerig! Smerig! Rotwijf!" Elk woord ging vergezeld van een klap tegen de zijkant van mijn hoofd. Toen greep hij me bij mijn haren en sleepte hij mijn hoofd dicht bij het zijne om er zeker van te zijn dat ik elk hardop gefluisterd woord zou verstaan. Vet en geronnen bloed. Mijn adem stokte in mijn keel. "We zijn verdomme niet je bedienden. Je hele leven lang heb je een arme stakker in je buurt gehad die alles achter je kont opruimde, maar dat flik je ons hier niet! We moeten je stront al opruimen..."

"Daar kan ik niets aan doen!" Ik kon er niet langer tegen. Waarom zou ik me onderdanig opstellen als hij me toch wel zou slaan? "Jullie hebben me hiernaartoe gebracht en vastgeketend! Ik zou het in de bossen kunnen doen. Het is niet mijn schuld!" Ik dacht dat hij me ging vermoorden, maar toen verscheen een ander zwart hoofd in de opening.

"Wat is hier aan de hand?" Houthakker.

"Niets."

"Kom die tent uit. Ik doe het wel." Wat wilde hij doen?

Het hoofd verdween. Slager gaf me een duw. "Ruim het op, tot op de laatste kruimel, slet!"

Hij kroop naar buiten. Ik begon de broodkruimels op te vegen met een met mineraalwater bevochtigd zakdoekje. Ik wist dat Slager me wilde slaan, of het nu was omdat hij dacht dat ik rijk was of om een andere reden, en dat hij altijd naar een excuus zou zoeken. Het was al stom genoeg dat hij nog naar een excuus zocht, want ik was toch al geboeid en weerloos. Of zou hij dat doen omdat die andere twee het er niet mee eens waren? Ik herinnerde me die mannen in de auto. "Je raakt haar alleen aan als ik het zeg! Ik ben er verantwoordelijk voor dat de vracht..."

Wie droeg hier de verantwoordelijkheid? Ik moest mijn kalmte bewaren en dat soort dingen te weten zien te komen. Ze moesten me wel in leven laten als ze geld voor me wilden krijgen. Een klap op mijn hoofd, een verwaarloosde infectie, voedselvergiftiging; er waren zoveel dingen waaraan ik kon doodgaan. Ik moest meewerken, in leven blijven. Ik hoopte dat Houthakker het voor het zeggen had. Hij had Slager bevolen de tent uit te gaan, dus zou dat zo kunnen zijn.

De rits ging open. Een zwart gemutst hoofd keek naar binnen. Ik wist onmiddellijk dat het Houthakker was.

"Ga aan de kant. Ik moet naar binnen." Hij kroop naast me en ging met zijn gezicht naar me toe op zijn rechterzij liggen. Ik probeerde hem in de ogen te kijken, maar het was te donker in de tent en de ooggaten van zijn bivakmuts waren dichtgenaaid zodat alleen een miniem spleetje overbleef. Hij was groot, gespierd, niet dik en aan zijn stem te horen was hij nog jong. Aan zijn heup zat een holster met een pistool erin.

"Ga op je rug liggen. Ik moet je ogen onder handen nemen."

"Nee! Alsjeblieft. Het is hier pikdonker en ik beloof je dat ik niet naar buiten zal gluren..."

"Houd je mond. Het is voor je eigen bestwil. Als je ook maar iets ziet, dan ben je er geweest."

"Maar ik zit altijd hier in de tent. Ik heb geen flauw idee waar we zijn en jullie dragen allemaal bivakmutsen."

"Het is lastig om je gezicht altijd te moeten bedekken. Je bent in een veiligere positie als je niet het risico loopt iets te zien."

Hij deed de plastic tas open die Slager had meegenomen. Hij scheurde stukken van een grote rol katoenen verband af.

"Blijf stilliggen, verdomme!" schreeuwde hij me toe. Ik lag stil en durfde nauwelijks adem te halen. Waarom schreeuwde hij? Ik werd er bang van na al het gefluister waarmee ze hun stemmen verdraaiden. Toch klonk het niet alsof hij echt boos was. Toen begon hij weer te fluisteren: "Geloof me nu maar, zo loop je minder gevaar. Kijk, houd deze gazen vierkantjes op je ogen." Hij legde ze op de juiste plek en ik hield ze vast terwijl hij pleisters afknipte. Op elk oog plakte hij er een om het gaas mee te bedekken. Daarna lange, brede stroken van de ene slaap naar de andere slaap, over mijn ogen, toen stroken boven en onder mijn ogen en ten slotte weer over mijn ogen. Hij drukte ze hard aan om ze rond mijn neus in model te krijgen en bij elke nieuwe laag voelde ik me nog blinder worden. Niet dat daar enige logica achter zat, want na de eerste was ik al blind.

"Ik waarschuw je – raak ze niet aan! Waag het niet ze aan te raken!"

Ik had geen vin verroerd. Waarom schreeuwde hij tegen me? "Ik beloof het, ik..."

Hij legde een vinger op mijn lippen en fluisterde: "Als je voelt dat ze loslaten, zeg het me dan. Als ze zien dat je eronder- of bovenuit probeert te turen, krijg je gedonder. Nu moet ik je oren nog doen."

Ik was de wanhoop nabij. Tegelijkertijd blind en doof zijn was misschien wel meer dan ik kon verdragen. Ik was bang dat ik gek zou worden, maar niet bang voor wat hij ging doen. Ik dacht volgens mij dat hij watten in mijn oren zou proppen en het met pleisters zou afplakken. Ik voelde dat hij een andere houding aannam.

"Je moet je hoofd op mijn knieën leggen." Hij trok me naar voren en ik ging op mijn zij liggen, trok mijn benen op en legde mijn hoofd in zijn schoot. Ik hoorde dat de rits omhoogging.

"Hier." Slager. Ik voelde me veilig omdat Houthakker met zijn rug naar de tentopening tussen ons in zat. "Je moet deze gebruiken."

"Daar hebben we niets aan. Ze zal de pijn niet kunnen verdragen, neem dat maar van mij aan. Ze zal er knettergek van worden en dan valt er geen land meer met haar te bezeilen. Het is niet nodig."

"Opdracht van de baas."

"Goed dan. Geef maar hier." De rits ging weer naar beneden. Houthakker boog zijn gezicht naar het mijne en ik kon zijn huid voelen. Hij had zijn bivakmuts af gedaan. "Voel dit eens," fluisterde hij terwijl hij mijn hand op dat wat in de zijne lag legde. Ik begreep het.

"Weet je wat dit zijn?"

"Ja." Het waren van die harde rubberen oordopjes die duikers gebruiken.

"Ik zal ze niet gebruiken omdat je gek zou worden van de pijn, maar jij zult net doen alsof ik dat wel heb gedaan, begrepen? Je doet alsof je niets hoort, helemaal niets. En verroer je nu niet."

Ik lag doodstil. Hij propte wat watten in mijn rechteroor en duwde ze er met zijn vinger steeds dieper in totdat het zo vreselijk veel pijn deed dat ik mijn hoofd wegrukte.

"Niet bewegen. Dit zijn watten. Wil je soms dat ik die harde oordoppen gebruik?" Ik verroerde me niet. Hij bleef maar drukken totdat het leek alsof hij de watten in mijn hersenen had gepropt en mijn uitwendige oor was opgevuld. Ik hoorde dat hij andere dingen uit de tas pakte en dat hij een aansteker aandeed. Daarna was het stil.

"Houd je stil. Ik laat kaarsvet op de watten druppelen. Zelfs bij de kleinste beweging zul je je branden. Dat kan ik niet voorkomen."

De was druppelde neer. Plons... plons... plons. Het zachte geluid golfde door mijn hoofd, alsof het stenen waren die in een vijver werden gegooid. Plons... Nog meer watten, het zachte geritsel zo luid als de zee. Plons... plons... plons... en nog meer watten en kaarsvet en nog meer...

"Draai je om."

"Alsjeblieft..." Ik was niet meer gespannen. Ik voelde me zo zwak en hulpeloos als een baby en begon als een baby te huilen.

"Niet huilen! Niet met die pleisters op je ogen!"

Ik was het vergeten en nu brandde onder de pleisters ook nog de huid onder mijn ogen, op mijn wangen en slapen, alsof ik zuur had gehuild.

"Draai je om. Adem diep in, dat helpt om je tranen in te houden." Opnieuw propte hij de watten diep in mijn oor. Dit keer hield hij me bij mijn nek vast zodat ik mijn hoofd van de pijn niet kon wegtrekken. Plons! Opnieuw het kaarsvet. Toen mijn beide oren bedekt waren, bevond ik me in een andere wereld. Ik moest leren leven in het donker met twee grote zee-schelpen die aan mijn oren zaten vastgeklemd, met het aan-houdende, doordringende gebulder van de zee in een duistere nacht. Vanuit de duisternis greep een onzichtbare hand de mij-ne vast. De stem van Houthakker murmelde op een lagere toonhoogte dan de golven.

"Geef me je hand. Ik zal deze ring moeten afdoen." De ring die ik van Patrick had gekregen! Mijn dierbaarste bezit! "Doe het alsjeblieft niet. Alsjeblieft, niet deze ring!"

"Het is voor je eigen bestwil. Dat zul je zien. Goed, onthoud waar alles ligt. Hier rechts van je ligt de steek en het toiletpa-pier. Bij het hoofdeinde het water en de zakdoekjes. Ik ga het hangslot van je hand halen zodat je je beter kunt redden. Hier links ligt je jas. Kruip in je slaapzak en blijf op je rug liggen tot je bent gekalmeerd. Ik heb de rest van de ketting voor je naar binnen getrokken. We zullen je pols alleen 's avonds boeien, dan maken we hem 's ochtends weer los."

Waarom? De nacht bestond nu niet meer want het was altijd nacht. En wat voor betekenis had de ochtend nu nog voor mij – ik dacht aan die ochtend, de broodkruimels, de stukjes kip.

"Luister eens! Ben je er nog?" Mijn stem bulderde door mijn hoofd. Ik was een zeemonster geworden. "Luister alsjeblieft naar me..." Ik vertelde het hem. Ik wist dat ik me gedroeg als een kind dat verhaaltjes wilde vertellen, maar ik moest wel. Hij moest die kipresten voor me weghalen omdat ik ze nu zelf niet meer zou kunnen vinden.

"Ik moet gaan. We moeten nog veel doen. De anderen kunnen elk moment terugkomen..."

"Je moet naar me luisteren!" De anderen waren er niet! Ik moest hem zover krijgen dat hij me zou helpen. "Het ligt daar rechts ergens in toiletpapier gewikkeld."

Hij vond het. Ik kroop in mijn slaapzak en hij bracht zijn gezicht vlak bij het mijne. "Je moet de tent schoonhouden. Dat is voor je eigen bestwil." Alles daar was voor mijn eigen bestwil. "Wil je dat er ratten binnenkomen? Weet je wat ratten kunnen doen als je slaapt? Ze plassen op je, omdat hun pis verdovend werkt. Dan kunnen ze stukken van je wegknagen zonder dat je daar wakker van wordt. Ik heb paarden gezien waarbij ze enorme stukken uit de benen hadden geknaagd. De tent moet schoon blijven. En maak je maar niet druk om die twee idioten. Zij zijn hartstikke over de zeik omdat ze je dochter hadden moeten meenemen en nu ruzie met de baas hebben. Ze komen wel weer tot bedaren. Nu moet je tot etenstijd blijven liggen."

Rusten voor de lunch. Regels met betrekking tot de hygiëne. Voor mijn eigen bestwil.

Ik lag daar doodstil, maar door de brandende huid op mijn gezicht en de galmende druk op mijn oren kreeg ik geen rust. Het enige wat me van de pijn afleidde was het feit dat Houthakker had toegegeven dat ze een fout hadden gemaakt. Alleen al de gedachte dat Caterina hier in mijn plaats zou zijn. Het was niet het soort fout waaraan ik had gedacht, dat ze zich hadden vergist in mijn financiële positie. Ze hadden mij gewoon voor Caterina aangezien omdat zij normaal gesproken 's avonds met Tessie een blokje om loopt en we allebei lang haar hebben. En dan te bedenken dat Caterina me al jaren probeert over te halen het af te knippen. Ze was ervan overtuigd dat dat me beter zou staan en me gedistingeerder zou doen lijken voor iemand van mijn leeftijd. Maar ik kon het niet over mijn hart verkrijgen. Ik heb al sinds mijn vijftiende lang haar. Nu ben ik dankbaar dat ik het niet heb gedaan. Een mooi meisje van twintig zou niet zijn gespaard voor hun lustgevoelens, wat ik in ieder geval wel was. Caterina heeft nog nooit een langdurige relatie gehad en hoewel ze er nooit over praat, is ze waarschijnlijk nog maagd. Een dergelijke ervaring zou haar toekomst hebben geruïneerd. Ze is zo teer. Iedere moeder lijdt liever zelf dan dat haar kind hetzelfde zou moeten doorstaan. En ik ben altijd een sterke persoonlijkheid geweest. Als het mogelijk was deze ervaring te overleven, dan zou ik het ook overleven. Ik had reeds ontdekt dat de pijn afnam als ik mijn hoofd niet bewoog, al hielp dat niet tegen het galmen. Dat had ik aan Houthakker te danken. Ik was er ook achter gekomen dat hij soms alleen was. Ik moest proberen hun rooster te doorgronden. Als hij alleen was, zou ik kunnen proberen een gesprek met hem aan te knopen. Ik zou moeten uitkijken geen vragen te stellen. Ik moest hem doen inzien dat ik niet zo rijk was als zij waarschijnlijk dachten dat ik was, maar dat ze alles tot op de laatste cent konden krijgen. Ik had mijn hele volwassen leven ervoor gevochten dat mijn kinderen voor armoede zouden worden gespaard, maar daar bestonden geen garanties voor. In leven blijven was het enige wat ik nu wilde. Ik moest proberen te eten en ik moest zo mak als een lammetje overkomen zodat ik ze – of op zijn minst Houthakker – ervan zou weten te overtuigen dat het geen kwaad kon me elke dag even de tent uit te laten om mijn benen te strekken. Als ik mijn hoofd stil wist te houden, zou ik kunnen proberen mijn spieren te trainen terwijl ik in de tent lag. Dan kon ik dezelfde lichaamsoefeningen doen als tijdens mijn zwangerschappen. Wanneer ik geen beweging kreeg zou ik last van verstopping krijgen en dat zou me uiteindelijk fataal kunnen worden.

De rits. Door mijn oren met zeeschelpen klonk hij anders. Het was een laag, zoevend gesnor, het geluid van stof die door een naaimachine wordt geschoven, maar ik hoorde het wel. Net op tijd herinnerde ik me dat ik net moest doen alsof ik dat niet deed. Ik wist niet wie het was. Iemand greep mijn voet in de slaapzak en schudde hem. Ik ging rechtop zitten. Mijn hand werd beetgepakt en ik werd naar voren gerukt zodat ik mijn evenwicht verloor en op mijn uitgestoken arm viel. Ik dacht dat ik naar de opening moest dus ik worstelde me zo snel als ik kon uit mijn slaapzak, wat vanwege de ketting om mijn enkel die ik er ook uit moest vissen niet zo snel ging. Op de tast baande ik me op mijn knieën een weg voorwaarts. Iemand sloeg mijn hand weg en klemde hem vervolgens om de tentstok, waarna hij weer werd weggeslagen. Dachten ze nu werkelijk dat ik net zo stom was als zij? Ik wist wel beter dan de tentstok vast te grijpen. Toen ik de opening had bereikt, werd ik in zithouding geduwd en werden mijn benen recht vooruit gelegd. Het vroor buiten. Ik dacht aan mijn bontlaarzen, maar durfde er niet naar te vragen.

Een koud, tinnen dienblad werd op mijn schoot gelegd en mijn rechterhand werd naar het eten dat erop lag geleid. Het was een van de klauwtjes van Vos. Ik maakte hieruit op dat nu ik blind en doof was, ik buiten de tent mijn eten kon opeten zodat ik het binnen niet meer smerig zou maken. Dit was een grote opluchting voor me. Ik voelde een glad, hard broodje en een stuk Parmezaanse kaas. Hoe moest ik dit zonder eetlust weg zien te krijgen als ik niet eens water kreeg om het papperig te maken? Mijn hand werd weer vastgepakt en de hals van een mandfles werd tussen mijn vingers geklemd. Ik was als de dood dat ik zou knoeien en boog mijn hoofd ernaartoe in plaats van hem op te tillen. De wijn was zuur en bevatte veel alcohol. Ik vond hem niet lekker, maar ik wist zeker dat ze deze wrange wijn zelf hadden gebotteld, want het gehavende stro rook naar oude wijn en azijn. Het deed me denken aan ons buitenhuisje in Chianti. Daar brengen we een mandfles naar onze buren die hem hervullen en de kurk er weer op doen. Eerlijke landwijn zou me geen kwaad doen en kon me helpen het droge voedsel door te slikken. Ik wist niet hoe ik het broodje moest verorberen. Ik kon er geen hap van nemen, omdat de helse pijn in mijn oren erger werd als ik mijn kaken vaneen-deed. Ik probeerde het met mijn vingers in stukjes te breken, maar het was te hard. Iets kouds en scherps gleed over de rug van mijn rechterhand. Ik bewoog niet meer. Het broodje werd weggenomen en ik kreeg het in twee stukken terug. Een lem-met van een mes gleed langs mijn keel. Vos. Ik rook hem. Ik snapte dat hij me plaagde, met me speelde, en weigerde te rea-geren. Anders zou hij zich op die manier voortdurend weten te vermaken. Ik zat daar doodstil en toen ik het mes niet meer voelde, begon ik te eten. Hapje voor hapje, elk ging met een slok zure wijn naar binnen om het pijnlijke kauwen te verge-makkelijken.

Toen ik vol zat, raakte ik de grond naast me aan en voelde ik een effen tapijt van takjes en dode bladeren. Er lag geen sneeuw en ik was ervan overtuigd dat deze plek uit het kreupelhout van een bos was vrijgehakt. De strakke, zware ketting om mijn enkel zat ongetwijfeld nog steeds aan de boomstam vast en er moest op zijn minst één tent of een andersoortige schuilplaats voor mijn ontvoerders zijn. Al die bedrijvigheid en hun ge-klaag dat ze nog zoveel moesten doen had vast iets te maken met het bedekken van alles met het gekapte sprokkelhout, zo-dat we vanuit de lucht onzichtbaar zouden zijn. Ik liet het dienblad zijwaarts naar de grond glijden en wachtte. Ik durfde geen beweging te maken totdat iemand me dat opdroeg. Mijn benen en voeten leken wel bevroren, maar ik ademde de frisse lucht diep in en luisterde. Niets drong tot het gebulder in mijn hoofd door. Toen iemand me een duw gaf was ik blij toe dat ik de tent weer in mocht kruipen en de warmte van mijn slaapzak kon opzoeken voor mijn koude voeten.

Aangezien ik net te eten had gekregen, nam ik aan dat het rond het middaguur was en een hele middag strekte zich voor me uit, een pijnlijke lege verte, zonder zicht of geluid. Ik moest in mijn hoofd leren leven en jaren van geluiden en beelden op-roepen die daar lagen opgeslagen. Ik moest leren niet te huilen.

Ik moest leren niet te laten blijken dat ik die paar dingen nog wel kon horen en niet te reageren op opzettelijke pesterijen. Ik moest leren pijn te accepteren, niet te bewegen en me rustig te houden om niet gek te worden. Ik moest leren me passief op te stellen, terwijl ik altijd een actieve houding had gehad. Ik had mijzelf altijd als een vechter gezien, maar nu moest ik mijn wapenrusting neerleggen. Als ik in leven wilde blijven, moest ik in de stilte van mijn lichaam blijven en alleen maar zijn.

Die middag dacht ik een hele tijd aan hoe het thuis nu zou gaan. Zouden ze de politie of de *carabinieri* hebben gebeld? Hadden ze al bericht over mij ontvangen? Zou het al in de kranten staan? Ik dacht aan de spanning en de opwinding die we allemaal hadden gevoeld vanwege de ophanden zijnde modeshow in New York. Nu was deze spanning daarvoor in de plaats gekomen. Nu gingen mijn kinderen opnieuw een povere toekomst tegemoet. We hadden geen keus dan te betalen wat we ons konden veroorloven. Hoe had ik dit kunnen laten gebeuren? In een paar tellen was ons hele leven in gevaar gebracht. Hoe had ik kunnen voorkomen dat deze wildvreemde mensen onze wereld die ik zo zorgvuldig had opgebouwd en schijnbaar onder controle had, overhoop konden halen?

Minuten tikten gestadig weg tot de middag voorbij was en ik voelde dat iemand weer aan mijn voet rukte. Ik wist precies wat ik moest doen en het ritueel was snel voltooid – hetzelfde dienblad, eenzelfde broodje, al gesneden, kaas en de wrange wijn.

Eenmaal terug in de tent begon ik me klaar te maken voor de nacht. Ik vond er een soort van troost in me te concentreren op het verrichten van kleine handelingen, wat nieuwe moeilijkheden met zich meebracht door het ontbreken van mijn gezichtsvermogen en de aanwezigheid van de ketting. Ik trok de rest van de ketting naar binnen om in de slaapzak te kunnen kruipen. Ik deed de rits van de slaapzak dicht. Ik legde mijn jas over mijn benen en het lukte me om, terwijl ik nog rechtop zat, mijn gezicht en handen met papieren zakdoekjes en mineraal-water schoon te deppen. Alles wat ik volbracht was een kleine overwinning. Uit de fles dronk ik wat water en ik keek uit dat ik niets knoeide, wat een stuk makkelijker was nu hij half leeg was. Deze kleine vertrouwde handeling, een slokje water voor het slapengaan, schonk me troost. Ik trok mijn jas verder omhoog, duwde mezelf dieper in de slaapzak en ging op mijn zij liggen.

Ik kon mijn gil dempen tot een gesmoord gekreun en ging op mijn rug liggen terwijl ik naar adem hapte. Ik had het gebied rond mijn oren nog niet durven aanraken uit angst dat ik mezelf pijn zou doen en had geen idee dat deze keiharde bouwsels zo groot waren. De pijn die werd veroorzaakt doordat ik mijn gewicht erop legde toen ik op mijn zij ging liggen, was onbeschrijflijk en leek rechtstreeks door mijn hersenen in mijn andere oor te boren. Hoe kon ik ooit in slaap vallen als ik op mijn rug moest liggen en bang was me zelfs maar per ongeluk te bewegen? Een enorme golf blinde woede jegens deze mensen zwol in me op, een brok steen in mijn borst, zo hard als de stenen in mijn oren. Moge God ze straffen voor deze wrede gevoelloze daad die ze me hebben aangedaan, ik die hen nooit kwaad heb gedaan. Als ik ooit vrijkwam, zou ik een manier bedenken om ze te vermoorden. Als ik net zo sterk was als een man zou ik ze allemaal met mijn blote handen vermoorden.

De rits fluisterde! Ik lag roerloos en haatte wie het ook maar was die naast me de tent in kroop. Een gezicht dicht bij het mijne, een hand die op de pakketjes achter mijn hoofd mepte. Een schreeuwende stem.

"Dat zal je leren om geen lawaai te maken!" Daarna een fluistering die me raakte en mijn onderzeese wereld binnendrong: "Wat is er aan de hand? Je moet niet zoveel kabaal maken, anders pleisteren ze je mond ook af!"

"Mijn oor... Ik draaide me op mijn zij."

"Doe dat dan niet. Ik heb je gezegd dat je op je rug moest

gaan liggen." Weer een mep op de pakketjes. "Zo is het genoeg!" Ze waren daar buiten. Voor hun lol deed hij net alsof hij me sloeg.

"Ik zal niet kunnen slapen als ik op mijn rug moet liggen en ik ben bang dat ik me 's nachts misschien per ongeluk zal omdraaien."

"Dat zal niet gebeuren. Ik weet zeker van niet. Blijf maar gewoon stilliggen en dan val je wel in slaap. Heb je me gehoord?"

"Ja."

"Ik moet gaan." Ik voelde een hand die over mijn hoofd aaide en hij fluisterde: "Welterusten."

"Welterusten." Hij schoof de tent weer uit. Ik hoorde de rits. Ik was alleen. En omdat deze man, die me had geketend en blind en doof had gemaakt, me tot een beest had gedegradeerd, dit ene woord tegen me had gezegd, welterusten, loste de steen in mijn borst op. Om dat ene woord kon ik hem vergeven. Een menselijk, beschaafd woord was voldoende om me in leven te houden en om hoop te blijven koesteren. De woede verliet me en ik voelde hoe mijn hele lijf verslapte. Ik blies een lange vochtige adem uit die in mijn borst en keel ratelde alsof ik doodging. Ik ging niet dood. Ik had mijn eerste les geleerd. Ik huilde zonder tranen.'

3

Het was stil in het kleine kantoor. Achter het gesloten raam kon
je het huilen van de wind uit de bergen horen in de toppen van
de cipressen en af en toe de klap van een vergeten plantenpot of
losgeslagen luik. De verwarming stond aan, maar zelfs binnen
de dikke muren van het palazzo Pitti kon je de ijskoude prik-
kende lucht voelen. De lichtval suggereerde dat gele en paarse
krokussen bloeiden in beschutte Florentijnse tuinen en
sneeuw op de donkere, noordelijke heuvels glinsterde. De mas-
sieve, in een zwart uniform gestoken gestalte van Salvatore
Guarnaccia, politiechef van de carabinieri, dirigeerde de stilte.
Op zijn werk was het zijn sterkste wapen. De slanke, jonge
vrouw was zo gespannen als een vioolsnaar en zweeg omdat ze
te zenuwachtig was om iets te zeggen. Waar ze zo gespannen
om was, zou nog moeten blijken. Ze heette Caterina Brunamonti. Ze was de dochter van wijlen Conte Ugo Brunamonti.
Dat had ze in ieder geval losgelaten. Ze droeg eenvoudige, duur
uitziende kleren en aan haar lange, bleke vinger prijkte een
ring met grote diamanten die best weleens echt konden zijn. Ze
was misschien twintig of iets ouder. Ze had de politiechef haar
naam gegeven en wachtte nu tot hij haar te hulp zou schieten.
De politiechef observeerde haar in stilte. Ze keek hem niet
recht aan, maar had haar hoofd een tikkeltje afgewend, haar
bruine ogen waren schuins op hem gericht. Deze houding –
haar lange, blonde haar, de bijna onzichtbare wenkbrauwen en
wimpers, en de bleke handen die stijfjes op haar schoot lagen
waarbij de diamanten in het oog sprongen – zorgde ervoor dat

ze eruitzag als een van de geportretteerde dames in het museum hiernaast, met zo'n stijve, kanten kraag en een met kralen bestikt lijfje. Hun vingers waren ook altijd zo bleek en puntig. Ze leken niet op echte mensen en dat gold ook voor Caterina Brunamonti, dus verwachtte je ook nauwelijks dat ze sprak, eigenlijk. Ze was zo gespannen dat ze elk moment kortsluiting leek te kunnen krijgen als de politiechef haar niet op weg hielp. Dat deed de politiechef niet.

'Ik moest wel hiernaartoe komen! Het is het juiste om te doen, wat Leonardo ook zegt, en ik zou niets strafbaars willen doen!'

'Groot gelijk,' zei de politiechef vriendelijk. Zijn hersenen filmden elke vluchtige uitdrukking en zijn oren namen elk woord dat ze zei op, maar luisterden naar wat ze niet zei. Zijn uitdrukkingsloze blik was op de kaart aan de muur iets links van haar gericht. Zenuwachtige mensen zeggen niets meer als je ze recht aankijkt. Als je je ogen laat ronddwalen, komen ze achter jou aan, zoeken ze je aandacht. 'Leonardo... Dat is uw...'

'Mijn broer, en hij zit ernaast. Ik ben de aangewezen persoon om die beslissing te nemen. Ik ben veel praktischer ingesteld dan hij en ik heb over dit soort dingen gelezen. Je kunt het beste de carabinieri erbij halen.'

'U zult ongetwijfeld gelijk hebben.' Het was een plattegrond van zijn district en hij bestudeerde hem doelloos, op zoek naar de Piazza Santo Spirito. Hij wist waar het palazzo Brunamonti lag. Hij kende misschien wel niet iedereen in zijn district, maar dat wist hij wel. 'En nu hebt u ons erbij gehaald.'

'Ik maak me zorgen om mijn moeder. Ze is... Misschien is haar iets overkomen. Leonardo... Volgens mij luistert u niet naar mij!'

Wat begrijpelijk was aangezien hij de telefoon had opgepakt zonder haar zelfs maar een blik waardig te keuren. Hij legde contact met het hoofdbureau op de andere oever van de rivier.

'Commandant Maestrangelo.'

De jonge vrouw sprong overeind. 'Waar bent u mee bezig? Ik wilde alleen maar met u praten...'

Nu staarde hij haar wel aan, met uitpuilende, ernstige ogen. Ze ging zitten en zweeg terwijl haar hoofd weer die oplettende houding van daarvoor kreeg.

'Uw moeder bezit een modehuis, als ik me niet vergis.' Jaren geleden werden de modeshows, die nog altijd die naam droegen, daadwerkelijk in het palazzo Pitti gehouden. De veiligheidsmaatregelen die erbij kwamen kijken om de werklui toegang tot het museum te geven vormden altijd een probleem voor de politiechef. Hij vond het dan ook niet spijtig om ervan te worden verlost toen ze het hogerop zochten, de mannen- en kinderkleding naar de Fortezza aan de andere kant van de stad, de vrouwenlijn naar Milaan. Een hele tijd geleden, maar hij kon zich de Contessa Brunamonti nog herinneren, niet omdat haar modehuis tot de goed bekendstaande behoorde, maar omdat ze opvallend mooi was.

Hij haalde zijn notitieboekje tevoorschijn. Iemand met een hogere rang dan hij moest haar verklaring opnemen. 'Hoe heet uw moeder?'

'Olivia Birkett.'

Terwijl hij schreef, praatte hij verder. 'Olivia Birkett, weduwe van de Conte... Ugo? Brunamonti...'

'Ze gebruikte die titel nooit, behalve op ons kledingmerk. Mijn moeder was model voor haar huwelijk.'

'Geboortedatum?'

'16 mei 1949, in Californië.'

'Wanneer hebt u uw moeder voor het laatst gezien?'

'Tien dagen geleden, maar...'

'Hallo? Hallo! Nee, nee, ik moet hem persoonlijk spreken. Ik weet zeker dat de kolonel het zal begrijpen. Het is dringend. Wat? Ja, ja, ik wacht.'

'Wacht alstublieft!' Haar bleke gezicht was donkerroze geworden en haar bruine ogen keken gealarmeerd.

'Het kan niet wachten, *signorina*. U had uw moeder meteen als vermist moeten opgeven. Hoe zijn uw broer en u er in hemelsnaam van overtuigd geraakt dat u zo lang moest wachten? En wat doet u hier? U had op zijn minst 112 moeten bellen. Hallo? Ja, ik ben er nog... Zeg hem dat Guarnaccia van het Pitti heeft gebeld. Bedankt. Nee. Hij zal me wel terugbellen.' Hij hing op. 'U hebt mijn vraag nog niet beantwoord. Wat doet u hier?'

'Het komt niet door mij, dat zei ik u al, het ligt aan Leonardo. Hij wil niet dat de politie of de carabinieri bij deze zaak worden betrokken. Hij weet zelfs niet dat ik hier nu ben. Ik wilde u er vorige week al bij halen, dus, wat er ook gebeurt, niemand kan mij de schuld geven.'

'Tien dagen geleden. Hoe laat?' Het moment voor onmiddellijke actie was allang voorbij.

''s Avonds, het was bijna middernacht.'

'En uw broer is bang dat ze misschien is ontvoerd, klopt dat? Hij dacht dat hij dit alleen kan afhandelen? Hij is bang dat uw tegoeden worden bevroren?'

'Ja, maar daar ben ik het niet mee eens. We moeten haar en wie haar ook maar heeft ontvoerd proberen te vinden, anders helpen en ondersteunen we criminelen. Bovendien kunnen ze het slachtoffer vermoorden zelfs al heb je betaald. Ze zou al dood kunnen zijn.'

'Waarom bent u er zo zeker van dat haar iets is overkomen? Mensen verdwijnen wel vaker omdat ze dat zelf willen of om tientallen andere redenen.'

'Haar hond moest voor bedtijd even worden uitgelaten, een blokje om. Meestal deed ik het omdat zij en mijn broer altijd tot laat doorwerken. Ik sta altijd vroeg op omdat ik vind dat je moet werken als je nog fris bent. Maar die avond had ik al gedoucht en was ik al in mijn kamer. Daarom liet zij Tessie uit en toen ze niet terugkwam, ging Leonardo naar buiten om haar te zoeken. Op de binnenplaats vond hij het afgebroken handvat van een hondenriem. Haar auto was verdwenen. Ze liet haar sleutel altijd erin zitten omdat ze hem anders zou kwijtraken. Aangezien de toegangsdeuren die op de binnenplaats uitkomen na acht uur 's avonds op slot zijn...'

'Behalve misschien als de hond tien minuten een blokje om werd genomen?'

'Het zijn zware deuren voor een vrouw. Ze heeft eraan zitten denken om er normale deuren in te laten plaatsen, maar dat zou zonde zijn. Olivia heeft altijd gezegd dat als dieven willen binnenkomen, ze toch wel binnenkomen. En als je dan je auto afsloot, betekende dat alleen maar dat een raampje zou zijn ingeslagen wanneer je hem terugkreeg.'

'Ze heeft gelijk. Kunt u de auto beschrijven? Hebt u het kenteken?'

'Ik heb het opgeschreven.' Ze deed haar leren schoudertas open en gaf hem een vel papier. Hij keek ernaar en legde het naast de telefoon.

'Hoe zit het met de hond? Wat voor hond is het?'

'Een kleintje, zandkleurig.'

'Van een specifiek ras?'

'Nee. Een bastaardwijfje. Ze heeft haar voor het dierenasiel behoed. Ze was nogal gevoelig waar het dieren betrof en vond het idioot om geld uit te geven aan een dure rashond als er zoveel mishandelde honden waren die een thuis nodig hadden.'

'Daar bent u het niet mee eens?'

'Alleen maar omdat het gezondheidsrisico's met zich meebrengt. Ze kunnen leukemie hebben en tegenwoordig zelfs aids. Ik heb de hond naar de dierenarts gebracht en haar daar laten onderzoeken. Ik ben degene die aan zulk soort dingen denkt. Ik ben erg praktisch ingesteld.'

'Ik begrijp het. Ik neem aan dat ze geen contact hebben opgenomen?'

Ze schudde haar hoofd. Ze bloosde nog steeds en haar ogen glinsterden alsof ze op het punt stond in huilen uit te barsten.

De politiechef voelde zich schuldig. Hij voelde zich een stuntel. De etherische verschijning van deze tengere, jonge vrouw, wier handen terwijl ze huilde bewegingloos in haar schoot lagen, gaf hem nog meer dan gewoonlijk het gevoel dat hij een olifant in een porseleinkast was. Hij had natuurlijk nooit kunnen weten dat het om zo'n ernstige zaak ging. 'U bent er zeker van dat uw broer niet weet dat u hier bent? Als hij aanleiding heeft argwaan jegens u te koesteren, zou hij contact kunnen hebben gehad zonder u daarvan op de hoogte te stellen.'

'Hij heeft sinds het gebeurd is de hele tijd op de bank naast de telefoon gezeten, maar ik ben niet van zijn zijde geweken.'

'De telefoon thuis?'

'Ja, natuurlijk.'

'Hm.' In dat geval had niemand contact opgenomen. 'U hebt nog niet uitgelegd waarom u hiernaartoe bent gekomen.'

'Ik ben eerst naar het hoofdbureau aan Borgo Ognissanti gegaan. Ik kan thuis niet bellen, want Leonardo zit dag en nacht naast de telefoon. De wachter bij de ingang hield me staande en vroeg me wat ik wilde. Ik kon het hem toch moeilijk op straat vertellen. Ik zei gewoon dat ik iets wilde aangeven en hij stuurde me naar binnen, naar zo'n loket waar je aangifte doet van diefstal en dat soort dingen. Ik was daar al eens eerder geweest toen mijn auto was gestolen. Ze gaven me een formulier dat ik moest invullen en ik zei dat ik niet was gekomen om formulieren in te vullen, dat ik met iemand moest praten die me van advies kon dienen. Toen hebben ze me hiernaartoe gestuurd.'

'Hm.' Hij kon het zijn collega's moeilijk kwalijk nemen. Ze werden voortdurend in beslag genomen door herrieschoppers en mensen die hun tijd verspilden en zij was zelfs nu niet erg toeschietelijk.

'Ik was zenuwachtig omdat ik dit ging doen. De anderen zijn er erg op tegen.'

'De anderen?'

'Mijn broer en Patrick Hines. Patrick is advocaat. Hij regelt onze zaken in New York. Hij is meteen gekomen en nu zit hij in Londen om daar bij een groot bureau een privé-detective in te huren. Hij zal woedend zijn als hij hoort dat ik hier ben geweest. Ze zullen me het allebei kwalijk nemen als ze weten wat ik heb gedaan, maar het is juist goed, toch? Juridisch gezien het juiste?'

'Vanzelfsprekend. U hoeft zich geen zorgen te maken. Gebeurd is gebeurd. Ze zullen het maar moeten accepteren. Het mooiste zou zijn als ze ervan kunnen worden overtuigd mee te werken, maar ze zullen hoe dan ook te zeer door uw moeders situatie in beslag worden genomen om zich ook nog om u druk te maken.' De telefoon ging. Voordat hij opnam vroeg hij haar: 'Zou u even in de wachtruimte willen plaatsnemen?' Ze stond op terwijl ze hem nog steeds schuin aankeek. Ze was lang. 'Is het nodig dat u vertelt dat u dit van mij heeft? Kunt u het niet op een andere manier te weten zijn gekomen?'

'Alstublieft. Dit duurt maar even.'

Hij wachtte terwijl ze de deur achter zich sloot.

'Guarnaccia?'

'Ja, hier ben ik. Het gaat inderdaad om iets ernstigs. De Contessa Brunamonti wordt sinds tien dagen vermist. Ze was de hond aan het uitlaten – een vaste route, een blokje om, ze had de toegangsdeuren van het palazzo niet op slot gedaan zoals men wel vaker doet voor tien minuutjes. De handgreep van de hondenriem is op de binnenhof gevonden. Ja, elke avond. Ze vroeg erom. Palazzo Brunamonti aan de Piazza Santo Spirito. Nee, daar hoeven we niet op te rekenen. Haar dochter heeft me dit verteld en ze is niet overtuigd dat... Ze kan elk moment weer van mening veranderen. Er is ook nog een broer, en een bedrijfsjurist, een Amerikaan, die er een privé-detective bij wil halen, dus...'

Toen de politiechef ophing, slaakte hij een zucht. Aan de statistieken te zien werkte de in 1991 ingevoerde wet die het voor een rechter mogelijk maakte in geval van ontvoering de tegoeden van een familie te bevriezen. Het aantal ontvoeringszaken was op jaarbasis gedaald van eenentwintig naar vijf. Maar statistieken vertelden niet het hele verhaal – de toegenomen problemen waarvoor deze wet de rechercheurs stelde als een familie niet snel melding maakte van de ontvoering, de wreedheden waaraan een slachtoffer werd blootgesteld als het langer duurde voor er geld werd betaald, de verstandsverbijstering van het slachtoffer, die bij zijn vrijlating niet in staat was belangrijke informatie te verschaffen. Professionele kidnappers pasten nieuwe methodes toe om met de nieuwe wet uit de voeten te kunnen. Bovendien kozen ze slachtoffers die goede contacten met politici hadden zodat in ieder geval een deel van het losgeld door de staat werd betaald, onder het mom van de clausule waarin 'betaling uit onderzoeksmotieven' werd toegestaan. De politiechef betwijfelde of de Contessa Brunamonti troost zou vinden bij de gedachte dat ze één van de vijf was in plaats van één van de eenentwintig. Je kunt mensen niet zomaar bij elkaar optellen. Je kunt niet de pijn van een persoon bij dat van een ander optellen. Dat heeft geen enkele zin. Hij stond op uit zijn stoel en hoopte dat zijn bazen – in ieder geval voorlopig – met het verzoek van de dochter om geheimhouding zouden instemmen. Het zou voor de eerste fases van het onderzoek weinig uitmaken en ze zouden er niet bij gebaat zijn het enige familielid dat meewerkte te verliezen. Hij opende de deur en keek de wachtruimte in. Die was leeg. 'Lorenzini!'

Zijn jonge brigadier verscheen.

'Heb je die jonge vrouw laten gaan?'

'Ja. Had ik dat niet moeten...'

'Laat maar zitten. Zijn Di Nuccio en de jonge Lepori al vertrokken?'

'Ze zijn net weg.'

'Nou, laten we dan in vredesnaam maar hopen dat ze alles hebben onthouden wat ik ze gisteravond heb verteld. Hebben ze nog wel iets gegeten?'

'Ik geloof het wel.'

'En een voorraad water meegenomen? Ik heb ze gezegd dat ze dat moesten doen. Er is daar kilometers in de omtrek geen bar te bekennen.'

Hij ritste zijn jas dicht en trok zijn hoed omlaag. Zo bestand tegen de wind stommelde hij mopperend de trap af. 'Je zou toch denken dat een adellijke familie zich wel bodyguards kan veroorloven. Ik heb geen idee wat er van het leger moet worden...'

De winterzon was net zo stralend en fel als de politiechef had verwacht. Toen hij onder de grote, ijzeren lantaarn van de zuilengang was door gelopen, graaide hij onmiddellijk zijn zonnebril te voorschijn om te voorkomen dat zijn overgevoelige ogen zouden gaan tranen. Eenmaal veilig in een duistere wereld kon hij genieten van de zon op zijn gezicht en van de ochtendgeuren die de krachtige wind van de bergen met zich meebracht. Zonneschijn of geen zonneschijn, toen hij vanuit de beschutting van het palazzo Pitti op de open helling die ervoor lag kwam, sneed de ijzige wind in zijn oren en was hij dankbaar dat hij zijn zware, zwarte overjas aanhad.

Het verkeer dat onder aan de helling over de piazza reed was luidruchtig en bruisend, als de Florentijnen zelf. Ze deden inspiratie op aan deze schitterende dag en wilden vast *allegro con brio* rijden. Het resultaat was een onmiskenbaar *staccato* want op het knooppunt bij de Via Romana en de Via Maggio stond het om de paar minuten helemaal vast, wat een koor van claxons tot gevolg had. Om dit tumult aan zijn linkerzijde te vermijden stak de politiechef de piazza over en liep hij rechtdoor. Hij maakte een doorsteek langs de hoge gebouwen via een smal steegje waar brommers geparkeerd stonden, maar geen auto's kwamen. Op de hoek bij de kerk liep hij de Piazza Santo Spirito op. Hij hoefde het niet te doen. Hij had net zo goed de rivier kunnen oversteken om gelijk naar het hoofdbureau te gaan. Hij wist wat deze zaak met zich mee zou brengen en kende zijn leidinggevende. Een zaak als deze betekende specialisten, de aankomst per helikopter uit Livorno van de interventiegroep bij noodsituaties, en waarschijnlijk samenwerking met de plaatselijke politiemacht. Dit was allemaal vast al in gang gezet. De politiechef had er niets mee te maken, maar commandant Maestrangelo zou er op de een of andere manier wel voor zorgen dat de politiechef erbij werd betrokken. Iemand zou de familie moeten bijstaan en dat was precies het soort klus waarvoor Maestrangelo hem op het oog zou hebben. Guarnaccia liep dan ook kalmpjes over de Piazza Santo Spirito en snoof de buitenlucht op.

Hij kuierde op zijn gemak tussen de winkels en de marktstalletjes door. Aan de ene kant klonk het gezaag en geklop van de ambachtslieden, aan de andere kant hoorde hij het ordinaire geschreeuw van de man die goedkoop ondergoed verkocht. Aan zijn linkerzijde zaagsel en koffie en rechts van hem oude kleding en verse venkel.

'Morgen, politiechef.'

'Goedemorgen.'

'Uw jongen is al langs geweest.' Een vraag die achter een uitspraak schuilging. Eén van de carabinieri haalde hier elke dag de boodschappen om maaltijden van te bereiden in hun kleine kazerne in het Pitti. De politiechef at thuis met zijn vrouw en kinderen. Dus moest hij hier wel voor zaken zijn, toch? Omdat de politiechef geen tekst en uitleg gaf, richtte de kleine Torquato, met zijn schort dat over zijn enkels viel en zijn wollen hoed die hij tegen de wind over zijn oren had getrokken, zijn aandacht op de volgende klant.

'Werkelijk, Torquato! Deze salade ziet er niet zo appetijtelijk uit.'

'Ja, wat wil je met deze ijskoude wind? Ga je hem dan gebruiken voor je huwelijksboeket of wil je hem opeten? In je maag is het donker, hoor. Hier heb je er een bosje peterselie en wat wortels en bleekselderij bij voor de saus...'

De duisternis in je maag was Torquato's gebruikelijke excuus voor de paar bosjes groente die hij al sinds mensenheugenis dagelijks van het platteland meebracht. De politiechef wachtte tot Torquato weer beschikbaar was en tuurde toen omlaag. Hij deed net alsof hij de slappe stuk gewaaide groentes bestudeerde om de aandacht niet op zichzelf te vestigen.

Torquato keek op en bestudeerde de politiechef. 'Het gaat om de Contessa, hè?'

'Wat heb je gehoord?'

Torquato haalde zijn schouders op. 'Ik zag haar vrijwel dagelijks en het personeel van het atelier op de begane grond koopt hier de groente. Maar dat hebben ze nu al meer dan een week niet gedaan. De jonge Leonardo, die wel van een geintje houdt, heb ik ook niet gezien. En haar auto staat niet meer op de binnenplaats, dat kun je van hieraf zien.'

'En wat wordt er hier op de piazza over gezegd?'

'Dat ze is ontvoerd. Ze houden het stil, hè?'

De politiechef liep achter het kraampje verder langs de smalle haagjes tussen de hoge bomen door naar het midden van het plein. Met het fletse okerkleurige silhouet van de kerk aan zijn linkerzijde staarde hij naar het palazzo Brunamonti. De kolossale beslagen koetsdeuren van de hoofdingang stonden open. Aan het einde van de lange donkere tunnel daarachter zag je een glimp van een stralend, kleurig licht, zoals bij een schilderij dat met een spotje wordt belicht. Die paleizen uit de Renaissance keerden de buitenwereld altijd de rug toe. De bewoners hadden het exclusieve voorrecht te genieten van de tuinen, fonteinen, standbeelden en de verfraaide gevels. De politiechef had het altijd vreemd gevonden, maar ja, de Florentijnen... De politiechef kreeg geen hoogte van ze, ook al leefde hij al twintig jaar in hun midden.

Olivia Birkett, het soort schoonheid dat het verkeer stillegde. De politiechef herinnerde zich haar knalgroene ogen en haar ongelooflijk lange benen. Ze had toen een zoontje, maar geen dochter. Misschien was zij toen nog niet geboren. Hij had de naam van de dochter opgeschreven, want hij kon hem met de beste wil van de wereld niet onthouden. Olivia Birkett was geen Florentijnse, dus wat zou zij er allemaal van vinden? Een bastaard, een zandkleurig bastaardje. Een zandkleurig bastaardje dat daarboven van achter die bruine luiken van latwerk had neergekeken op hun besloten tuin. Waarschijnlijk dood nu, aangezien ze niet zouden hebben gewild dat het al blaffend alarm zou slaan...

De politiechef was zich vagelijk bewust van een peuter in een roze skipak die met haar driewieler rondjes maakte om zijn roerloze, zwarte gestalte, zoals ze ook om het witte standbeeld van Ridolfi aan de andere kant van het plein of om de fontein in het midden heen zou kunnen fietsen.

De bovenste etage van het palazzo Brunamonti had een loggia. Van daar had je vast een goed uitzicht op de piazza. Je keek neer op de boomtoppen en 's avonds op de bolvormige lichtjes. En vanuit die kamers aan de linkerkant van de bovenste verdieping, waar alle luiken dichtzaten, kon je waarschijnlijk de Arno zien liggen. Drie honden stoven glijdend en buitelend over de piazza. Ze negeerden hun baasjes die hen woedend terugriepen. De kleinste sprong op de grootste en de twee begonnen een spiegelgevecht. Een zandkleurig bastaardje...

'*Tegenwoordig kunnen ze aids hebben.*'

Tegenwoordig kun je worden ontvoerd als je veel geld verdient.

De politiechef slaakte een zucht en liep weg.

'Hé! Kijk uit!'

Met gefronst voorhoofd keek hij omlaag waar het stevige voorwiel van de kleine driewieler op zijn glimmend zwarte schoen was gestuit. Bij de aanblik van de uitdrukkingsloze, starende blik van zijn donkere glazen draaide het kind zich om en trapte ze als een bezetene weg in de richting van een groepje winkelende mensen met rood aangelopen neuzen.

'Oma! Oma!'

'Kom hier en laat me die sjaal vastmaken. We moeten nog naar de bakker.'

Hij liep over de Ponte Santa Trinita. De rivier stond hoog en een straffe wind teisterde zijn gezicht en benam hem de adem. De heuveltoppen stroomopwaarts, achter de Ponte Vecchio, waren met sneeuw bedekt. Aan de horizon werd de sneeuw weerspiegeld, parelkleurig roze en violet onder een donkerblauwe winterlucht waaruit de loodgrijze vervuiling was weggeveegd.

De hand van commandant Maestrangelo was warm en droog. 'Guarnaccia. Mag ik je voorstellen aan plaatsvervangend aanklager Fusarri die de leiding over deze zaak heeft.'

Een slanke, elegante man stond op uit een grote leren leunstoel. Een blauwe rookwolk omkringelde hem en een sluw glimlachje gleed over zijn knappe gezicht als was hij een theatrale duivel.

De politiechef stak zijn hand uit en had nauwelijks oog voor de man omdat hij stomverbaasd was door zijn aanwezigheid alleen al. Bij een aangelegenheid als deze ontboden aanklagers mensen op hun eigen kantoor. Vervolgens nam hij eerst het gezicht en daarna de naam in zich op. Virgilio Fusarri, waarlijk een onrustbarende man. De laatste keer dat ze elkaar tegen het lijf waren gelopen, waren de alarmbellen bij de politiechef gaan rinkelen, omdat hij werd voorgesteld als 'Beste Virgilio', een vriend van de familie. Dat was wel het laatste wat je wilde met in de kamer ernaast een lijk in het bad. Maar het was goed gegaan. En jaren geleden...

'Ik ken u.' Fusarri keek hem doordringend aan. 'Niets zeggen, het schiet me wel weer te binnen. Goed, commandant, laten we gaan zitten en aan de slag gaan.'

'Goed. Ik heb alle bureaus opgeroepen naar de auto uit te

kijken. We kunnen ervan uitgaan dat ze, toen ze eenmaal de stad uit waren, van auto zijn gewisseld. Maar dat is het eerste punt waar we het spoor kunnen oppikken. Er zullen hoe dan ook pogingen zijn ondernomen om ons te misleiden. Tien dagen is natuurlijk al een hele tijd en het is veel te laat voor wegversperringen of een bruikbaar onderzoek van de plek waar ze haar hebben overmeesterd. De familie...' Hij keek naar de politiechef.

'De zoon heeft de hondenriem op hun binnenplaats teruggevonden. Het lijkt erop dat ze naar binnen zijn geglipt toen zij de hond uitliet. Ze heeft de deuren van de hoofdingang niet op slot gedaan, dat deed ze nooit voor dit wandelingetje dat tien minuten in beslag nam. De dochter, een jonge vrouw van een jaar of twintig, zou het beoogde slachtoffer kunnen zijn geweest aangezien zij de hond meestal uitliet. Ze werkt mee – althans voorlopig wel. De zoon heb ik nog niet ontmoet. Dan heb je nog,' – hij moest in zijn notitieboekje kijken vanwege de buitenlandse naam – 'Patrick Hines, een jurist.'

Fusarri trok een lelijk gezicht.

'Het wordt nog erger,' waarschuwde de commandant. 'De politiechef heeft me verteld dat hij er een privé-detective bij haalt.'

'O nee toch.' Fusarri leunde voorover om zijn penetrante Toscaanse sigaartje in de grote glazen asbak op het bureau van Maestrangelo uit te drukken. 'Is de hond teruggevonden?'

Beiden richtten hun blik op de politiechef, die de hoed op zijn knieën bestudeerde. 'Ze zullen niet hebben gewild dat het beest naar huis zou kunnen rennen om alarm te slaan, noch dat ze lawaai maakte, waar ze zich ook maar verborgen houden.'

'Dus?' Fusarri stak zijn sigaartje weer op. Ze konden elkaar nauwelijks nog zien.

'Ze zullen haar op de snelweg wel naar buiten hebben gegooid, of op de provinciale weg, of ze hebben haar op een afgelegen plek doodgeslagen.'

'Zouden we haar kunnen vinden, commandant?'

'Het is niet onmogelijk. Het jagersgilde wil misschien wel helpen.'

'Mooi. De auto is het belangrijkste.'

'Die zullen we snel vinden.' Maestrangelo keek de politiechef weer aan. 'Vertel me alles wat je weet over de familie.'

De politiechef begon te vertellen. Soms wendde hij zich tot de hoed op zijn knie, soms tot het enorme donkere olieverfschilderij dat aan de rechterzijde van het hoofd van de commandant hing. Hij vond het maar niets om wie dan ook in dit stadium iets te vertellen, omdat hij alleen maar kon putten uit een reeks niet met elkaar verband houdende beelden in zijn hoofd. Sommige berustten op de werkelijkheid, zoals het meisje met de stramme vingers, andere waren denkbeeldig, zoals het beeld van het zandkleurige bastaardwijfje achter de luiken van het palazzo Brunamonti. Wat viel erover te zeggen?

'We zullen ze voorzichtig moeten benaderen. Ze zijn het niet met elkaar eens,' zei hij.

'Dat zijn ze nooit. Dus pak het voorzichtig aan,' sprak de commandant.

'En die privé-detective.'

'Die zal ik onder handen nemen,' zei Fusarri. Hij leunde achterover en wuifde een doorkijkje in zijn eigen wolk en keek ze allebei geamuseerd aan. 'Nu weet ik waar ik u van ken,' zei hij tegen de politiechef. 'We hebben elkaar ontmoet bij mijn goede vriendin Eugenia, toch?'

De commandant keek de andere twee stomverbaasd aan vanwege dit bewijs dat de politiechef een sociaal leven in de hogere kringen leidde. Toen herinnerde hij zich het lijk in de badkuip en viel alles weer op zijn plaats.

Fusarri nam een trek van zijn sigaartje en fronste zijn voorhoofd. Toen wees hij met het ding naar de politiechef. 'Er was nog iets. Jaren geleden. Maestrangelo?'

'De ontvoering van dat meisje Maxwell. Uw eerste zaak, volgens mij. We hebben er samen aan gewerkt.'

'Ja. En de politiechef werd er op een gegeven moment bij gehaald. Het meisje was Amerikaans, hè? Werd u ingeschakeld omdat u Engels spreekt? Iets dergelijks?'

De politiechef meed enkel zijn doordringende blik en mompelde: 'Nee, nee...'

'Er was iets. Het schiet me wel te binnen. Zeker weten!' Hij sprong overeind. 'Helikopters?'

'De Eenheid voor Speciale Operaties staat paraat in Livorno.'

'Honden?'

'Staan ook klaar. Totdat ik weet waar ik moet laten zoeken.'

'Wanneer weet je dat?'

'Als ik weet wie erachter zit. Dat zal het gebied waar we moeten zoeken bepalen.'

'Dat is waar. U zult een paar kledingstukken van haar nodig hebben. Ik denk dat we dat wel aan de politiechef kunnen overlaten. Ik zal ervoor zorgen dat hun telefoon wordt afgetapt en hun tegoeden worden bevroren – ik zou graag informatie willen krijgen om wat voor bezittingen het dan gaat, als uw rechercheurs zo vriendelijk zouden willen zijn – u hebt nog niemand genoemd die het heeft kunnen voorbereiden. Er is nog geen idee wie het slachtoffer mogelijk in de val heeft laten lopen?'

'Geen flauw idee. Het moet natuurlijk iemand zijn die meer af weet van de financiële omstandigheden van de familie en hun gewoontes. Mijn mannen zijn daar al mee bezig.'

'Ik zou denken dat de politiechef daar de aangewezen persoon voor is als hij toch de handjes van de gezinsleden gaat vasthouden.' Zijn doordringende blik ving heel even die van de politiechef. 'Nu weet ik het weer,' zei hij en hij keek de commandant weer aan. 'En we moeten afwachten wanneer ze contact opnemen. Ik neem aan dat u hiervoor niet genoeg mankracht beschikbaar heeft en dat Criminalpol moet bijspringen, maar ik ga de politie er nog niet bij betrekken. Tot u weet waar u moet zoeken, hebt u volgens mij het meest aan de mensen van uw onderzoeksteam hier, die u kent en vertrouwt.'

'Dank u wel. Dat waardeer ik.'

'En dit zal u ook weten te waarderen: ik ben bang dat ik niet in staat zal zijn een kamer bij de *Procura* voor u te regelen. Ik heb zo'n vermoeden dat de drie afluisterposten in gebruik zijn, dus zult u het met uw eigen kantoor moeten doen.' Hij richtte zijn blik op geen van beiden, maar keek vrolijk naar de muur.

'Ik...' Omdat de commandant geen passende verhullende woorden van dank wist te uiten, veranderde hij van onderwerp. 'De pers...'

'Wij gebruiken hen. Niet andersom. Wees vriendelijk tegen ze. Doe uw best om ze telkens als u met ze spreekt onzin te verkopen die ze de moeite van het publiceren waard vinden. Probeer de familie zover te krijgen dat ze ook vriendelijk tegen ze is. Op een gegeven moment zullen we de pers nodig hebben. Wie zit erachter, Maestrangelo? We zitten hier in Toscane op gebied dat, als het op ontvoeringen aankomt, door Sarden wordt beheerst. Dat weet ik, maar wie zit erachter? U bent zo verdomde voorzichtig, maar u moet toch een idee hebben.'

'Ik heb er twee. Giuseppe Puddu en Salis. Francesco Salis.'

'Worden die mannen door de politie gezocht?'

'Ja. Puddu is ontsnapt toen hij vorig jaar voorwaardelijk werd vrijgelaten. Salis zit al meer dan drie jaar ondergedoken.'

'Goed, morgen verwacht ik meer te horen.' Fusarri drukte zijn vijfde sigaartje uit en vertrok.

De commandant zette een raam open.

'Nou, Guarnaccia? Wat denk jij ervan?'

'Ik weet niet hoe ik het klaar moet spelen, al helemaal niet als dat gedoe met die koninklijke bewaking voortduurt – en twee van mijn mannen zijn op zoek naar een paar getuigen die vanochtend niet bij de rechtbank zijn komen opdagen. Een oproep van de Procura... Ze denken zeker dat we manusjesvan-alles zijn. Lorenzini zit nu in zijn eentje en wat ik bedoel te zeggen is dat als er iets gebeurt...' Hij viel stil omdat hij zich herinnerde dat er al iets was gebeurd.

Zo verdomde voorzichtig...

En Fusarri was zo verrekte voortvarend. Om te beginnen praatte hij te snel. Hij kwam dan ook uit het noorden van het land. Hij was bovendien onorthodox. De politiechef wist dat Maestrangelo daar niet van hield. Een onorthodoxe werkwijze was één van de zeven doodzonden en in zijn ogen niet de minst erge. Dat gedoe over het afluisteren van de telefoon! De regel was dat ze moesten afluisteren bij de Procura, wat betekende dat je een ruimte deelde met andere politiekorpsen, die allemaal klaarstonden zich in jouw zaak te mengen om waar dat mogelijk was met de eer te gaan strijken. Een zeer gehate afspraak, maar zo waren de regels nu eenmaal. Geen enkele politieman kon vragen om wat Fusarri zojuist had aangeboden en Maestrangelo deed altijd alles volgens het boekje. Hij had het aanbod aangenomen omdat het te mooi was om waar te zijn. Maar hij had niet geweten wat hij moest zeggen. Fusarri kon als geen ander mensen met de mond vol tanden doen staan. En het idee dat de commandant de pers – wat was het ook alweer? – onzin die de moeite van het afdrukken waard was moest verkopen. De man die bij de Florentijnse journalisten bekendstond als 'Het Graf'. Onzin die de moeite van het afdrukken waard was, ja hoor. De politiechef zou het zelf ook niet kunnen verschaffen. Hoe moest hij in vredesnaam weten welke onzin de moeite van het publiceren waard was? Nee, nee, ze moesten hun eigen verhalen maar verzinnen, zoals ze altijd deden – tenzij de jonge Brunamonti's hen konden helpen aan smeuïge, persoonlijke verhalen, foto's en dergelijke. Maar al had hij de zus maar even gezien, hij kon zich niet voorstellen dat zij met journalisten zou gaan kletsen. Misschien de broer wel, als hij bereid zou zijn mee te werken...

'Twee ideeën,' had de commandant gezegd. Voordat de ont-voerders zich in de kaart zouden laten kijken, was een ding al zonneklaar. Een erkend ontvoerder die zich voor de politie ver-borgen hield, moest hier wel de leiding hebben. De nieuwe wetgeving had ervoor gezorgd dat een ontvoering een lang-durige en ingewikkelde toestand was geworden. Alleen de ech-te professionals schrokken er niet voor terug. En mensen die van ontvoeren hun beroep hadden gemaakt kwamen niet zo-maar uit de lucht vallen. Hun carrièreverloop was bekend en gedocumenteerd zodat ze in dit soort gevallen een controlebe-zoek konden verwachten, tenzij ze ergens zaten ondergedoken. Twee ideeën. Twee gezochte mannen, elk met een eigen bende medeplichtigen, en, het belangrijkste van alles, met een eigen territorium waar ze zonder risico konden opereren.

Terug op zijn oever van de rivier begaf de politiechef zich in de richting van het Santo Spirito, waar de kerkklokken het middaguur sloegen en de marktlieden hun biezen pakten. Hij zou er geen enkel probleem mee hebben weer op dezelfde plek te gaan staan als eerder die dag, om daar naar de gesloten lui-ken te staren en ondertussen te bedenken hoe hij het beste de zoon des huizes kon benaderen. De scherpe ogen van Torquato deden hem echter van mening veranderen en stuurden hem in plaats daarvan linea recta naar de ijssalon naast de entree van de Brunamonti's.

'Goedemorgen, politiechef.'

'Giorgio...' Nu hij beschut was tegen de wind en de zonne-schijn, zette hij zijn hoed en zijn zonnebril af. 'Een koffie, alsje-blieft.' Giorgio en hij waren oude kennissen. De salon was zich in de afgelopen jaren op de wat betere klant gaan richten en naast het beroemde ijs konden studenten en mensen die in de-ze buurt werkten er nu ook hippe lichte lunchgerechten bestel-len. Giorgio zorgde ervoor dat er in zijn salon geen drugs wer-den gebruikt en hield zich keurig aan de wet.

'Het klopt dus dat de Contessa iets is overkomen?' Giorgio

was een Florentijn zonder 'haren op zijn tong', zoals het plaatselijke gezegde luidde. Op Sicilië, waar de politiechef vandaan kwam, zag of hoorde je iets dergelijks niet, laat staan dat iemand erop zinspeelde. Daarom bracht een dergelijke gespreksopening hem nog altijd in verlegenheid.

'De Contessa...'

'Brunamonti. Ze verhuren dit pand aan me, om over de rest niet eens te spreken. Ze bezitten dit hele blok, weet u.'

'Dat wist ik niet.'

'Het hele blok. Iedereen weet dat er iets speelt. We hebben haar al tien dagen niet meer gezien. En de hond evenmin. Ze bereiden een grote show voor – in New York – dus normaal gesproken zou Leonardo dag en nacht aan het werk zijn en hier langskomen om na middernacht nog even een versnapering te halen. Ik heb niemand van de familie gezien. Het personeel van het atelier is ook al een week niet meer geweest om hier te lunchen en nu bent u hier al voor de tweede keer vanochtend. Hier is uw koffie. Wilt u er een scheutje in van iets sterkers?'

'Nee, nee...'

'Wat u wilt. Het is ijskoud buiten.'

'Ja. Hier is het echt lekker warm. Ik vroeg me af of we even onder vier ogen zouden kunnen praten aangezien je het niet al te druk lijkt te hebben.'

'Geen probleem. Het duurt nog ruim een halfuur voor we met de lunch beginnen. Loop maar mee naar achteren. Marco! Breng de koffie van de politiechef even hiernaartoe. U bent hier nog niet eerder geweest, of wel?'

'Nee, het ziet er erg gezellig uit.'

'Ga zitten.' Op de ronde tafeltjes lagen witte kleedjes. Ze waren al gedekt voor de lunch. De politiechef ging in een van de grijze pluchen zetels zitten die langs alle muren stonden opgesteld. Het was er inderdaad aangenaam warm en gezellig.

'Jij moet vast het een en ander over de familie weten...'

'Ik? Nou, ik zit hier al negenentwintig jaar. Toen ik hier

kwam, leefde de oude Conte nog – de vader van de Conte die zo'n tien jaar geleden is overleden. Dat was een echte nietsnut, maar zijn vader was me een type, zoals ze dat zeggen. Ze noemden hem "De Professor". Daar stond hij altijd op omdat hij een doctoraat in de filosofie had gehaald. Met "Conte" nam hij geen genoegen, om "Doctor" gaf hij niets. "Professor", dat moest het zijn. Hij dronk hier tijdens zijn ochtendwandeling elke dag een kop koffie en droeg altijd een hoed – in de winter een slappe vilthoed, en in de zomer een panamahoed.'

De politiechef zei een tijdlang geen woord. Mensen vroegen hem vaak van alles, maar meestal vertelden ze hem net zo graag dingen. De meeste mensen praten liever dan dat ze luisteren. De politiechef hoorde hun vragen aan en wachtte dan zwijgend, zoals nu met zijn zonnebril in zijn zak en de hoed met de goudkleurige vlam op zijn knie. Hij liet zijn blik ronddwalen over de muren die behangen waren met ontwerpen voor de voorgevel van de Brunelleschi-kerk buiten. Op een gegeven moment stak Giorgio, die zijn geconcentreerde blik verkeerd interpreteerde, een verhaal af over hoe de gemeente alle kunstenaars in de stad had benaderd om een ontwerp te maken voor de beschildering van de voorgevel die de architect leeg had gelaten. Hij vertelde hoe deze ontwerpen op een warme zomeravond op de kerk waren geprojecteerd. 'Wat een avond was dat! Dat was natuurlijk nog in de tijd dat we een communistische burgemeester...'

'Hoe heette hij?'

'De communistische burgemeester? Gabbuggiani. Dat was volgens mij nog voor jouw tijd, maar het idee kwam vooral van...'

'Ik bedoel wijlen Conte Brunamonti. De zoon van de man die zich "de Professor" noemde. De Conte die niet wilde deugen.'

Terug op het oude spoor vertelde Giorgio er alles over. En dat was een heleboel. In de ogen van de politiechef kon je, als iemand wegviel uit het familieplaatje – of dat nu door ontvoering, moord of vermissing kwam –, diegene alleen een vorm en gestalte geven door de rest van het plaatje in te vullen. De lege plek die overbleef gaf je nog de meeste informatie over het slachtoffer. De politiechef wilde dolgraag meer over dit slachtoffer te weten komen. Tegen de commandant zou hij kunnen zeggen dat het hem zou helpen bij het onderzoek. Tegen zichzelf zou hij kunnen zeggen dat mensen op het moment van hun vrijlating nog niet over hun ontvoering heen zijn en altijd hulp nodig hebben. De ware reden was een zandkleurig bastaardhondje. Maar dat zou hij aan niemand kunnen uitleggen.

Dus luisterde hij naar het verhaal over Conte Ugo Brunamonti, getrouwd met een Amerikaans fotomodel, zoon van Conte Egidio Brunamonti alias 'de Professor', die van rijke komaf was, maar de hongerdood is gestorven.

'Men zei altijd dat hij een beeldschoon kind was, met blond haar en bruine ogen, maar ook een vreemd kind. Vreemd op een manier die niemand die hem heeft overleefd kan uitleggen. Hij heeft bij de jezuïeten gestudeerd en werd vanwege niet nader omschreven zedeloos gedrag van school gestuurd. Toen werd hij beeldend kunstenaar en kocht een galerie om daar zijn werk tentoon te stellen. Hij riep de Brunamonti-prijs voor de beeldhouwkunst in het leven en heeft die eerst aan zichzelf toegekend en vervolgens aan zijn artistiek mislukte vrienden. Net als vele andere met een soortgelijke naam wordt deze prijs nog altijd jaarlijks uitgereikt. De winnaar krijgt een zware medaille in bas-reliëf in een doosje van blauw fluweel. De productiekosten daarvan worden gedekt door de inschrijfkosten voor de wedstrijd. Een bejaarde prinses die een mooi landhuis bezit, een goed inkomen geniet en enige aanspraak op een artistieke salon heeft, geeft elk jaar in juni na afloop van de prijsuitreiking een etentje. Het is altijd een groot feest waar veel mensen op afkomen. Ze hebben meestal geen idee wat de aanleiding is, maar de tuin is nog mooier dan het landhuis. Er hangt een geur van rozen op het door de maan verlichte terras waar de maaltijd op zo'n zachte juniavond wordt geserveerd. De dochter is echter de enige van de familie Brunamonti die genoeg plichtsgevoel ten aanzien van haar familie bezit om dit festijn jaarlijks bij te wonen. De zoon heeft zich nog nooit laten zien. Dat de dochter het zelf ook ooit een blauwe maandag als kunstenares heeft geprobeerd, zou dit natuurlijk kunnen verklaren. Maar dat is al een tijd geleden en ze blijft komen, dus het moet wel uit familiegevoel zijn. Zij heeft de prijs nooit gewonnen, nee.

Hij was een erg knappe man, Ugo, dat kan ik niet ontkennen. Ik begrijp dan ook goed dat hij met zijn uiterlijk, zijn adellijke titel en het mooie, oude gebouw destijds indruk heeft gemaakt op die vriendelijke jonge Amerikaanse vrouw. Zij heeft me ooit verteld – jazeker, zij bezoekt de bar ook, zo af en toe voor een versnapering op de late avond als ze het druk hebben vlak voor een show, meestal met Leonardo en soms een ontwerper – dat waar zij vandaan kwam het benzinestation het oudste gebouw van de plaats was. Ik weet niet of dat een grapje of de waarheid was. Hoe dan ook, ze is met hem getrouwd, daar in de Santo Spirito-kerk. Onder het palazzo loopt nog altijd een gang naar de sacristie van de kerk – de Brunamonti's waren in vroeger tijden Welven en moesten onderduiken toen de Ghibellijnen het voor het zeggen kregen.

Na het huwelijk volgde er niets dan ellende. Ze had zelf ook een behoorlijke som geld ingebracht, maar je kunt je voorstellen... De liefhebberij voor beeldende kunst was nog onschuldig geweest, maar die kreeg een vervolg in een liefhebberij voor de beurskoersen. Dat werd zijn ondergang. Goed geld na slecht geld, haar geld na het zijne. Zij is altijd een optimist geweest, een ondernemend type dat het door haar bereikte succes verdient na alles wat ze heeft moeten bevechten. Ze bleef altijd manieren vinden om het hoofd boven water te houden. Ze heeft verschillende gedeeltes van het palazzo verhuurd en een aantal bouwvallige panden van de Brunamonti's laten renoveren om ze aan toeristen te kunnen verhuren.

Jammer genoeg heeft de Conte altijd wel weer nieuwe risicovolle ondernemingen weten te vinden om in te investeren en nieuwe talenten weten te ontdekken die voor veel geld moesten worden ontwikkeld. Een ervan was renaissancemuziek, dat kan ik me nog herinneren. Hij heeft een groep opgericht en alle antieke instrumenten gekocht. Het grappige eraan is dat ze volgens mij nog steeds bestaan – het is steeds beter met ze gegaan toen ze van hem af waren. Hij kon geen instrument bespelen, weet u. Hij dacht dat hij het spelenderwijs wel zou leren omdat hij nu eenmaal geniaal was. En zo ging het maar door. Toen hij op geen andere manier meer aan geld kon komen heeft hij een hypotheek op het palazzo genomen. En de hele tijd had hij relaties met andere vrouwen, al was hij geen rokkenjager. Het ging om ingewikkelde affaires met een zakelijk of artistiek tintje, of allebei. Het liep altijd dramatisch af met weer een lening met het palazzo als onderpand, die zijn onfortuinlijke vrouw dan kon gaan afbetalen. Daardoor moest ze weer als model gaan werken en toen is hij bij haar weggegaan. Een Contessa Brunamonti werkt niet buiten de deur. Dat zag hij als een publieke vernedering.

Op een gegeven moment moet zij het financieel gezien bij de Brunamonti's voor het zeggen hebben gekregen en toen heeft ze ervoor gezorgd dat de bank hem geen geld meer leende. Dat zal nog niet zo makkelijk zijn geweest, want de gedachte dat ze het pand uiteindelijk in handen zouden krijgen, moet ze wel hebben aangestaan. Daarna is het razendsnel bergafwaarts gegaan met de Conte. Een paar vrienden hebben hem nog geld geleend, maar dat raakte op. Toen hij compleet berooid was, nam een ex-minnares hem in huis en zorgde voor hem tot ze ziek werd en terugging naar Engeland waar ze vandaan kwam. Hij bleef in haar appartement wonen. De huisbaas heeft de deur geforceerd toen de huur een jaar niet was betaald en brieven, telefoontjes en de deurbel niet werden beantwoord. Ze zeggen dat hij al een tijd dood was. Zijn lichaam was uitgemergeld en aangevreten door ratten, maden en mieren. Er was in de hele flat niets eetbaars te vinden. Hij is ook niet in zijn bed gestorven, maar achter zijn bureau, met aantekeningen en opzetjes voor weer een nieuw, briljant plan voor zijn neus.

Het heeft nooit in de krant gestaan, maar de vrouw die de boel daar heeft schoongemaakt, heeft de paar bezittingen die hij had naar de Contessa gebracht. Daar zat een ongeopende doos van Pineider bij, een van de duurste kantoorboekhandels in Florence. Er zat briefpapier met briefhoofd in, met bijbehorende enveloppen en met sierlijk lettertype bedrukte visitekaartjes, waarop in het Engels "Conte Ugo Brunamonti, exporteur van exquise Italiaanse wijnen" stond geschreven. Het vermeldde ook het telefoonnummer van de kleine flat waarin hij is gestorven en een nummer in de Verenigde Staten dat van zijn schoonmoeder bleek te zijn. Zij wist er natuurlijk niets van af, aangezien dat bedrijf helemaal niet bestond. De Contessa heeft de rekening van de kantoorboekhandel en het bedrag dat de huisbaas nog kreeg betaald. Maar daarmee was de kous nog niet af. Nog maanden daarna bleven er rekeningen komen: van de kleermaker, de schoenmaker, de wijnverkoper – hij had zijn denkbeeldige wijn niet opgedronken – en zelfs nog een rekening voor een jaar achterstallige huur van een kantoor dat hij had gehuurd en waar hij allang niet meer was komen opdagen. De Contessa heeft niet alleen de huur betaald, maar ook haar dienstmeisje gestuurd, zodat de ruimte schoon zou zijn voordat ze de sleutels teruggaf. Ongetwijfeld betekende "schoon" ook verschoond van enig bewijs van zijn gekte. Het was meelijwekkend. Een heel behoorlijke ruimte met uitzicht op rode daken en een klein stukje van de Dom. Een bureau, een stoel, een telefoon – niet aangesloten – een leren bureauset die nog van de Professor was geweest en die het dienstmeisje mee naar huis heeft gebracht.

Wat ik echt ongelooflijk vond, was dat er een heleboel kantoren in dat gebouw zaten en alle mensen die er werkten, hadden Brunamonti tot ongeveer een jaar daarvoor regelmatig in en uit zien lopen. Hij had tijdens kantooruren in een echt kantoor een denkbeeldige zaak gevoerd. Dit speelde zich nog voor de wijntoestand af – dit was een antiekhandel. Er zat een koperen naamplaatje op de deur. Dat moet in de tijd zijn geweest dat hij nog bij zijn ex-minnares woonde. Zij zal ongetwijfeld hebben gedacht dat hij elke dag naar zijn werk ging. Hij kon altijd erg geloofwaardig overkomen en hij is er altijd goed blijven uitzien tot zij hem heeft achtergelaten en hij is verhongerd. Na zijn dood, verlost van de last een Brunamonti te zijn, verdiende de Contessa – die haar titel met uitzondering van de merkjes op haar kleding nooit meer heeft gebruikt – al snel veel geld in de modewereld. Ze had talent en ze werkte keihard. De banken die al jarenlang hadden toegekeken hoe ze tegen alle verwachtingen in het familiebezit steeds weer wist te redden, hadden het volste vertrouwen in haar en stonden honderd procent achter haar. Inmiddels is het merk *Contessa* een begrip in Europa, Amerika en Japan. Zeg, gaat u me nu eindelijk vertellen wat er is gebeurd?'

'Ja. Ik kom zo terug. Ik ga even naar ze toe om met ze te praten, als je dat goed vindt...'

Toen de politiechef het voorste gedeelte van de bar door liep, zag hij dat een ober op een glazen toonbank karaffen rode wijn op een rijtje zette. De onmiskenbare geur van gegrild varkensvlees met gebakken aardappels en geurige kruiden wekte knagend zijn eetlust. Hij keek op zijn horloge en liep toen met zijn hoed in de hand naar de buren en ging het palazzo Brunamonti binnen.

4

Hij kuierde over de verduisterde rijbaan langs een dichtgespij-
kerd portiershokje totdat hij uitkwam in een ommuurde tuin
waar een fontein zachtjes klaterde en winterjasmijn aan de
okerkleurige muren bloeide. Beschut tegen de wind van de
bergen creëerden gele en paarse krokussen kleurrijke plekken
rondom het stenen fundament van de fontein. Vrolijk tjilpen-
de musjes wipten eromheen. Een idyllisch plaatje. De politiechef keek omhoog. Ook aan de binnengevel waren op twee na
alle bruine luiken gesloten. Het leek haast wel te stil.

'Kan ik u helpen?'

Hij draaide zich om. Achter de kloostergang aan zijn linkerzijde hield een mollige vrouw met grijs haar een glazen deur
open. Hij liep naar haar toe.

'Misschien kunt u me vertellen welke ingang ik moet hebben... Ik ben op zoek naar Leonardo Brunamonti – Conte,
moet ik eigenlijk zeggen.'

'Nee hoor. Hij maakt nooit gebruik van die aanspreektitel.
Hij voelt zich niet goed. Ik denk niet...' Ze keek over haar
schouder de langgerekte ruimte achter haar in. 'Komt u maar
even binnen.' Hij liep achter haar aan. De ruimte had een zeer
hoog plafond. Misschien was hij ooit gebouwd voor koetsen en
er niet voor bestemd mensen te huisvesten. Het gebroken licht
dat van de binnenplaats inviel, was vanwege zijn zonneallergie
ideaal voor zijn ogen. Maar eenieder van de vele mensen die
hier werkten had een eigen spotlight die het naaiwerk, het
knippen, of het bekleden van de modellen bijlichtte. Het leek

wel een korf vol bezige bijen. Dat idee werd nog eens versterkt door het gezoem van de naaimachines. Een voor een vertraagden ze hun handelingen en stopten ze met hun werk toen ze het donkere silhouet van de politiechef in de deuropening zagen staan. Hij wist niet waarom ze op deze manier op zijn aanwezigheid reageerden, maar zag enkel dat hun reactie eensluidend was. Als één persoon staarden ze hem aan, ze haalden adem alsof ze samen één persoon waren, dat was ontegenzeggelijk het geval. De planner... Iemand die van de financiële omstandigheden van de familie op de hoogte was en hun gangen kon nagaan. De politiechef durfde er op dat moment zijn hoofd onder te verwedden dat die persoon zich niet onder deze mensen bevond. En of hij hier eigenlijk wel zou moeten zijn, nou, hij moest toch ergens de weg vragen? Het was niet zijn taak deze mensen te ondervragen. Iemand die meer gewicht in de schaal kon leggen, een hogergeplaatst persoon – misschien zelfs wel de aanklager zelf – zou dat moeten doen. De politiechef ondervroeg hen niet.

'Ik ben signora Verdi, Mariangela Verdi. Ik zeg u maar meteen dat wij geen idee hebben wat er aan de hand is, maar dat wat het ook is, wij willen helpen.'

'Dank u wel.'

'U hoeft me niet te bedanken. We willen niet u, maar Leonardo helpen.'

'Is er dan een verschil?'

'Dat weten we toch niet omdat we niet weten wat er gaande is. Of gaat u ons dat vertellen?'

Ze hield op met praten om een binnengekomen pakketje aan te nemen. 'Neem me niet kwalijk...'

'Gaat uw gang...' Hij keek toe terwijl ze het pakje openmaakte. Het bevatte dingetjes waarvan hij dacht dat het kledingmerkjes waren. Ze waren wit en met gouddraad was er *Contessa* op geborduurd, en links onder in de hoek stond Florence.

Ongewild trok de politiechef even een vergelijking met het

gegraveerde briefhoofd en de visitekaartjes van de doorgedraaide echtgenoot, de Conte Ugo Brunamonti, exporteur van zogenaamde voortreffelijke Italiaanse wijnen.

'Mag ik...?' Hij pakte een van de kledingmerkjes.

'Ja hoor. Het geeft gewoon aan hoezeer we achterlopen als we dit binnenkrijgen voordat we er iets mee kunnen, in plaats dat we stampij moeten maken om ze op tijd te krijgen geleverd. Vroeger waren de letters zwart op een zilverkleurige achtergrond, maar een ordinaire imitator heeft die merkjes en onze ontwerpen nagemaakt, dus moesten we ze wel veranderen. Naar mijn mening zou het Contessa Brunamonti moeten zijn in plaats van alleen Contessa – dat kunnen ze toch moeilijk namaken – maar hare hoogheid wilde het niet hebben en daarmee was de kous af.'

'Dat is misschien ook wel wat lang,' mompelde de politiechef. Hij was verbaasd dat ze blijkbaar van hem verwachtte dat hij een mening over het onderwerp had. Hij was nog meer verrast door de manier waarop ze 'hare hoogheid' had gezegd, het had bijna giftig geklonken. Een meningsverschil over een kledingmerkje kon zo'n toon nauwelijks rechtvaardigen. Had zijn intuïtie hem bedrogen waar het deze mensen aanging? Hij prentte het in zijn geheugen er met de commandant over te praten als ze eenmaal waren ondervraagd. Er zat hier iets helemaal fout.

Hoeveel mensen bevonden zich in deze ruimte? Er waren zoveel ogen op hem gericht. Hij rook de geur van nieuwe stof en van de olie van de naaimachines. De geur van zijn jeugd en van zijn moeders ratelende oude trapnaaimachine.

'Mag ik ook even trappen, alsjeblieft...'

'Je zult de naald breken.'

'Ik zou het fijn vinden als u me de weg kunt wijzen naar...'

'Ik snap het al. U gaat ons helemaal niets vertellen.' Ze begeleidde hem weer naar buiten.

'Er zal een functionaris langskomen die met u allen zal praten. Ik heb niet de leiding. Moet ik deze trap hebben?'

'Neemt u de lift maar. U moet op de tweede verdieping zijn.'

Ze drukte de knop van de lift voor hem in en ging weg.

In het portaal met de blinkende marmeren vloer op de tweede etage kwam hij tegenover dubbele deuren en een koperen belknop te staan. Een in blauw met wit geklede, Filippijnse meid kwam na zijn korte belletje tevoorschijn. Ze was al aan het huilen, maar toen ze zijn uniform in het oog kreeg, begon ze luidkeels te jammeren en rende ze weg zonder hem binnen te laten.

De lange blonde dochter stond onmiddellijk daarna voor zijn neus – hoe heette ze verdorie ook alweer? Hij was het vergeten te controleren. Ze leek hem de doorgang te versperren en was lijkbleek van ongerustheid. De met een plaid toegedekte benen en voeten van een jongeman waren nog net zichtbaar. Ze staken uit over de rand van een witte bank een flink stuk achter haar. De politiechef schudde zijn hoofd om het meisje duidelijk te maken dat hij haar niet zou verraden, maar ze stapte niet uit zijn gezichtsveld. Hij besefte plotseling dat ze haar broer voor hem verborg in plaats van andersom.

'Signorina...' Hij was best bereid net te doen of hij haar niet kende, maar hij liet zich niet wegjagen. 'Neemt u me niet kwalijk dat ik u stoor. Ik ben op zoek naar Brunamonti, Leonardo Brunamonti.' Zelfs toen ging ze nog niet opzij, dus moest hij wel langs haar heen schuiven om vervolgens te zien hoe de jongeman op de witte bank zich ontdeed van de plaid en heel langzaam rechtop ging zitten. Links van hem lag een leren vliegeniersjas op de grond. De politiechef wist zeker dat hij daar al had gelegen vanaf het moment waarop hij die noodlottige avond was thuisgekomen. Ja, hij had gelijk. Dat was absoluut het handvat van een hondenriem dat daar uit een jaszak stak.

Het was een schok Leonardo's gezicht te zien. Het viel natuurlijk te verwachten dat hij geen oog meer had dichtgedaan en radeloos zou zijn, maar zijn gezicht had een groene kleur, zijn huid was droog, en zwarte kringen omkransten zijn ogen die hij nauwelijks open leek te kunnen houden. Nadat hij een poging had gedaan de politiechef aan te kijken, liet hij zijn hoofd in zijn handen vallen en mompelde: 'Luik...'

In de langgerekte ruimte stond maar één van de binnenluiken open en het meisje liep ernaartoe om het te sluiten. Nu viel enkel nog een smal streepje licht binnen waarbij ze elkaar konden zien. Zelfs dat had niet gekund als de ruimte niet volledig wit van kleur was geweest. De politiechef vond al dat wit maar vreemd, maar hij had nu geen tijd om zich af te vragen waarom dat het geval was. Hij liep naar de bank en stond daar stil. Leonardo was duidelijk net zo lang en slank als zijn zus. Hij tuurde tussen zijn vingers door omhoog en prevelde op een manier alsof hij bang was zijn gezicht ook maar een klein beetje te bewegen: 'Waarom bent u gekomen? Wie...?'

Dit kon niet alleen maar van de spanning komen. Die vrouw beneden had gezegd dat hij niet in orde was en het schoot de politiechef plotseling te binnen dat dit wel eens ontwenningsverschijnselen konden zijn.

'Zit u al tien dagen naast de telefoon?'

Geen antwoord. Hij liet zijn hoofd nog verder zakken en drukte met zijn vingers tegen zijn slapen alsof hij wilde voorkomen dat zijn hoofd uit elkaar knalde. Zijn stem leek uit een andere wereld afkomstig.

'Hoe bent u erachter gekomen?'

'Een tipgever. Daar hoeft u zich nu geen zorgen over te maken, noch hoeft u bang te zijn dat we iets zullen doen wat uw moeders leven in gevaar kan brengen.'

De telefoon ging en Leonardo schreeuwde het bijna uit voordat hij opnam.

'Patrick... Ik kan het niet...'

Zijn zus nam de hoorn van hem over.

'Patrick? Hij kan niet praten, hij is te ziek. Ik weet dat hij dat beter kan doen. Dat heb ik hem ook gezegd. Ik kan bij de telefoon zitten. Patrick, luister, de carabinieri zijn erachter gekomen – dat weet ik niet –, een tipgever of zoiets. Een van hen is nu hier. Ik denk dat je met dat bureau moet praten en alles moet afzeggen. Ze is mijn moeder, Patrick, en Leo is niet in staat... Wanneer? Ik zal je ophalen van het vliegveld. Ik kom je halen!' Ze legde de hoorn op de haak. Haar broer was weer gaan liggen en hield met gespreide vingers een hoek van de plaid over zijn gezicht.

De politiechef wees naar een deur. 'Zouden wij...?' Hij liep bijna op zijn tenen achter haar aan de kamer uit. Wat de achterliggende reden ook maar was, de pijn van de jongeman was een voelbare aanwezigheid die zwaar drukte op de met luiken afgesloten, witte kamer die al dagen niet meer moest zijn gelucht.

'Ik zal u meenemen naar mijn kamer. Daar kunnen we praten.'

Daar aangekomen leek die kamer verbazingwekkend groot voor een alleenstaande jonge vrouw. Het was natuurlijk aannemelijk dat alle slaapkamers in een palazzo als dit zo groot waren. Zelfs het kolossale, met houtsnijwerk versierde bed verdween in zo'n grote ruimte. Tegenover de deur leidden twee brede traptreden naar een hooggelegen raam waar voor de luiken lichte, glanzende gordijnen in een lus waren vastgemaakt.

'Hier kunnen we zitten.' Ze ging zitten in een ronde leren stoel die voor een lang, eikenhouten bureau stond. Ze zat kaarsrecht, met haar handen in haar schoot. Maar deze keer leek ze een beetje geagiteerd. Ze draaide de diamanten ring steeds rond haar lange vinger terwijl ze praatte.

'Gaat u alstublieft zitten. Ik denk niet dat hij mij verdenkt, toch?'

'Nee. Ik weet wel zeker van niet.' De politiechef ging in een met houtsnijwerk versierde stoel met hoge rugleuning zitten en had het gevoel dat hij op een troon zat. 'Ik denk dat hij al te zeer overstuur is om zich er druk over te maken. En volgens mij is hij ook ziek.'

'Het stelt niets voor. Ik bedoel te zeggen dat hij niet echt ziek is. Het is migraine. Daar heeft hij last van als hij onder spanning staat. Hij kan geen licht of geluid verdragen, dus het heeft geen zin een poging te doen met hem te praten. Ik kan u alles vertellen wat u moet weten.'

Het viel hem op dat ze geen excuses aanbood dat ze uit zijn kantoor was verdwenen terwijl hij haar had gevraagd te wachten. Misschien had ze het niet goed begrepen. En hoewel ze niet zo'n wrak was als haar broer, moest hij in ieder geval niet vergeten dat ze net zo van streek moest zijn. Ze had ongetwijfeld een sterkere persoonlijkheid. Ze kon het absoluut beter aan.

'Maar er moet toch wel iets zijn wat uw broer tegen de pijn kan nemen?'

'Ja, maar het is een zware cocktail van verschillende pijnstillers. De dokter moet dan langskomen om die bij hem te injecteren. Het probleem is dat hij dan zo'n vijftien uur onder zeil is en daarom wil hij het niet hebben. Hij wil niet bij de telefoon weg. Hij wil wakker blijven, wat belachelijk is omdat ik er ook nog ben.'

'Ja. Probeer hem van gedachten te doen veranderen. Het heeft geen zin om samen bij de telefoon te gaan zitten. Niemand zal op die wijze contact met jullie opnemen omdat jullie telefoon wordt afgeluisterd.'

'De telefoon wordt afgetapt? Nu al?' De diamanten draaiden maar rond, dezelfde heldere flikkeringen als in haar koortsachtige oogopslag.

'Volgens mij wordt dat vandaag nog geregeld. De ontvoerders weten niet beter dan dat het dagen geleden al is gedaan. Dit is een stijlvolle bureauset. Was hij van uw vader?'

'Ja, en daarvoor van mijn grootvader. Mijn vader heeft hem mij nagelaten. Je zou misschien verwachten dat hij hem aan

Leonardo zou hebben gegeven, maar ik was zijn lievelingetje. Al dit meubilair was van mijn vader. Dit was zijn kamer.'

De politiechef kon zich goed voorstellen dat zijn vrouw het niet had willen hebben na alles wat zij met hem te stellen had gehad, maar de dochter had volgens Giorgio een groot plichtsbesef ten aanzien van de familie. Nu wist hij waarom de witheid van de woonkamer zo vreemd op hem was overgekomen. Een kamer in een palazzo uit de Renaissance zou er als deze moeten uitzien, vol meubilair uit die periode. De andere had een strakke belijning en zag er erg modern uit. Tot de vele redmiddelen om haar eigen voortbestaan en dat van haar kinderen te waarborgen, behoorde ongetwijfeld ook de verkoop van antieke meubelen. Arme vrouw. Het moet een hele tijd hebben geduurd voordat ze zich al die moderne witte spullen kon veroorloven.

'Signorina, het is het meest waarschijnlijk dat de ontvoerders van uw moeder contact met u en uw broer zoeken door middel van een door uw moeder geschreven brief. Het staat zo goed als vast dat de brief naar een goede vriend van de familie zal worden gestuurd. Deze man, Patrick...?'

'Hines. Hij vliegt morgenavond vanaf Londen hiernaartoe. Ik ga hem afhalen van het vliegveld.'

'Ja. Maar zou hij normaal gesproken vandaag niet zijn aangekomen? Zal uw moeder denken dat hij hier is?'

'Nee. Hij zou niet overkomen voor de show in Milaan omdat er zoveel moet worden gedaan voor de *New York Fashion Week*.'

'Dan zal ze hem niet schrijven. Wie is haar beste vriendin?'

'Dat weet ik niet. Ze had veel vrienden, maar ik heb altijd tegen haar gezegd dat ze niet genoeg tijd aan hen besteedde, omdat ze veel te veel door haar werk in beslag werd genomen. Ze nodigden haar constant uit voor lunches en uitstapjes, maar ze is nooit zo'n sociaal type geweest. Ze heeft zo ongeveer een vore uitgesleten tussen haar kantoor en het atelier beneden. Ik had het gevoel dat het gewoon niet goed kon zijn voor haar gezondheid om zo hard te werken. Ik weet niet naar wie ze zou schrijven – en wat doen we als diegene de brief aan Leonardo en niet aan mij geeft? Dan weten we niet hoe het ervoor staat.'

'Dat zien we dan wel weer. Ik hoop dat ik hem tegen die tijd heb omgepraat. In de tussentijd zijn er twee dingen die jullie samen moeten doen – als hij voldoende hersteld is: bedenk drie vragen waarop alleen jullie moeder het antwoord weet. U zult vast wel begrijpen dat we zeker moeten weten dat uw moeder nog in leven is.'

'Misschien is ze al dood, dat kan toch? Dat bedoelt u te zeggen.'

'Kwel uzelf niet zo. Het is erg onwaarschijnlijk. Ze weten dat ze met dit bewijs moeten komen, dus is het in hun eigen belang om haar in dit stadium in leven en gezond te houden.'

In de hoop haar af te leiden van de gedachte dat haar moeder al dood kon zijn, zei hij: 'Dat is een prachtige foto van u daar aan de muur. Ze zijn allemaal mooi. We gaan ervoor zorgen dat u snel weer zo ontspannen en vrolijk bent, dat zult u zien. Bent u dat op dat paard?'

'Ja. Ik rijd niet meer. Die foto daar in mijn balletkostuum is mijn lievelingsfoto. Die is vorig jaar genomen. Ik moest het dansen opgeven omdat ik het niet meer kon combineren met mijn studie aan de universiteit.'

'Het is een erg treffende foto van u. En ook nog gesigneerd, zie ik.'

'Ja. Door de fotograaf. Gianni Taccola staat erg goed bekend in Florence. Hij heeft een fotoserie over mij voor een tentoonstelling gebruikt en hij gaf me deze foto als cadeautje. Hij gebruikte hetzelfde woord als u – treffend – en hij zei dat ik blij mocht zijn dat ik niet de ambitie heb model te worden, zoals Olivia had, omdat niemand me zou willen hebben. Ikzelf zou bij de mensen in het oog springen en niet de kleding. Een model moet wel knap zijn, maar boven alles moet ze een lopende kleerhanger zijn. Ik heb wel wat modellenwerk gedaan om Olivia uit de brand te helpen, maar ik vond het niet echt leuk... We redden het nooit! We redden het nooit zonder haar!'

'Nee, nee, nee. Jullie hoeven het niet zonder haar te doen. We gaan ervoor zorgen dat ze weer thuiskomt. Probeer nu rustig te blijven. U hebt zich zo goed gehouden en we hebben uw hulp nodig.' Daar ging zijn afleidingsmanoeuvre. 'Zou u me nu een van haar kledingstukken willen geven, liever iets wat ze heeft gedragen dan iets wat al is gewassen. Wilt u dat voor me doen?'

'Natuurlijk.' Ze stond op en liep naar het hoofdeinde van het bed waar ze op een belletje drukte. Even later werd er geklopt en kwam de Filippijnse meid binnen.

'Ja, signorina,' zei ze, terwijl ze luid haar neus ophaalde. Haar wangen waren nog altijd nat en ze deed geen poging om haar tranen in te houden of te verbergen.

'Breng de politiechef naar mijn moeders kamer en geef hem wat hij wil hebben.'

De politiechef fronste het voorhoofd. 'Het is misschien beter als u ook meekomt.'

'Ik wil even kijken hoe het met Leo gaat.'

'Maar natuurlijk...'

Er zat niets anders op dan de huilende meid te volgen. Ze ging hem voor naar het einde van een glanzende donkerrode gang en daar liepen ze twee grijze stenen trappen op naar de achterste slaapkamer. Zoals hij had verwacht was het een lichte, sfeervolle kamer. Ook hier hingen foto's. Bijna een hele muur hing er vol mee, in zilverkleurige lijstjes en allemaal van Leonardo en Caterina. Op eentje stonden ze samen toen ze nog klein waren. De politiechef bekeek hem eens goed. Hij had nog nooit zulke mooie kinderen gezien. Het was geen wonder dat de Contessa ze zo vaak had gefotografeerd. Een vergroting van een zwartwitfoto sprong eruit tussen alle kleur. De dochter in een gaasachtig balletrokje, glanzende muiltjes en haarvlechten, de rest ijl als een schaduw. Die was waarschijnlijk nog niet eens zo lang geleden genomen.

'Danst de signorina?'

'Heel lang zij danst. Gestopt nu. Moet tentamens studeren. Universiteit.' Het dienstmeisje trok door haar tranen heen een afkeurend gezicht.

'Ja, het is inderdaad zonde,' zei hij instemmend terwijl hij nog een keer naar de prachtige foto keek, 'maar tegenwoordig moeten jonge mensen hun diploma halen.'

De meid gaf geen antwoord, als ze hem al had begrepen.

Tussen lange mousselinen slierten door scheen de winterzon naar binnen. Op het grote nieuwe bed lag een lichtgekleurd, zijdeachtig dekbed. Misschien was de leegte van dat zachte bed waar zo lang niemand in had geslapen te veel voor de meid want ze begon zelfs nog harder te huilen.

'Mijn signora! Mijn signora! O, wat moet er nu van mij worden?'

Ze was zo klein dat ze met dat korte steile haar meer op een meisje leek dan op de jonge vrouw die ze ongetwijfeld was, en zonder nadenken legde de politiechef een troostende hand op haar hoofd en streelde over haar haren.

'Rustig maar, rustig maar. Het komt allemaal goed.' Hij had dit soort dingen vaak genoeg meegemaakt om meteen navraag te doen.

'U bent toch niet bezorgd over uw papieren en zo, toch? Als dat wel zo is, kan ik wel proberen...'

'Nee!' Ze schreeuwde het nog net niet uit. 'Mijn signora doet alles voor mij en doet mijn werkvergunning. Álles! Ik huil voor mijn signora omdat zij haar vermoorden!'

'Nee hoor. We gaan ervoor zorgen dat ze weer thuiskomt. Luister nu even naar me: wij hebben bijzondere honden die ons zullen helpen uw signora te vinden en u moet de honden helpen en mij een kledingstuk geven. Begrijpt u dat?'

'Ja, signor.'

'Iets waaraan de honden kunnen snuffelen en dan... Begrijpt u mij?'

'Ja, signor.'

De politiechef zuchtte. Hij had in de gaten dat ze 'Ja, signor' zou antwoorden als hij haar zou vragen uit het raam te springen en dan gewoon zoals nu aan de grond genageld zou blijven staan. Hij begreep ook dat de commandant hem vanwege dit soort dingen hierheen had gestuurd. Hij ging het nog één keer proberen en als het dan nog niet lukte, zou hij haar wegsturen om de dochter er weer bij te halen.

'Hoe heet je?'

'Silvia, signor.'

Hij gaf haar zijn grote witte zakdoek.

'Dank u wel, signor.'

'Vouw hem open. Maak je ogen droog.'

'Ja, signor.' Ze vouwde hem dubbel, stopte hem in de zak van haar schort en veegde haar ogen met haar hand en mouw droog.

'Goed, Silvia, de kleren van jouw signora. Kleren...' Hij keek rond, maar nergens lag ook maar één kledingstuk.

Silvia opende één van een lange rij goud met wit gekleurde deuren van de kledingkast. Hij boekte vooruitgang.

'Mijn signora heel veel kleding,' zei ze trots door haar tranen heen. 'Heel veel...' Ze opende nog meer deuren en plotseling trok ze er iets langs, frivools en erg doorschijnends uit te voorschijn.

'Deze voor als meneer Patrick uit Amerika komt. Mijn signora erg sexy voor meneer Patrick... O, mijn signora...' Ze brak opnieuw in tranen uit nu de werkelijkheid weer tot haar doordrong. Ze liet het doorschijnende frivole gevalletje uit haar kleine handen vallen.

De politiechef raapte het op. Het was zonder meer pas nog gewassen en daarom had hij er niet veel aan.

'Wasgoed,' zei hij terwijl hij haar bij de schouder vastpakte. 'Waar ligt het wasgoed van je signora? Haar wasgoed?' In de afgelopen tien dagen had ze waarschijnlijk alle kleding gewassen.

Aan haar blik te zien stond het haar niet aan, maar ze bracht hem naar de badkamer die helemaal wit met goud was en erg groot.

Een wasmand! Hij opende hem zonder veel hoop te koesteren, maar op de bodem lag wat kanten ondergoed. Hij raapte het er zelf uit.

Silvia was met afschuw vervuld en een crescendo van 'mijn signora's' achtervolgde hem toen hij naar de slaapkamer terugliep. Daar haalde hij een plastic zakje uit zijn jaszak en liet hij het ondergoed erin glijden. Hij voelde zich bijna net zo beroerd als zij. Een wildvreemde man die de intieme kledingstukken – ongewassen, intieme kledingstukken – van haar signora betastte met zijn grote, onhandige handen! Hij was blij dat hij haar tranen en piepende protesten kon laten voor wat ze waren en vond zelf de weg terug naar de witte woonkamer.

Leonardo zat zachtjes aan de telefoon te praten. Met zijn vrije hand hield hij zijn voorhoofd vast. Zijn zus zat naast hem op de leuning van de bank.

'Goed dan. Ik kom naar beneden.' Hij hing op.

'Leo, dat moet je echt niet doen. Het is belachelijk! Ik ga wel.'

Maar hij raapte zijn jas op en trok hem zeer omslachtig aan alsof elke onverwachte beweging de pijn zou verergeren. Hij streelde zachtjes haar arm om haar te kalmeren. 'Ze hebben me nodig. Ik red me wel.' Hij stond op en toen hij de politiechef zag, zei hij: 'Het spijt me...'

'Maakt u zich alstublieft geen zorgen. Ik zie dat u niet fit genoeg bent om met mij te praten. Ik kom wel terug als u zich beter voelt – maar, sorry dat ik het zeg, uw zus heeft echt gelijk. U kunt nu toch nergens naartoe?'

'Ik moet alleen maar naar het atelier. Anders kunnen zij niet verder. Loopt u met me mee?'

'Natuurlijk.' Al was het maar omdat hij hem waarschijnlijk moest helpen overeind te blijven. De politiechef had nog nooit iemand op zijn benen gezien die er zo ziek uitzag. En toch begon hij, weliswaar wankel, de brede trap af te lopen.

'Wilt u niet met de lift?'

'Sorry. Het geluid, de beweging... Dat lukt me niet.'

Ze kwamen de trap nog af, maar toen ze de binnenplaats overstaken, hield de jongen halt bij de fontein. Hij wankelde en de politiechef ondersteunde hem.

'Mijn moeder, o God. Ik heb geen idee meer wat het beste is...'

'Het komt goed. Als u met mij wilt praten. Als u me vertrouwt.'

Maar de politiechef merkte dat hij het tegen zichzelf had. De diepliggende ogen van de jongeman waren leeg. Hij kon niets meer horen noch zich bewegen.

'Help me...'

'Ik ben hier om u te helpen, geloof me maar...'

'Nee. Ambulance.' Hij klapte dubbel om op het gras over te geven en ging zwijgend heel voorzichtig op de brede stenen rand van de fontein liggen.

'En hoe gaat het nu met hem? Heb je er iets over gehoord? Maak die fles eens open, Salva, als je daar toch staat.'

Teresa gaf hem de kurkentrekker en de politiechef pakte de hals van de fles vast. 'Vlak voor ik wegging van kantoor heb ik het ziekenhuis nog even gebeld. Ze zeggen dat hij tot morgen buiten bewustzijn zal blijven.'

'Arme jongen. Ik heb nog nooit eerder gehoord dat migraine zo erg kan zijn.'

'Hij was blind toen de ambulance kwam en hij had geen gevoel meer in zijn handen en voeten. Ze dachten dat het iets ergers was, maar gelukkig had zijn zus het me uitgelegd.'

'Hoe ziet ze eruit? Ga aan de kant, Salva. Ik moet bij de gootsteen. Is ze zo mooi als haar moeder?'

'Ze is mooi, maar anders mooi.'

'Hoe zei je ook alweer dat ze heette?'

'Ik heb haar naam niet genoemd. Ik kan hem niet onthouden. Herinner jij je de Contessa dan? We woonden nog op Sicilië in de tijd dat de modeshows hier werden gehouden.'

'Ik heb haar bij de kapper gezien.'

'Wat?'

'O, maak je maar niet druk. Ik heb niet je hele salaris verbrast bij het soort kapper waar zij naartoe zal gaan. Nee, in de tijdschriften – eentje in het bijzonder, weet ik nog, had een uitgebreid artikel over haar. Bij beroemde mensen thuis, iets dergelijks, weet je wel. Er was één foto van haar waarop ze in beige, kasjmieren vrijetijdskleding, op een bank van witte stof zat, met een hondje dat tegen haar aan was gekropen, in een kamer die helemaal wit was. Ik weet nog dat ik twee dingen dacht: ten eerste dat ze ouder moest zijn dan ik en dat ze er toch als een model uitzag, gewoon schitterend.'

'Ze is ooit model geweest.'

'En toen dacht ik dat ik me niet eens kon voorstellen wat onze twee jongens met die witte kamer zouden doen. Wil je ze roepen? Het eten is klaar.'

De volgende ochtend belde de politiechef in zijn kantoor meteen het Santa Maria Nuova Ziekenhuis. Ze vertelden hem dat Leonardo Brunamonti nog altijd sliep, maar waarschijnlijk wel wakker zou worden voor de ronde van de arts om elf uur, waarna hij zou vertrekken. De politiechef besloot dat hij ernaartoe zou gaan met de smoes dat hij hem naar huis kon rijden. Om wat privacy te hebben zou hij met zijn eigen auto gaan zodat hij geen chauffeur hoefde mee te nemen.

Als de jongen al verbaasd was hem te zien, dan was hij nog niet half zo verbaasd als de politiechef.

'Ik zou je niet hebben herkend.'

'Nu is er niets meer met me aan de hand. Als ik eenmaal heb geslapen, is het voorbij.' Het lijkbleke wezen van de dag ervoor was nu een knappe jongeman met grote, groenbruine ogen. En al was zijn blik misschien nog wat wazig, het was ook een levendige blik waaruit oprechte dankbaarheid sprak. 'Ik zou mezelf moeten laten bedwelmen zodra mijn gezichtsvermogen achteruitgaat, nog voor de hoofdpijn begint, maar ik kon niet... U begrijpt het vast wel.'

'Vanzelfsprekend. Het maakt nu toch niet meer uit, maar zoals ik uw zus al heb verteld was uw wake zinloos. Niemand zal bellen. Ik heb mijn auto vlakbij staan. Ik hoop dat ik niet te vrijpostig ben door u zo te benaderen, maar ik zou graag met u praten...'

'Ik ben blij dat u bent gekomen. Om u de waarheid te zeggen was het Patrick – Patrick Hines – die echt wilde dat we het alleen zouden doen. Hij is Amerikaan en vertrouwt de autoriteiten hier niet. Sorry dat ik dit zeg, maar...'

'Maakt niet uit. Het komt voor.'

'Weet u, hij heeft het gevoel dat een privé-detective alleen in ons belang zou werken, maar dat bij u het arresteren van de ontvoerders de eerste prioriteit heeft.'

'Dat is deels waar,' gaf de politiechef toe, 'maar u denkt toch niet dat wij een zaak als succesvol afgehandeld beschouwen als het slachtoffer komt te overlijden?'

'Nee, maar u zou misschien wel meer risico's durven nemen...'

'Als u commandant Maestrangelo ontmoet, zult u zich niet kunnen voorstellen dat hij ook maar enig risico neemt. Ach, niemand zal er bezwaar tegen hebben als u een eigen man wilt inschakelen zolang hij maar met ons wil samenwerken. Mag ik u alleen vragen er eerst met de commandant en de aanklager over te praten? Is dat redelijk?'

'Meer dan redelijk. Eerlijk gezegd is dit een opluchting voor me. Ik zou niet weten hoe we het in ons eentje hadden moeten redden.'

'Dat had u niet gekund. Dat kan niemand. Als u weet van zaken waar dat het geval leek te zijn, dan was dat alleen maar schijn.'

'Dat zal wel. Kan ik u om een gunst vragen? Zou u hier even willen stoppen? Ik heb al tien dagen geen frisse lucht meer ingeademd en bij terugkomst zal ik meteen naar het atelier moeten. Maar ik wil uw tijd niet verdoen.'

'Wees maar niet bang.' Hij mocht dan misschien wel van zijn hoofdpijn zijn hersteld, hij was nog altijd te zeer van streek en afgeleid om op te merken dat de politiechef een behoorlijke omweg nam. Hij reed omhoog over de Viale Michelangelo, hoewel hij toestemming had door de binnenstad te rijden. Hij had het gevoel dat hij nu de volle aandacht van Leonardo Brunamonti kreeg en wist niet zeker of dat zo zou blijven als die kerel Hines ten tonele zou verschijnen. Hij parkeerde onder het standbeeld van David en ze stapten uit de verwarmde en door de zon heet geworden auto om de ijskoude windvlaag die hen belaagde in te ademen.

Ze liepen in stilte langs de marmeren balustrade. Onder hen lag een wandkleed van rode daken en glinsterend wit marmer uitgespreid. De rivier, glad en vol, had een diep olijfgroene kleur. Enorme, felgekleurde toerbussen stonden op de piazza geparkeerd en toeristen leunden op de balustrade om te voorkomen dat hun camera's bewogen. De wind plette hun bontjassen en kleurde hun neuzen rood.

De politiechef volgde zijn gebruikelijke beleid bij een ondervraging. Hij zei dus geen woord. Leonardo ademde een tijdje diep in waarna zijn blik naar rechts gleed, naar de donkere, met sneeuw bespikkelde heuvels aan de horizon.

'Ze heeft zo'n hekel aan kou... Ze vertelde ons altijd over haar eerste vijf jaar hier, hoe ze last kreeg van winterhanden en -voeten en geen idee had wat haar mankeerde – u kunt het zich wel voorstellen, als je uit Californië komt. Het komt door de vloeren – steen, marmer. In Amerika ligt er tapijt in de huizen... Ze houden haar wel op een beschutte plek vast, hè?'

De politiechef ontweek zijn ernstige blik. 'Het is in hun eigen belang om haar in leven en gezond te houden. Dat zullen ze moeten bewijzen. U zult vast binnenkort iets van haar horen.'

'Het is alleen – ik heb dit soort zaken nooit echt op de voet gevolgd, maar ik heb wel eens gehoord over mensen die in holen worden vastgehouden... Van haar horen? Zullen ze haar laten schrijven of iets dergelijks?'

'Schrijven, ja...' Hij corrigeerde dat 'laten' niet. Ook zijn blik was op de heuvels in het noorden gericht. Hun scherpe contrast werd gedempt door zijn zonnebril. Donkere onherbergzame heuvels. Sommige mensen vonden ze prachtig en ratelden maar door over wilde orchideeën en asperges, over ondoordringbare bossen vol boleten die kilo's konden wegen, en truffels en stekelvarkens. Zo'n uitgestrekt, woest landschap, zulke schilderachtige schaapskudden, zo heerlijk koel hartje zomer.

En dan placht de politiechef met gefronst voorhoofd te zeggen: 'Nee, nee...' Hij wist niet hoe hij zijn ontstemdheid onder woorden moest brengen. Je kon hier wel bij een standbeeld staan terwijl de rijkdom der beschaving aan je voeten lag en toeristen uit alle windstreken voor een foto stonden te poseren en giechelden als de wind haarlokken in hun gezicht waaide. Maar ergens hoog in die heuvels lag waarschijnlijk een vrouw als een dier vastgeketend. Als ze geluk had, zou haar leven slechts voor altijd zijn beschadigd. Zo niet, varkens lieten nog geen kruimeltje over, tenzij je de knieschijven meetelde die ze de moeite van het kauwen niet waard vonden en onverteerd weer werden uitgepoept. De politiechef had het niet zo op die heuvels, noch op de Aspromonte in Calabrië of op Barbagia op Sardinië. Hij wilde het 's zomers niet koud hebben, hij vond de ontluisterende armoede van een schaapsherder niet schilderachtig, en in de ondoordringbare wouden die wilde beesten herbergden, konden rovers zich ook schuilhouden. Hij vond het maar niets.

'Nee, nee, nee...' zou hij dan zeggen. Met gefronst voorhoofd.

'Ik heb het erg koud. Waarschijnlijk omdat ik niets heb gegeten. Zullen we weer naar de auto gaan?'

Toen de politiechef de auto startte, voelde hij dat de jongen zat te trillen. Hij moest het wel ijskoud hebben.

'Het spijt me...' Hij trilde niet omdat hij het koud had, maar omdat hij snikte zonder te huilen. 'Het spijt me, het is alleen... Ik klaag na vijf minuten over de kou, terwijl zij...' De woorden stokten hem in zijn keel.

'Probeer maar niet te praten. U moet inderdaad gewoon iets eten.'

'Nee. Ik wil wel met u praten. Het was zo vreselijk... De stilte, het wachten. Ik wil graag met u praten.'

De politiechef liet hem praten. Hij bracht hem niet naar huis, maar naar het bureau aan de Borgo Ognissanti, waar de commandant op het punt stond naar het kantoor van de aanklager te gaan. Hij bleef nog een tijdje bij hen, liet iemand broodjes en wat te drinken voor hen halen en liet ze toen alleen in zijn kantoor achter.

Leonardo praatte tweeënhalf uur aan een stuk door. Hij deed verscheidene malen uit de doeken wat er die nacht van zijn moeders verdwijning was voorgevallen, terwijl hij hoopte, wat heel menselijk was, dat het verhaal anders zou aflopen dan met de mededeling: 'Ik wist dat ze moe was. Ik had de hond ook best een keertje kunnen uitlaten... Mijn zus had al gedoucht en stond op het punt naar bed te gaan... Ik dacht er zelfs nog aan om met haar mee naar beneden te gaan, maar zat aan een ontwerp te werken en had een kop koffie nodig om op de been te blijven zodat ik het die nacht kon afmaken. Dat deden we wel vaker zo laat op de avond dus ik had makkelijk... Als ik...'

'Kwel uzelf niet zo. Dat doet u geen goed en het zal uw moeder ook niet helpen.'

'Ze zou naar het platteland gaan. We hebben een huisje, weet u, niet al te ver weg, anders zou ze er nooit naartoe gaan.

Ze probeerde er altijd een paar dagen tussenuit te knijpen voordat de Fashion Week van Milaan begon. Als alles eenmaal op rolletjes liep, deed ze dat om opgepept te zijn als de show begon, omdat het er altijd erg hectisch en zenuwslopend aan toe gaat. Maar dit jaar ging ze niet, omdat we in april voor het eerst ook naar New York gaan. Ik had meer verantwoordelijkheden op me moeten nemen. Ik had haar het gevoel moeten geven dat ze de boel gerust aan mij kon overlaten. Als ze wel was gegaan, dan was dit allemaal niet gebeurd.'

'Ik geloof niet dat dat zo is. Misschien hebben ze dagenlang op hun kans gewacht en zouden ze in dat geval gewoon langer hebben gewacht.'

'Maar waarom? Waarom wij? We zijn niet rijk genoeg.'

Nu kwam het onvermijdelijke. De eerste ontvoering waarbij de familie toegaf dat ze zo rijk waren als de ontvoerders blijkbaar wisten, moest nog komen. Zij deden een vooronderzoek en de rechterlijke ambtenaren deden het hunne. In het openbaar werd alles met de mantel der liefde bedekt, terwijl zwart geld discreet van buitenlandse rekeningen werd opgenomen. Natuurlijk maakten ze vergissingen, maar over het algemeen wisten ontvoerders waar ze mee bezig waren.

'Mijn moeder leidt een winstgevend bedrijf, maar als u eens wist hoe hard ze heeft gewerkt. Jarenlang speelde ze niet eens quitte en leende ze steeds meer geld. Ze is nu binnen, maar ze heeft alles weer geïnvesteerd om de buitenlandse markt op te kunnen. Het is mogelijk, zelfs waarschijnlijk, dat we dit jaar geen winst zullen boeken. Weet u waaraan ik vanochtend dacht terwijl ik zat te wachten tot de dokter zou langskomen? Aan de moord op Versace. Kunt u zich dat nog herinneren, dat het op het nieuws was? Hij was weliswaar beroemd, maar pas toen mensen dat huis van hem in Miami zagen, hadden ze door hoeveel geld hij had verdiend. Ze zijn daar echt van geschrokken. Meteen waren er roddels... Maffia, het witwassen van geld, god weet al niet wat. Zou het kunnen dat dat aan deze ontvoering ten grondslag ligt, dat de aandacht nu op de mode-wereld is gevestigd? En de moord op Gucci? Het ging om zulke bedragen...'

'Het is een goede zaak,' zei de politiechef voorzichtig, 'dat u daar nog eens over nadenkt, omdat dat ons kan helpen in welke richting we het bij deze ontvoering moeten zoeken.'

'Maakt dat zoveel uit – als het erom gaat mijn moeder te redden, bedoel ik? Ik realiseer me dat het belangrijk is voor u.'

'Het is in beide gevallen belangrijk. Als we weten wie het heeft georganiseerd, weten we wie erachter zit en waar hij opereert, waar zijn territorium ligt.'

'Ik begrijp het. Maar toch...' Leonardo stond op uit zijn diepe leren fauteuil en begon door de kamer te ijsberen. In verwarring staarde hij naar de schilderijen, de rij met kwastjes versierde kalenders, de medailles en het smetteloze, opgeruimde bureau. 'Wij zijn geen Versaces, zo beroemd zijn we niet – in de verste verte niet –, in vergelijking met hem stellen we niets voor.'

De politiechef moest omzichtig te werk gaan. Als hij nu het vertrouwen van de zoon zou verliezen, betekende dat het einde als Hines en een privé-detective uit Londen eenmaal waren gearriveerd.

'Nou, ze zeggen van Versace ook dat hij met niets is begonnen...'

'En mijn moeder is met schulden begonnen! Als u ook maar iets van mijn vader zou weten...' Hij zei niets meer en bleef door de kamer banjeren terwijl hij de politiechef aankeek. 'U bedoelt dat onze naam... Is dat...'

'Het onroerend goed. Dit moet u bespreken met iemand die er meer verstand van heeft en, bovendien, zolang we nog geen eis om losgeld hebben, weet u niet hoeveel ze over u te weten zijn gekomen. Waar u wel over zou kunnen nadenken, is wie dergelijke informatie heeft kunnen verschaffen. Het is geen leuk verzoek, maar ik moet het u wel vragen. Maak een lijst van iedereen die voor u werkt in welke hoedanigheid dan ook, wie meer van u weet, wie regelmatig bij u over de vloer komt om wat voor reden dan ook. Begin met uw eigen vriendin als u haar nog niet zo lang kent.'

'Nee. Nee, ze is Amerikaans en woont in Zwitserland.'

'Die ervoor dan. Hebben jullie ruzie gehad? Hebt u de relatie beëindigd?'

'Nee. Zij is bij mij weggegaan. Dat is meestal het geval, omdat ik dag en nacht werk. Het is zonder ruzie gegaan. Ik kan me niet voorstellen...'

'Als u uw moeder wilt redden, moet u zo'n lijst maken. Van uw vaste personeel, uw accountant, de tuinman, iemand die u onlangs hebt leren kennen die plotseling interesse in uw familie toonde. Iedereen. U hoeft niet bang te zijn. We zullen ze op discrete wijze natrekken. Ze zullen het nooit te weten komen. De naam Brunamonti is niet zomaar uit het telefoonboek geprikt. Begrijpt u me?'

Leonardo zeeg weer in een fauteuil neer en wreef in zijn ogen alsof hij werd gedwongen zijn wereld met andere ogen te bekijken. 'Goed.'

De politiechef had nauwelijks tijd om te beslissen of hij de jonge man naar huis zou brengen of zou voorstellen een wandeling te maken om wat frisse lucht te krijgen, toen een carabiniere binnenkwam. Hij excuseerde zich en vroeg of de politiechef de telefoon wilde opnemen, omdat de commandant hem wilde spreken.

'Ik hoopte al dat je er zou zijn. Is de zoon nog bij jou?'

'Ja, hij is er nog.'

'Misschien moet je hem maar meenemen. We hebben de auto gevonden.' Hij gaf richtingaanwijzingen om op de plek te kunnen komen waar iemand hen zou opwachten en hing op.

'We hebben haar auto gevonden.'

5

Tijdens de rit in een dienstauto met een carabiniere als chauffeur zat de politiechef bij Leonardo op de achterbank voor het geval hij nog wat wilde zeggen. Misschien was dit zijn gebruikelijke manier van doen of misschien kwam het door de schrik, maar Leonardo kende geen gulden middenweg: of hij stortte zijn hart uit of hij zweeg. Je kon weliswaar niet verwachten dat hij nu over koetjes en kalfjes zou praten, maar de politiechef die al zoveel soortgelijke situaties had meegemaakt, vond hem desondanks opmerkelijk. Het was rustig op de weg om deze tijd van de dag – het was inmiddels vroeg in de middag – en ze hadden de stad al snel achter zich gelaten. Ze ruilden de grote paleizen en marmeren voorgevels in voor een lintbebouwing van rijtjeshuizen, smalle afgesleten straten en fabrieken. Een jeep van de plaatselijke carabinieri begeleidde hen naar een landweg die in de richting van de heuvels uit de bebouwde kom leidde. Ondanks de stralende zon aan de knalblauwe hemel waren de greppels aan weerskanten van het okerkleurige weggetje nog deels met een ijslaag bedekt. De jeep stopte aan het begin van een steil tractorspoor. De chauffeur stelde voor dat ze gezamenlijk in de jeep verdergingen aangezien het lastig zou zijn vanaf hier nog met de auto te rijden.

Ze stapten in. De politiechef hield zijn metgezel nauwlettend in de gaten, omdat hij geschrokken was van diens inzinking van de dag ervoor. Maar hij leek kalm en had wat kleur in zijn gezicht. Hij zag er veel jonger uit. Hij draaide zich om en tuurde naar de heuvels aan hun rechterzijde en de politiechef volgde zijn blik. Het maakte niet uit hoe stralend de zon was, wat voor weer het ook was, deze heuvels zagen er altijd duister en onherbergzaam uit.

Ze waren nog niet eens zoveel gestegen over het steile spoor toen de jeep een veld op reed en halt hield. Aanklager Fusarri was al gearriveerd, samen met de commandant en een groep plaatselijke carabinieri. Achter hen werden foto's gemaakt van de zwarte auto van Contessa Brunamonti, die deels schuilging achter keien en takken.

'Ze hebben de kentekenplaten eraf gesloopt,' zei de politiechef, 'maar zou dit de auto van uw moeder kunnen zijn?'

'Ja. Wat wil dat zeggen? Is ze...?' Zijn blik viel weer op de donkere, met sneeuw bedekte heuvels.

'Het zegt helemaal niets, behalve dan dat we het spoor hebben opgepikt. Dat is makkelijk zat. Ze verwisselen op een rustige plek van auto. Ze kan in die heuvels zitten, maar ze kan ook ergens aan de andere kant van het land zijn. Blijf maar in de jeep zitten en zorg dat je warm blijft tot ze hun werk hebben gedaan. Dan zullen ze je vragen de auto vanbinnen te bekijken.'

Het duurde een hele tijd. Niemand verwachtte bruikbare vingerafdrukken aan te treffen, maar de auto moest er niettemin op worden onderzocht.

De commandant en de aanklager waren in een diep gesprek verwikkeld en de politiechef stond met gefronst voorhoofd op gepaste afstand. Ze hadden de auto achteruit half een grot in de heuvelrug in gereden. Er waren veel van zulke grotten in deze heuvels. Sommige waren net groot genoeg voor één persoon, andere waren zo groot dat een bataljon zich er kon schuilhouden.

De politiechef keek rond naar de carabiniere die hen had gebracht. Hij kon hem niet vinden, maar zag wel Bini staan, de politiechef die de leiding had over het bureau in deze plaats. Hij liep op hem af en vroeg: 'Van wie is dit gebied?'

De plaatselijke man dempte zijn stem. 'Salis, Francesco Salis.' Als je hem zo hoorde, kreeg je de indruk dat hij bang was dat de beruchte schurk hem zou horen. 'Ik heb het aan de commandant verteld, maar die wist het natuurlijk al. Hij zit nu al ruim drieënhalf jaar ondergedoken.'

'Hoe lang werkt u hier.'

'In september zeven jaar.'

'Dus u kent hem.'

'Ik ken hem maar al te goed, maar we kunnen hem pas oppakken op de dag dat hij besluit naar beneden te komen. Het gerucht gaat dat hij kruipend kan rennen. En dan bedoel ik echt rennen; hij dendert als een wild zwijn door het kreupelhout. Ze zijn hem met de honden eens op het spoor gekomen, maar het was daar zo nauw dat slechts één hond tegelijk achter hem aan kon rennen. Hij heeft zich omgedraaid en ze een voor een beschoten tot ze het hebben opgegeven. De mensen in de helikopter die erboven hing, hebben er niets van gezien. Nee, ze zullen hem niet te pakken krijgen tenzij hij naar beneden komt. En het lijkt er nu niet meer op dat hij naar beneden zal komen, hè?'

'En als hij het losgeld krijgt?'

'Dan zal hij het land uit zijn voor de anderen het slachtoffer hebben laten gaan. Geloof me. Ik ken hem.'

'Guarnaccia!'

De politiechef excuseerde zich en voegde zich bij de commandant.

'Guarnaccia, haal de zoon zodat hij het binnen kan bekijken, oké? Hoe gaat het? Werkt hij mee?'

'Nu nog wel. Ik maak me zorgen over wat er gebeurt als de anderen aankomen. Hij is erg bang en in de war en op dit moment laat hij zich door mij steunen, maar... Nou ja, dat we de auto hebben gevonden zal wel helpen.'

'Ik ben blij dat te horen aangezien we hiermee niet veel verder komen. We hebben meer nodig dan de auto alleen.'

Ze vonden meer. Niet in de auto. Daaraan viel niets te zien, maar het forensisch laboratorium zou ongetwijfeld bewijzen vinden van wat ze al wisten, maar wat voor het gerecht zou moeten worden bewezen: mensen- en hondenharen, bijvoorbeeld. Ze vonden heel wat meer in een andere, hoger gelegen grot. Plastic flessen, etensrestjes, een smerige, oude matras, en, daarachter op de wand iets in het Engels geschreven.

gone swiming

Leonardo werd erbij gehaald om het te bekijken. Daarna kroop hij de grot uit, ging overeind staan en zei niets. Hij wendde zijn hoofd af van de onderzoekende blik van de politiechef en mompelde: 'Neem me niet kwalijk.' Hij liep even van de groep weg. Fusarri, met een nog niet opgestoken sigaartje in zijn mond, trok zijn wenkbrauwen op en keek de commandant en de politiechef beurtelings aan terwijl hij het sigaartje met zijn tanden omklemde.

'Ik neem aan dat zijn reactie erop duidt dat hij zeker weet dat zijn moeder het heeft geschreven. Als iemand met een steen schrijft is het handschrift volgens mij niet herkenbaar, dus dat zou betekenen dat in de woorden een boodschap voor hem ligt besloten. Ik kan er niets van maken. U wel, commandant?'

'Nee, maar...'

'Kom op, Maestrangelo. Uw Engels is uitstekend, als ik het me goed herinner.'

'Het is goed genoeg om te weten dat er een spelfout in zit.'

'Echt? Bedoelt u dat het nep is? Dat de ontvoerders het misschien hebben geschreven? Tenslotte is het al vreemd dat ze het niet hebben weggekrast. Het is immers niet op een verborgen plek geschreven.'

'Ik vind het vreemd dat ze de plek hoe dan ook niet hebben schoongemaakt. Misschien hadden ze haast om te vertrekken, dat zou kunnen, maar...'

Fusarri haalde de sigaar uit zijn mond en zwaaide ermee.

'Deze hele opstelling is doorgestoken kaart? Maar de auto is wel echt.'

'Ja. En de reactie van de zoon ook. Politiechef?'

De politiechef liep naar de plek waar Leonardo op een zwerfkei was gaan zitten. Hij staarde naar de heuvels alsof hij gehypnotiseerd was. Het kostte de politiechef moeite om zijn aandacht te krijgen.

'Ze is hier geweest. Het is een boodschap voor mij. Ze is hier geweest...'

'Het is juist geschreven, hè? Wij vroegen ons eigenlijk af of een van haar ontvoerders dit heeft opgeschreven. Ze proberen ons misschien op een dwaalspoor te brengen door een schuilplaats na te maken.'

'Nee, het is... Nee.' Hij haalde diep adem. 'Omdat... Het is een boodschap aan mij. Als kind ging ik naar Italiaanse scholen en sprak ik Italiaans met mijn vader toen hij nog bij ons woonde. Mijn moeder sprak altijd Engels tegen me en probeerde me ook Engels te leren lezen en schrijven. Ze heeft me vaak voorgelezen. Ik ben bang dat de Engelse spelling boven mijn pet ging. Ik ben er nog steeds niet zo goed in, eerlijk gezegd. Toen ik een jaar of dertien, veertien was, had ik 's middags zwemles, en als mijn moeder beneden in het atelier was, liet ik thuis altijd een briefje achter om haar daaraan te herinneren. Dat schreef ik altijd, hoe vaak ze me ook heeft gecorrigeerd, en uiteindelijk begon ze het uit te spreken op de manier zoals ik het schreef. Het was ons grapje. Ze is hier geweest. Als ik meteen naar u toe was gekomen...'

'U moet uzelf niet zo kwellen.'

'U hebt gelijk, ik weet het. "Had ik het maar geweten." De meest zinloze uitspraak die er maar is. Zeg me wat ik moet doen.'

De politiechef slaakte inwendig een zucht van opluchting en instrueerde hem over de drie vragen die hij met zijn zus moest voorbereiden. De zin die zijn moeder had opgeschreven was een perfect voorbeeld voor het soort informatie waar ze om moesten vragen.

'En wat doen we als we ze af hebben?'

'Dat word je nog verteld.'

'Door hen, bedoelt u?'

'Ja.'

Francesco Salis, geboren in Orgosolo, Sardinië (officieel beroep: schaapherder, ware inkomstenbron: ontvoeringen), was al drieënhalf jaar voor de politie op de vlucht, zoals de plaatselijke carabinieri wisten en officiële verslagen bevestigden. De commandant wilde alles te weten komen wat er over deze Salis te weten viel; zijn criminele broeders, zijn eerdere veroordelingen, zijn gewoontes, zijn witwasmogelijkheden, en alle witteboordencriminelen met wie hij in de gevangenis contact had gehad die hem met de familie Brunamonti of hun bedrijf in verband konden brengen. Er zat een goede kerel in zijn onderzoeksteam, een Sard, een ware bloedhond, die voorbestemd was de komende weken flink wat overuren te maken. De commandant zelf had elk door God gegeven uur van zijn hele militaire leven gewerkt en werkte nu zelfs nog harder zonder het maar in de gaten te hebben. Aanklager Fusarri zorgde ervoor dat hij dag en nacht beschikbaar was zonder de indruk te geven dat hij hoe dan ook ooit placht te werken.

De politiechef zelf ging signora Salis een bezoek brengen.

Hij nam de plaatselijke man, Bini, met zich mee. Bini vertelde moppen. Er kwam geen einde aan. De hemel mocht weten waar hij ze vandaan had, maar ze waren niet erg grappig. Het waren er ook niet zoveel, dus tegen de tijd dat de jeep drie kilometer voorbij de plek was waar ze de auto hadden gevonden, begon hij zichzelf te herhalen.

'Ik durf te wedden dat u deze nog nooit heeft gehoord: waarom lijkt Florence op het lichaam van een vrouw?'

'Wat? Neem me niet kwalijk, ik...' Guarnaccia, in gedachten

mijlenver weg, maakte zich grote zorgen over iets waar hij niet echt de vinger op kon leggen, en belandde met een schok weer in de werkelijkheid. Eén van de problemen in het samenleven met Florentijnen was dat ze je bombardeerden met een brij van ingewikkelde informatie waar je niet op zat te wachten. De rest van de tijd werd je gebombardeerd door toeristen die je uitvroegen om diezelfde informatie die jij je niet meer kon herinneren.

Bini was niet gepikeerd dat hij geen antwoord kreeg en praatte gewoon door.

'En verder omlaag heb je dan het onderste fort...'

Voordat de politiechef hem van het nabijgelegen dorpsplein had opgepikt, had hij een informatief kopje koffie in de Bar Italia gedronken. Nadat de barman zijn zegje over Salis had gedaan, had hij Bini's naam te berde gebracht.

'Een hart van goud, staat altijd klaar om iemand te helpen, vrijgevig op het overdrevene af. Ik wil geen kwaad woord over hem horen, maar je verveelt je dood met hem. Als je erover nadenkt, is het eigenlijk vreselijk dat we allemaal de voorkeur geven aan een onderhoudende schurk in plaats van aan een heilige die dezelfde saaie moppen maar blijft herhalen.'

De politiechef was nou niet bepaald de geduldigheid zelve, maar hij was toevallig een afwezige luisteraar die in zijn hele leven nog nooit de plot van een film had gevolgd. Aangezien Bini zich niet druk maakte of hij nu wel of geen respons kreeg, konden ze het best met elkaar vinden.

'Daar ligt het.'

Ze bevonden zich op een heuvelrug aan de rand van Bini's dorp en keken omlaag naar de bleke sliert van een weg die door een smal dal kronkelde – het was eigenlijk nauwelijks meer dan een geul tussen twee steile hellingen – naar een dorpje op de top van de volgende heuvel. De woning van Salis lag aan de rechterkant van de weg, midden in de geul, en was het enige gebouw daar.

Toen ze het bouwvallige huis bereikten, parkeerden ze de jeep in de tuin. Daar troffen ze ook een waslijn aan, een leeg hondenhok en een auto vol deuken waarvan het dak, de achterdeur en kentekenplaten waren verwijderd. Een soort barrel dat boeren wel vaker gebruiken om balen, vaten of dode dieren mee te verplaatsen.

De ouderdom van de vrouw die hen met tegenzin binnenliet, verbaasde de politiechef. In eerste instantie dacht hij dat ze Salis' moeder moest zijn, omdat ze grijs haar had en ergens in de zestig leek. Ze had slechte tanden en haar kleding zat onder de vlekken. Losgeld werd gebruikt om land, schapen en zelfs schulden bij de pachter van te betalen. De keuken zag eruit alsof hij met spullen van een vuilnisbelt was gemeubileerd, wat waarschijnlijk ook het geval was. Ze gingen aan een formica tafel zitten en kregen koppige rode wijn in keukenglazen.

'Jullie verdoen je tijd hier. Hij heeft hier niets mee te maken.'

'Met wat?' Bini voerde het woord. De politiechef luisterde naar wat de vrouw niet zei.

'Ik heb ogen en oren.'

'De auto is op jullie land gevonden. Evenals een gebruikte schuilplaats.'

Daar had ze geen weerwoord op.

'Wanneer heb je hem voor het laatst gezien?'

Ze haalde haar schouders op.

'En vertel me nu maar niet dat je geen contact met hem hebt.'

'Hij is al een jaar niet meer naar beneden gekomen.'

'Maar wie brengt hem dan eten?'

Ze haalde weer haar schouders op. 'Ik heb het er niet zo op, als je dat zo graag wilt weten.'

'Waarop?'

'Ontvoeringszaken. In ieder geval niet als het om kinderen gaat.'

'Maar deze keer gaat het niet om kinderen, hè? Maar goed,

het levert jou bar weinig op, dat is waar.' Bini keek om zich heen. De keuken was doordrongen van de lucht van jarenlang kaasmaken, maar was verder brandschoon. 'Je hebt toch geen leven zo hier in je eentje. Denk je er nooit aan naar huis te gaan, terug naar Sardinië? Je moet daar toch nog familie hebben.'

'Die zouden me niet willen hebben als ik bij mijn man wegga. Hij is mijn man en dit is ons land. En jij? Jij hebt ook weinig te zeggen.' Dit was natuurlijk bestemd voor de politiechef die zijn keel schraapte en naar de plastic bloemen op de wasmachine keek.

'Ik dacht hetzelfde als mijn collega. Je zult geen makkelijk leven hebben. Heb je zijn kudde verkocht? Het viel me op dat er buiten geen hond is.'

Ze slaakte een kreetje en staarde ze toen een voor een aan. Ze kregen geen woord meer uit haar en gaven het al snel op.

In de jeep vertelde Bini weer een paar moppen terwijl de politiechef dacht aan het leven dat de vrouw in die afgelegen boerderij leidde, tot zijn gedachten werden verstoord.

'Ik hoop niet dat u het erg vindt dat ik het zeg, maar u had maar beter niet over de hond kunnen beginnen. Je zou toch denken dat hij met de problemen waarin hij nu al zit, verstandiger zou zijn dan een klus op zich te nemen die hem voorgoed achter de tralies kan doen belanden.'

'Hij kan er veel geld mee verdienen. En volgens mij heeft hij weinig te verliezen. Heeft zij zijn kudde dan verkocht?'

'Meteen. Geen herdersjongen wil nog voor ze werken, nu niet meer. Ze had geen keus.'

Het was nog niet zo laat en het was weer een stralende winderige dag geweest, maar de zon was al verdwenen uit dit dal, dat geheel overschaduwd werd door de nabijheid van de hoge duistere heuvels.

Toen ze langs het spoor reden waaraan ze de auto hadden gevonden, maakte die onbestemde bezorgdheid zich weer aan de politiechef kenbaar. Een auto moest wel worden gevonden.

Het had voor de ontvoerders geen zin zich daar druk over te maken, maar ze hadden hem wel in de buurt van een naar het zuiden leidende snelweg kunnen achterlaten, of op zijn minst op land dat iemand anders toebehoorde.

'Bini, ik blijf maar denken dat die hele opstelling doorgestoken kaart is. Men zegt dat Salis weet waar hij mee bezig is en niet dom is aangelegd.'

'Misschien verliest hij de controle op zijn oude dag. Hij is eerder zestig dan vijftig, weet u. En hij woont al meer dan twintig jaar in Toscane... hij zal zijn Sardische instincten wel zijn verloren. Maar hoe dan ook, de auto en de boodschap zijn wel echt, toch? Het gaat mijn verstand te boven. Je hebt meer hersens nodig dan ik heb om er wijs uit te worden.'

De politiechef dacht nog nederiger over zijn eigen hersencapaciteit en liet het onderwerp verder rusten omdat hij de informatie die hij nodig had om de tegenstelling te begrijpen, grotendeels al had verzameld en opgeslagen.

'Ik had niet gedacht dat hij al zo oud zou zijn,' was zijn volgende opmerking, 'hoewel ik niet zo goed weet waarom.'

'Het komt door het opsporingsbiljet. Die foto dateert nog van zijn arrestatie in de jaren tachtig. In de gevangenis is hij grijs geworden. Sindsdien is hij niet meer op de gevoelige plaat vastgelegd, als u begrijpt wat ik bedoel.'

'Nee, dat is begrijpelijk...' Een nieuwe bron van ongemak borrelde op, maar voordat het de oppervlakte bereikte, had Bini op de rem getrapt toen een vrouw de weg was op gestapt en hen had gebaard halt te houden. Ze waren bijna weer op de heuvel, aan de rand van Bini's dorp. Langs de weg stonden enkele geel gepleisterde boerderijen, elk met een stuk land, een paar kippen, een moestuin, een piepklein, rood icoonlichtje, en een hond die aan een lange, aan een wijnvat vastgemaakte ketting zat en naar de passerende jeep blafte.

Het was een kleine vrouw en ze moest op haar tenen staan om door het raam van de jeep met hen te praten. Toen Bini het opendraaide, dreef een zoete vleug van verbrand hout en de lekkere geur van met rozemarijn gekruide minestrone binnen. De vrouw droeg een grote schort met daaroverheen een dikke wollen sjaal, maar ondanks de vrieskou en het afnemende licht was ze in open schoenen naar buiten gekomen om haar kippen graan te voeren en ze in hun hok te doen.

'Ik hoorde dat u op zoek bent naar een hond.'

'Dat klopt. Waarschijnlijk is ze dood, maar we willen toch weten of ze is gevonden.'

'Vanochtend was ik op de markt toen u daar rondvraag deed. Ik hoorde het pas op de terugweg. Hoe dan ook, ik heb haar gezien, meer dan een week geleden. Toen leefde ze nog, maar nu zal ze wel dood zijn. Ze zat onder het bloed en sleepte zich voort alsof ze verschillende botten had gebroken.'

'Hoe zag ze eruit? U moet het ijskoud hebben – zullen we naar uw keuken gaan?'

'Ik moet naar mijn kippen.' De mollige, rode hand die de jeep vasthield was nu blauw van de kou, en de huid om haar vingers was gebarsten en gevlekt. 'Het was een klein hondje, met een lichte vacht. Niet het soort hond dat je hier veel ziet, geen jachthond – die kom je meestal tegen als ze ronddwalen en de weg kwijt zijn, vooral de jonge honden. Mijn man heeft nog geprobeerd haar te vangen om haar neer te schieten, haar uit haar lijden te verlossen, maar ze wurmde zich bij hem weg en liep naar de weg richting het dorp. Een auto reed haar aan waardoor ze door de lucht vloog, maar ze kwam weer overeind en repte zich al jankend weg. Als u gaat zoeken, zult u haar lijkje vast hier in de buurt vinden. Door haar verwondingen dachten we dat ze al was aangereden, maar nu zeggen ze dat dit gedoe met Salis ermee te maken heeft. Wat heeft hij nu weer gedaan?'

Ze bedankten haar en vervolgden hun tocht naar het dorp.

Toen de politiechef weer in zijn eigen auto stapte, keek Bini bezorgd.

'Nu zal elk Sardisch gezin in deze streek waarschijnlijk een huiszoeking krijgen. Het is een slechte zaak en meestal wordt het belabberd uitgevoerd. Maar het punt is dat ik met deze mensen verder moet als uw zaak rond is. Er wonen hier ook goede Sarden die een fatsoenlijk leven proberen te leiden. Het zijn niet allemaal criminelen, weet u.'

'Hoe zit het met die eeuwige vetes waarbij iemand uiteindelijk wordt neergestoken of neergeschoten? Met dat soort dingen moet u voortdurend te maken hebben.'

'Dat mag wel zo zijn, maar het is wel even iets anders dan een ontvoering.'

'Klopt, maar ze zijn allemaal op de hoogte, Bini. Ze zijn stuk voor stuk op de hoogte.'

'Dat ontken ik ook niet. Ik zeg alleen dat je dingen op verschillende manieren kunt aanpakken. Een zaak zo groot als deze betekent politie, het blijft niet bij ons alleen – en zij hoeven hier niet te wonen als het achter de rug is. En er zal bij hen ook geen verhaal worden gehaald als ze zich slecht gedragen.'

'Nee, nee, dat is zo. Daar kan ik niets aan doen, Bini, tenzij... De aanklager is niet zo'n type. Hij is de aangewezen persoon om mee te praten.'

'Maakt u een grapje? Een openbaar aanklager luistert echt niet naar iemand die zo onbelangrijk is als ik.'

'Deze wel. Deze luistert zelfs naar mij.'

De volgende dag luisterde de aanklager naar heel veel mensen, onder wie de politiechef en commandant Maestrangelo. Daarna besloot hij een persconferentie te beleggen. Het nieuws was natuurlijk al uitgelekt en journalisten hingen rond op de stoep van het hoofdbureau aan de Borgo Ognissanti en het kantoor van de openbaar aanklager. In de plaatselijke krant, *La Nazione*, stond al een artikel van Nesti, een van de meest door de wol geverfde misdaadverslaggevers. Het was er een dat bijna geheel uit vragen bestond – Waarom is de Contessa Brunamonti vlak voor de grote modeshows verdwenen? – en feitelijke verklaringen zonder commentaar – Vermiste auto: het personeel van het modehuis *Contessa* geeft geen commentaar – enzovoort.

En dus besloot Fusarri: 'Ze moeten aan onze kant staan. Hebt u de familie al geadviseerd, politiechef?'

'Ik heb de dochter gisteravond over de telefoon gesproken. Ik had het nieuws over de hond als excuus, zeg maar, om haar te kunnen bellen.'

'Uitstekend! Ik wist dat we op je konden rekenen. Dat is nu echt zoiets dat ze aan de pers kan doorspelen om ze tevreden te houden zonder dat ze gevoelige informatie vrijgeeft. Als ze ze ook nog een paar foto's laat nemen, zitten we gebakken.'

'Dat heb ik haar al voorgesteld. Ze zijn allebei erg aantrekkelijk.'

'Geweldig. Ga je vandaag naar ze toe?'

'Ik ga er elke dag naartoe, zolang ze me nog binnenlaten.'

'Stel haar voor het verhaal van de hond te vertellen als ze niet weet wat ze moet zeggen. Ik laat hen aan jou over tot we meer weten over de losgeldeis of, als dat eerder gebeurt, tot die Amerikaan met een detective op het toneel verschijnt.'

'Ik ben bang dat dat als eerste zal gebeuren. Vanavond al.'

En dus zorgde de politiechef ervoor dat hij er al in de middag naartoe ging. Hij sprak met hen tweeën over de formulering van de drie vragen die moesten aantonen dat hun moeder nog in leven was.

'Als er eenmaal contact is gelegd, zullen jullie gehaast zijn en erop gebrand dat er actie wordt ondernomen. Je kunt ze maar beter te vroeg dan te laat af hebben.' Hij suggereerde dat albums met jeugdfoto's misschien zouden kunnen helpen bij het herinneren van rare kleine details die niemand buiten het gezin kon weten. Ze kwamen met de vraag de eerste feestjurk van de dochter te beschrijven. Hun moeder had die ontworpen en met de hand gemaakt. Verder de titel van het eerste Engelse boek dat Leonardo zelfstandig had gelezen, en hoe de op historische kleding geënte ontwerpen voor hun show in New York eruitzagen. Leonardo was er nog steeds mee bezig en zij was de enige die ze had gezien.

'Dat weet je zeker? En signor Hines – Hines is het toch?'

'Ja, maar hij kent ze niet. Ik wilde eerst de schetsen klaar hebben. Maar hij heeft natuurlijk niets...'

'Alleen uw moeder mag het antwoord weten. Er mag voor niemand een uitzondering worden gemaakt.'

'Dat zit wel goed.'

Voordat de politiechef de tijd had het advies van de aanklager over het verhaal van de hond over te brengen, stonden de journalisten al voor de deur.

De immer huilende Silvia ging opendoen. Leonardo stond op en keek zijn zus aan. 'Zou jij willen gaan? Politiechef, als u even wilt meelopen naar mijn atelier?'

De politiechef volgde hem. Het atelier was een bende. De muren waren bedekt met ontwerpen en pentekeningen. Voorzover hij kon zien, leken ze geen van alle iets met kleding van doen te hebben. Niet dat hij verstand had van dergelijke zaken...

Leonardo stelde hem gerust. Hij ontwierp niet de kleding, maar de shows zelf. Het thema, de belichting, de muziek. Hij koos de plekken waar ze werden gehouden, wat tegenwoordig overal kon zijn, van een besloten Romeins landhuis tot een pakhuis in de haven van Londen. Daarnaast maakte hij soortgelijke ontwerpen voor andere gelegenheden die een spectaculaire presentatie vereisten.

Hij wilde hun financiële situatie met de politiechef bespreken. Ook had bij hem het idee postgevat dat ze beter te vroeg dan te laat het geld bij elkaar konden hebben. Van de ontzette, sprakeloze patiënt die gisteren nog in een ambulance werd afgevoerd, was hij veranderd in een geconcentreerde, intelligente, vastbesloten man. Hij had informatie vergaard over de wet die bepaalde dat de tegoeden van een familie werden bevroren en begreep het tweeërlei nut en de rekbaarheid ervan. Hij was zich er zeer van bewust dat een gezinslid niet kon worden vervolgd als hij of zij deze wet overtrad en dat bepaling zeven, paragraaf vier van de nieuwe wet de betaling van losgeld voor opsporingsmotieven toestond. Hij had het bij het rechte eind toen hij veronderstelde dat dit het markeren van bankbiljetten met zich mee kon brengen, of een interventie tijdens de overdracht. Hij verklaarde dat hij met het eerste wel akkoord kon gaan, maar bezwaar maakte tegen het tweede omdat hij het te riskant voor zijn moeder achtte.

Hij had de cijfers op een rijtje gezet. Hun bankier was langs geweest. Hij legde uit dat zijn zus en hij na hun vaders overlijden twee derde van het bezit van de Brunamonti's hadden geërfd. Ze hadden allebei een aardige som belegd in investeringen op de lange termijn waar hij, gezien de noodsituatie, snel aan kon komen. Een aantal appartementen dat de Contessa had gerenoveerd en dat in de barre tijden van weleer aan toeristen werd verhuurd, kon aan de bank worden verkocht. Dat zou een aanzienlijk bedrag opleveren waarvan hij hoopte dat het zo'n beetje zou overeenkomen met de losgeldeis. In het uiterste geval zouden ze geld lenen met het palazzo Brunamonti als onderpand. Zijn zus en hij konden dit doen omdat het voor twee derde van hen was en omdat zij een volmacht hadden. Hun moeder bezat een derde en het vruchtgebruik.

De politiechef die het altijd met het salaris dat hij kreeg had moeten doen en wiens vader hem een zieke moeder had nagelaten, wist desondanks wel beter dan te vragen hoeveel die aardige som dan bedroeg of in welk land hun geld was belegd. Volgens zijn informatie had de Contessa haar echtgenoot uitgekocht en verkreeg ze geruime tijd voor het overlijden van haar man volledige zeggenschap, maar ook op die kwestie gaf hij geen commentaar. Evenmin maakte hij aantekeningen. Informatie als deze was net zo rekbaar als de wet die het gebruik ervan reguleerde.

'Dit is absoluut een noodsituatie,' was het enige wat hij zei toen ze opstonden om naar de witte woonkamer terug te keren.

Hij had alle reden tevreden te zijn over de timing van zijn bezoek. Toen ze weer door de woonkamer liepen, stonden journalisten, fotografen en Caterina daar. Ze was zeer elegant gekleed in iets langs en moest haar gezicht hebben opgemaakt, dat dacht de politiechef althans, want ze zag er een stuk minder bleek uit. Gezien de omstandigheden zou een compliment ongepast zijn, dus liet hij het bij een vriendelijke blik en een gemompeld dankjewel voor haar medewerking, wat niet opviel omdat iedereen zich in de richting van de deur begaf.

'U doet het geweldig goed. U bent erg geduldig.' Het leek niet nodig haar aan de hond te herinneren, omdat ze de situatie duidelijk onder controle had.

'Ze willen nog een paar foto's in het atelier maken. Ik loop met ze mee. Ik moet alleen eerst even iets anders aantrekken.'

'Vanzelfsprekend. Het is buiten erg koud. U moet iets warmers aantrekken.'

Ze pasten niet allemaal in de lift dus nam de politiechef de trap samen met een van de journalisten, Nesti, die hij al jaren kende.

'Hoe gaat het?' vroeg Nesti.

'We hebben nog maar weinig...'

'Klopt.' Nesti stak een sigaret op. Zijn dikke gezicht stond nors. 'We weten niet eens of het hier nu om een ontvoering of een carrièrekans gaat.'

Ze stonden inmiddels onder aan de trap en Nesti liep zonder nog iets te zeggen terug naar zijn collega's. De politiechef begreep hem niet. Ze kenden elkaar al zo lang dat Nesti wel zou moeten weten dat hij geen hogere rang dan zijn huidige ambieerde. En van die aanklager Fusarri, weliswaar een vreemde vogel, was bekend dat hij eigen geld had. Hij deed zijn werk uit interesse en niet voor iets anders. Het was waar dat de commandant een ambitieus man was. Hij had behoorlijk lang gesproken op de persconferentie waar hij had verteld dat ze al flinke vooruitgang in de zaak hadden geboekt en dat – in zeer voorzichtige bewoordingen – hij zeker wist dat de carabinieri de middelen tot hun beschikking hadden om hem af te kunnen handelen. Maar hij mocht dan wel ambitieus zijn, de politiechef had groot respect voor zijn ernst en integriteit. Nesti was een geschikte man, in vergelijking met andere journalisten, maar deze keer zat hij er goed naast. Als de politiechef gisteravond met een wat ongemakkelijk gevoel naar huis was gegaan, dan was hij vanavond hevig ontstemd.

'Wat is er met jou aan de hand?' was de eerste opmerking die zijn vrouw maakte, zonder zelfs maar op te kijken van de pan waar ze broodkruimels in olijfolie strooide.

'Niets.'

Teresa zuchtte. Hij verscheen altijd in de keuken op het moment dat hij haar het meest in de weg liep. In alle jaren van hun huwelijk had ze haar pogingen om hem eruit te gooien nooit opgegeven. De keuken was niet buitengewoon groot en haar man nam veel ruimte in beslag. Maar door de jaren heen had ze geleerd dat als hij zijn uniform had uitgedaan en had gedoucht voor hij zich weer vertoonde, hij alleen maar kwam om even te knuffelen en te kunnen ruiken en proeven wat ze zouden eten. De zwarte, zwijgende gestalte die ze nu vanuit haar ooghoek zag opdoemen duidde op trammelant.

'Ligt het aan die zaak van de Brunamonti's?'

'Nee. Ja. Ik weet het niet.'

Ze schoof de gebakken broodkruimels in een schaal en liep naar de kast om olijven en pasta te pakken.

'Je staat in de weg, Salva.'

Hij ging een paar centimeter opzij, maar bleef daar weer stokstijf staan.

'Waarom ga je niet naar het journaal kijken?'

Geen antwoord.

'We eten *spaghetti alla mollica*.'

'Waar zijn de jongens?'

'Die zitten volgens mij op hun kamer huiswerk te maken. Roep ze anders maar. Het water kookt. Salva, alsjeblieft! Precies op het moment dat ik eten op tafel probeer te krijgen, kom jij hier aanzakken alsof je een aangespoelde walvis bent. Je zou op zijn minst een fles wijn kunnen openmaken. Heb ik de glazen al gepakt? Ja... Uit de weg. Ik weet niet wat je bezielt. Ik kan net zo goed tegen een muur praten als je in deze stemming bent. Help me eraan herinneren dat we spaghetti moeten kopen als we naar de supermarkt gaan. Deze week kun je er drie voor de prijs van twee krijgen. Open je die fles nu of niet?'

Hij stond daar maar terwijl hij zich laafde aan het geruststellende geluid van haar stem en begon zich beter te voelen.

'En waar ga je nu naartoe?'

'Ik wilde even naar het journaal kijken. Wat eten we?'

Tegen bedtijd, toen hij controleerde of de luiken goed dichtzaten tegen de wind, was hij weer wat meer zichzelf. Spaghetti en rode wijn zijn een balsem voor de ziel. Maar niettemin knaagde er nog steeds een niet te benoemen onbehaaglijkheid in hem, toen hij lag te genieten van de rustigste vijf minuten van de dag. Hij lag breeduit tussen de lakens terwijl Teresa aanrommelde, dingen opvouwde, wat crème op haar gezicht smeerde, en verhalen over de kinderen vertelde. Het was niets groots, maar het hinderde hem wel. Het was niet helder omlijnd, maar vormeloos en kriebelig.

'Weet je, Totò is echt een stuk slimmer dan Giovanni, maar zijn houding is het probleem.'

Hij kon het gewoon niet goed plaatsen...

'Het heeft ook met eigendunk te maken, als je het mij vraagt. Giovanni weet dat hij langzaam is en vindt het niet erg voort te sukkelen en om hulp te vragen als hij dat nodig heeft, terwijl Totò graag mag denken dat hij het wel redt zonder hoe dan ook te leren, en dat gaat niet. Hij zal vanaf nu tot juni hard zijn best moeten doen.'

'Het is nog maar februari...'

'In hemelsnaam, zeg dat niet tegen hem! Wat minder arrogantie en wat meer inspanning kan hij wel gebruiken. Het moet echt tot hem doordringen dat hij net zo hard moet studeren als ieder ander.'

'Ja...' Net als iedereen. Was het het onorthodoxe gedrag van aanklager Fusarri? Nee, eigenlijk niet. Toch voelde hij de knoop van onbehaaglijkheid des te sterker nu hij in stilte in bed lag. Iets in deze gedachtegang leek er de oorzaak van te zijn... De aanklager, commandant Maestrangelo, Nesti.

Nesti – zijn opmerking over een carrièrekans vond hij erg irritant, maar Nesti was pas vandaag ten tonele verschenen. Wat het ook maar was dat niet in de haak was, was hiervoor al niet in de haak geweest. Eigenlijk vanaf het begin af aan al niet. Hij zou zich niet zo ongemakkelijk moeten voelen. Hij had alles gedaan wat hij moest doen. Het belangrijkste van alles was dat hij contact met de zoon had weten te leggen. Als hem dat ook met signor Hines lukte, zou hij zich echt zeker voelen.

'Je gaat het niet vergeten, hè, Salva? Je weet wat je... Zul je hem er morgen iets van zeggen?'

'Ja... ja. Ik zal hem er morgen iets van zeggen.' Hem erbij betrekken, hem alle bijzonderheden over de auto, de schuilplaats, Salis en de oude Sardische bende vertellen – dat kon natuurlijk iets zijn dat werd gezien als een andere bezigheid dan wat Fusarri handjes vasthouden had genoemd. Niet tot zijn taken behorend.

'Salva, luister je wel naar me?'

'Jawel.'

'Waar had ik het dan over?'

'Totò.'

'O...'

'Wat is het laatste woord dat ik heb gezegd?' zeiden alle leraren altijd toen hij nog op school zat. Afwezig als hij was werd hij er een expert in het centrale woord van de laatste zin op te vangen dat altijd nog in de lucht hing als hij bij de les werd geroepen.

Hij schaamde zich en draaide zich om en trok haar dicht tegen zich aan. 'Het spijt me. Vertel het me nog eens.'

'Wat is er aan de hand, Salva? Je doet alleen zo als iets je echt dwarszit. Waar gaat het om?'

'Ik weet het niet. Echt niet. Ik kan mijn vinger er niet op leggen, dat is het probleem.'

'Ontvoering is een afschuwelijke misdaad. Als ik aan die arme vrouw denk...' Ze rilde. 'Joost mag weten in welke omstandigheden ze haar vasthouden, en met deze vrieskou. Er staat een harde wind.' Even waren ze allebei stil en luisterden ze naar het gehuil van de van de bergen afkomstige wind, het zwiepen van de cipressen in de Boboli-tuinen, en de incidentele klap van andermans losgeraakte luik. 'Het doet je maar weer eens beseffen hoeveel geluk we hebben, veilig en warm in ons bed. Het is natuurlijk nog erger als het om een kind gaat – althans zo denk ik erover, en ik weet zeker dat iedere vrouw liever zelf zou worden meegenomen dan dat haar kind werd weggehaald.'

'Dat lijkt me ook, ja. Vertel me nog eens over Totò.'

Ze praatten verder tot het erg laat was en hij voelde zich een stuk beter toen hij ging slapen. Maar niet voor lang. Om drie uur lag hij te woelen en stamelde hij dingen terwijl hij droomde in een halfslaap. Het probleem lag nu bijna voor het grijpen. Het ging om de vermiste hond, dat was het! En de fotograaf... De fotograaf had er ook iets mee te maken. Nu was het te laat. Nesti en zijn fotograaf waren allang naar huis gegaan. Hij lag een hele tijd te woelen en zich op te vreten totdat hij zo'n simpele oplossing vond dat het absurd was. Ze hadden toch immers zelf een fotograaf aan de Borgo Ognissanti. Hij maakte de portretfoto's voor de politiedossiers in een kleine studio en ging op pad om foto's van de plaats van delict te maken. Als iemand had moeten weten dat die foto van Salis gedateerd was,

was hij dat. Op dit moment konden ze de hond het beste naar hem brengen. Toen de foto eenmaal was ontwikkeld, bleek hij vreemd te zijn, niet wat je zou verwachten. De kop van de hond hing naar beneden in plaats dat hij tegen de steun rustte die ervoor dient een hoofd tijdens het nemen van een politiefoto stil te houden. Natuurlijk was het beestje zwaargewond en kon ze er niets aan doen. Er zat veel bloed rond haar bek. Maar goed, de foto was gemaakt en dat was het belangrijkste. De politie-chef tuurde ernaar in een poging haar naam en het nummer te lezen dat ervoor was gezet. Hij zag het niet zo goed omdat hij moe was – wat geen wonder mocht heten aangezien het midden in de nacht was en de wind nog altijd huilde...

'Schrijf het op.' Dat zou het beste zijn, als hij de lichtknop kon vinden en zijn notitieboekje kon pakken...

'Salva!'

'Wat is er?'

'Je sloeg me in mijn gezicht! Wat is er aan de hand?'

'Niets, niets... Moest alleen iets opschrijven...'

Hij had liggen slapen.

6

'Ik ben gestopt met mijn studie aan de universiteit. Vanochtend ben ik bij de wetenschappelijk medewerker geweest om het hem te vertellen. Hij deed erg vriendelijk, maar was ook van slag omdat ik een van zijn beste studenten ben, waarschijnlijk de beste die hij ooit heeft gehad. Maar hij begreep me wel toen ik vertelde dat we een moeilijke tijd doormaken.'

'Maar u kunt toch wel weer gaan studeren als...' De politiechef vond het lastig een passend einde aan deze zin te geven.

'Daar kan ik nu toch niet aan denken? We weten niet wat er gaat gebeuren! Als Olivia dood is, als ze niet terugkomt, zal ik alles moeten overnemen. Dan zal ik het me niet kunnen veroorloven aan mijn opleiding te denken.'

'Maar uw broer...'

'Leo zal het niet op zich nemen. Ik heb het over het beheer van dit huis en het overige bezit van de Brunamonti's. Leo is erg artistiek en dat is het enige waarvoor hij aandacht heeft. Hij werkt tot diep in de nacht aan zijn computerontwerpen. Hij slaapt altijd tijdens de uren wanneer het werk moet worden gedaan. Het zal allemaal op mij neerkomen.'

'Nou...' De politiechefs blik dwaalde af naar de zwartwitfoto boven het bureau van haar in ballettenue. 'Het is buitengewoon jammer, echt buitengewoon jammer omdat u het dansen al moest opgeven om te kunnen studeren. Zou u dat dan niet weer kunnen oppakken? Juist nu... wat beweging, wat afleiding, dat zou u goeddoen. Het helpt niets en het is niet goed voor u om hier de hele tijd opgesloten te zitten.'

Ze draaide haar hoofd weg en keek hem weer met die zijdelingse blik aan. Ze bewoog haar stramme lijf niet terwijl ze sprak.

'Klassiek ballet gaat niet om lichaamsbeweging en afleiding. De beste leerlingen worden afgeroomd en komen in het professionele curriculum terecht. Dan volgen ze vijf lessen per week en als er een voorstelling voor publiek wordt voorbereid, komen de repetities daar nog bij. Zoals vele anderen moest ik wel stoppen omdat de universiteit ook veel van me vergde. De balletlerares, die zelf ooit een prima ballerina was, was er woedend om. Dat is begrijpelijk, natuurlijk. Ze probeert een gezelschap op te richten en als iemand vertrekt die ze jarenlang heeft getraind... Ze zegt nauwelijks een woord tegen me als ik haar nu op straat tegenkom. Maar ik had er niet mijn beroep van kunnen maken. Het zou nauwelijks gepast zijn geweest voor iemand als ik. En nu kan ik, om wat er is gebeurd, ook niet studeren.'

'U moet niet zo somber zijn. Het kan even duren, maar ik weet zeker dat we uw moeder weer thuis zullen brengen. Hoe ging het bezoek aan het kantoor van de aanklager vanochtend?'

'Hij heeft bijna geen woord met me gewisseld. Hij was alleen maar geïnteresseerd in Patrick en die detective die hij zo nodig uit Londen moest meebrengen. Ze logeren in hetzelfde hotel. Zelf vind ik het niet nodig. Normaal logeert Patrick altijd hier.'

De politiechef herinnerde zich het frivole, doorschijnende, witte kledingstuk en de opmerking van de huilende Silvia. Hij had al aangenomen dat dat het geval was, maar zei er niets over.

'Maar de aanklager heeft wel uitgelegd dat hij een plek op het tv-nieuws voor jullie beiden heeft geregeld?'

'Ja. Patrick gaat ook mee, maar de aanklager heeft gezegd dat Leo en ik het woord moeten voeren. Ik dacht dat een smeekbede om mijn moeders veiligheid beter zou overkomen als ik het zou doen. Ik weet niet wat ik moet aantrekken. Ik wil het goed doen en aan Leo heb ik niets.'

Aan de politiechef had ze ook niets.

'Ach ja, dan vraag ik het wel aan Patrick.'

Ze droeg zwart. Een erg eenvoudig, zwart pak. Geen sieraden met uitzondering van de gebruikelijke ring waaraan ze onophoudelijk draaide terwijl Leo Brunamonti praatte. Toen focuste de camera op haar. Met een kleine ruk draaide ze haar hoofd opzij en keek de camera in met die gealarmeerde, zijdelingse blik, alsof hij haar zou kunnen aanvallen.

'De arme meid. Ze is zo van streek dat ze niet kan praten,' luidde Teresa's commentaar toen ze bij haar man op de bank ging zitten om het late nieuws te zien en hem een kop kamillethee te geven.

De schouder van Patrick Hines was nog net zichtbaar in beeld, waarschijnlijk omdat hij had geprobeerd haar tot spreken aan te zetten. De interviewer was met stomheid geslagen, maar probeerde de situatie weer onder controle te krijgen.

'Uw broer, Leonardo, heeft een boodschap aan de ontvoerders van uw moeder gegeven waarin hij hen smeekt contact met u op te nemen en te laten weten of uw moeder nog in leven en gezond is, wat wij natuurlijk allemaal van harte hopen. Maar ik geloof dat u nog een persoonlijke boodschap had, signorina... hm... signorina Brunamonti?'

Het stramme bovenlijf, de zijdelingse starende blik. Stilte.

'Ze is doodsbang,' zei de politiechef. 'Ik zou ook zo reageren voor tv-camera's, maar zij deed het zo goed met de fotografen voor de krant dat ik dacht dat ze het prima zou doen.'

'Maar dan hoef je niets te zeggen, toch?' merkte Teresa op. 'Dat hoeft niet voor een foto. Kijk, ze gaan weer naar de broer.'

Leonardo smeekte wie het ook maar was die zijn moeder vasthield, haar goed te behandelen en haar het respect te betonen dat ze hun eigen moeder zouden geven. Patrick Hines kwam even in beeld als een vriend van de familie die wilde helpen, wat hem in feite uitsloot als mogelijke ontvanger van de losgeldbrief. Er verschenen geen carabinieri in beeld, maar de ontvoerders wisten voldoende om aan te nemen dat dit door de aanklager kon zijn geregeld. Het was eigenlijk ook de bedoeling van de aanklager geweest hem uit te sluiten. Hij vond het idee van een privé-detective maar niets, hoewel hij de detective zelf best mocht.

'Ik verzeker u dat ik binnen de wet wil opereren,' had de detective gezegd, 'en mijn aanwezigheid zal uw onderzoek op geen enkele manier beïnvloeden. Beschouwt u mij maar enkel als een vriend van de familie – of, zoals ik moet zeggen, een meer dan goedgeïnformeerde vriend van de familie.'

'Graag,' reageerde Fusarri, 'maar als ik u als zodanig beschouw, voel ik me verplicht te benadrukken dat vrienden van de familie, in tegenstelling tot de familie zelf, niet de uitzondering op vervolging onder wet 82 genieten. Deze wet bevriest de tegoeden van de Brunamonti's en verbiedt een betaling van losgeld zonder toezicht.'

'Een zeer goedgeïnformeerde vriend van de familie,' herhaalde de detective zonder nadruk. Hij was een grote man, gespierd, met kort, netjes gekamd haar. Hij droeg een dikke donkerblauwe overjas en een regimentsstropdas. Hij werkte voor een Londens bureau, maar Fusarri zag met één oogopslag dat hij jaren bij de geheime dienst moest hebben gewerkt en zei dat ook.

'MI6, klopt.' Hoewel zijn bedoelingen op dat moment vreedzaam waren, zat er een scherp randje aan zijn stem dat deed vermoeden dat je maar beter geen ruzie met hem kon krijgen. Maar Fusarri kreeg geen ruzie met hem. Hij bood hem een sigaartje aan en vroeg de politiechef naar voren te komen zodat hij kon worden voorgesteld. Hij verkneukelde zich met de vaste overtuiging dat nog geen honderd jaar bij de geheime dienst iemand kon voorbereiden op de uitpuilende ogen en de zwijgzaamheid van Guarnaccia.

De kranten van die dag wijdden twee gehele pagina's aan de ontvoering van een Brunamonti. Er was ook een foto afgedrukt van Olivia Birkett in de bloei van haar modellenbestaan. Een artikel verhaalde over haar aankomst in Italië voor een cursus Italiaans op een van de vele Amerikaanse scholen in Florence en dat ze door een modehuis was benaderd of ze model voor hen wilde worden. Ze was nooit meer naar Amerika teruggekeerd en na een paar succesvolle jaren als model was ze met Conte Ugo Brunamonti getrouwd. De foto's van de dochter waren in de woonkamer en de binnenhof van het palazzo genomen, maar waren op zo'n manier bijgewerkt en scherpgesteld dat werd voorkomen dat ze informatie over het bezit en algehele rijkdom van de familie prijsgaven. Ze werd geciteerd met haar uitspraak dat hun financiële omstandigheden beperkt waren. Ze hoopte dat er geen onredelijk bedrag zou worden geëist dat ze met geen mogelijkheid konden betalen. Toen haar werd gevraagd of ze nog iets tegen haar moeder wilde zeggen, vertelde ze dat ze alles, álles deden wat mogelijk was.

'Dat is een mooie foto van haar,' merkte Teresa op, terwijl ze de pagina dubbelvouwde om hem van dichterbij te bekijken. 'Is het een goede gelijkenis? Net op het nieuws zag ze er anders uit.'

'Redelijk. Ze had die dure bontjas maar beter niet kunnen dragen als ze tegelijkertijd zegt dat hun financiële omstandigheden beperkt zijn.'

'Hm... Het is hoe dan ook niet geschikt voor een jonge meid. Misschien is hij van haar moeder?'

'Het is waarschijnlijk mijn fout. Het was koud die dag en ik heb haar gezegd iets warms aan te trekken. Maar dan nog, zelfs een bontjas die er wat minder chic uitziet zou ermee door hebben gekund – of een wollen jas, dat was beter geweest. Beperkte omstandigheden...'

'Is ze niet zo slim?'

'O jawel. Blijkbaar een van de beste studenten die haar professor ooit heeft gehad, al heeft ze besloten met haar studie te stoppen om wat er is gebeurd.'

'Wat zonde. Maar goed, ze kan altijd weer beginnen als dit achter de rug is. Laten we hopen dat het goed afloopt. Wat jij, Salva?'

'Daar valt niets over te zeggen. Er is geen contact geweest. Het zit de commandant dwars, want hij zegt dat het een machtsspelletje is, dat ze de familie zo lang laten wachten om te bewijzen dat ze geen haast hebben en zich geen zorgen maken.'

'En zit dat jou nu ook al dagen dwars? Geef je kopje eens... Ik denk dat we maar eens vroeg naar bed moeten gaan.'

Vroeg naar bed gaan hielp. Hoewel hij ongestoord sliep en zich geen dromen kon herinneren, had hij toch het gevoel dat hij gedurende de nacht de dingen op een rijtje had gezet. Het gebeurde vaak dat iets voor het grijpen lag en dat hij het niet zag, en dat zorgde er altijd voor dat hij chagrijnig en in zichzelf gekeerd raakte. Dat was hem in ieder geval verteld. De beste remedie was een rustige, zelfs saaie dag in zijn eigen kantoortje door te brengen, weg van officieren, aanklagers, en de familie Brunamonti. Dat stond voor vanochtend dan ook op de agenda.

Om acht uur zat hij achter zijn bureau en tegen twaalven had hij een vrouw ontvangen die vertelde dat ze door twee elektriciens werd bedreigd omdat ze betaald wilden krijgen, ook al hadden ze prutswerk afgeleverd bij het opnieuw bedraden van haar huis; een bejaarde man die een referentie wilde voor een wapenvergunning omdat hij de volgende keer dat een pummel hem voor zijn eigen voordeur overviel en beroofde van plan was hem dood te schieten; en een jongen wiens brommer was gestolen. Toen ze allemaal in een beter humeur waren vertrokken, voelde hij zichzelf ook beter.

'Aaah,' zuchtte hij zacht terwijl een bron van onrust zich losmaakte uit zijn algehele ongemakkelijke gevoel. Een leeg hondenhok. *'U had maar beter niet over de hond kunnen begin-*

nen...met de problemen waarin hij nu al zit... Geen herdersjongen wil nog voor ze werken, nu niet meer.'

De politiechef bleef een poosje zitten en overpeinsde dit alles.

Een man als Salis was de helft van de tijd onderweg, zelfs als hij niet werd gezocht en zat ondergedoken. Hij vervoerde gestolen schapen over de route door de Apennijnen en smokkelde gestolen wapens en voertuigen. Hij had een herdersjongen, die hadden ze allemaal. Zijn vrouw maakte kaas, het leven ging door, en zijn dekmantel was een veilige. Dat gold ook als hij achter de tralies zat. En evenzogoed als hij op de vlucht was.

'*Nu niet meer.'*

De politiechef probeerde commandant Maestrangelo te bereiken en was ontstemd toen hij hoorde dat hij de provincie in was gegaan om een huis-aan-huisonderzoek op te zetten en dat Criminalpol erbij was gehaald. De politiechef hing nog net niet op tijdens het vernemen van dat slechte nieuws. Hij wist dat het onvermijdelijk was. Bij alle verdachte huishoudens zou er worden gecontroleerd of er gezinsleden ontbraken. Iemand moest voedsel naar de heuvels brengen en iemand anders dan Salis zat daarboven het slachtoffer te bewaken. Zoals Bini had gezegd kon je deze controle op verschillende manieren uitvoeren. En de manieren van de politie waren niet die van de carabinieri, met name omdat de carabinieri verder moesten met de mensen op het platteland, als de politie allang weer naar de stad was teruggekeerd.

'En bovendien moeten ze hen niet hebben,' mompelde de politiechef tegen zichzelf. 'Ze moeten hen niet hebben, omdat Salis er niet achter zit. De hond...' Hij wist dat het iets met de hond was wat niet klopte, maar voordat hij er Bini iets over had kunnen vragen, had die vrouw hen tot stoppen gemaand en was ze over een andere hond begonnen. En waar moest hij nu beginnen? De feiten. Verzamel de feiten.

Francesco Salis werd gezocht, wat zijn strafblad ook vermeldde, maar niet omdat hij was ontsnapt toen hij voorwaardelijk was vrijgelaten, wat bij Puddu wel het geval was. Hij had zijn laatste straf uitgezeten en was in de gevangenis grijs geworden. Zoals Bini had gezegd, had hij nooit meer voor een andere politiefoto geposeerd, omdat ze hem voor zijn laatste klus nooit te pakken hadden kunnen krijgen. Salis werd gezocht voor de moord op een herdersjongen.

Eenmaal op het platteland aangekomen trof de politiechef Maestrangelo al bijna uit elkaar knappend van woede aan. Het was hopeloos. Als je één gezin kwaad maakte, keerde een hele familie zich tegen je. Ze hadden meer dan één familie kwaad gemaakt. De commandant voelde zich verantwoordelijk voor iets wat hij niet in de hand had. Het was niet de manier waarop hij de dingen deed. Het leidde ook niet naar een resultaat.

'Als ik de mannen kreeg die ik nodig heb...'

Het nieuws van de politiechef was goed en slecht. Slecht, omdat deze huishoudens ten onrechte waren verstoord. Goed, omdat het het onderzoek helemaal geen kwaad deed, het was precies de juiste handelswijze – en het zou lastig zijn geweest de kosten ervan te rechtvaardigen als ze het met opzet hadden willen uitvoeren. De politiechef begreep nu dat het spoor dat naar Salis leidde nep was, maar deze huiszoeking, die in goed vertrouwen werd uitgevoerd, zou dienen om de echte daders tevreden te stellen en Salis te ergeren. Misschien werd hij wel zo kwaad dat hij, als ze contact met hem wisten te leggen, hen zou willen helpen de vijand te pakken die hem had belazerd.

Ze reden terug naar het dorp en brachten Bini een bezoek. Hij vertelde de commandant geen moppen, maar deed wel zijn beklag dat hij met de mensen in deze buurt moest leven als dit voorbij was. De commandant, redelijk als hij was, benadrukte dat hoe eerder dit achter de rug was, het des te beter voor alle betrokkenen was. Hij wist Bini's aandacht in zoverre te trekken dat deze verslag deed van de moord op de herdersjongen. Bini kon hun vertellen wat geen enkele officiële verslaglegging kon:

met wie ze hier te maken hadden en wat hun motieven konden zijn.

Gedurende de periode dat Francesco Salis in de gevangenis zat, had in eerste instantie een neef van hem voor zijn kudde gezorgd, maar die was later naar Sardinië teruggekeerd toen hij na de dood van zijn moeder wat land had geërfd. Antonio Vargiu had zijn plaats ingenomen, een neefje van Francesco, een tiener, pas 'op het continent' aangekomen, zoals het gezegde luidt. Deze neef was er nog maar net toen de problemen al begonnen. Francesco's vrouw had al snel in de gaten gehad dat de jongen zijn werk verwaarloosde en in het dorpscafé in het gezelschap van leden van een rivaliserende clan was gezien. De jongen was verslaafd aan heroïne, wat hij voor zijn familie verborgen probeerde te houden. Hij kreeg het spul van de rivaliserende clan en betaalde het met schapen die hij uit Francesco's kudde had ontvreemd. Ook al zijn ze geoormerkt, gestolen schapen worden nooit teruggevonden, enkel soms bij toeval. Ze komen tijdens de zoektocht naar een ontvoeringsslachtoffer soms boven water, maar zijn dan naar een plek zo ver van huis vervoerd, ergens op de route tussen Bologna en Rome, dat hun eigenaars meestal niet meer zijn te achterhalen.

De familie van Salis had ingegrepen om de jongen en zijn leveranciers te straffen, maar een steekpartij in het dorpscafé was daarvan het enige resultaat geweest. Ze slaagden er niet in de handel een halt toe te roepen. Salis was bij zijn vrijlating uit de gevangenis volledig op de hoogte geweest. Hij had zijn avondmaal gebruikt, geslapen, was bij het mistige krieken van de dag opgestaan en had zijn geweer dat achter de deur hing gepakt. Hij had het op het hart van de verraderlijke jongen gericht die in de schaapskooi lag te slapen. Maar de jongen was nog jong en alert en angst had hem ook in zijn slaap waakzaam gehouden. Het eerste schot had zijn schouder geraakt toen hij was weggerold en overeind was gesprongen. Hij was naar het erf gerend in de hoop op zijn brommer te kunnen vluchten. Het volgende schot was op de brommer afgeketst. Toen de jongen had geprobeerd de vochtige motor op gang te krijgen, had Salis alle tijd gekregen die hij nodig had om te herladen en de jongen twee keer tussen de schouderbladen te raken.

Voordat het klaarlichte dag was geweest had hij het lichaam van de jongen in het barrel waarvan het dak was verwijderd over de heuvels vervoerd en het op het land van de rivaliserende clan gedumpt. Gezien de daaraan voorafgaande steekpartij was Bini volledig van de kwestie op de hoogte geweest en hij had niet geaarzeld uit te rukken om Salis te arresteren. Hij had veel bloed op het erf aangetroffen, een brommer en een echtgenote waar hij geen woord uit had gekregen. Salis was verdwenen en was daarna nooit meer gezien. Francesco's vrouw moest niets hebben van ontvoeringen, maar hier had ze klaarblijkelijk niet zo mee gezeten. Toen Bini en de politiechef zich hadden vertoond, was ze bang geweest dat haar man, als ze hem in de resulterende huiszoekingen hadden gevonden, zou worden aangeklaagd voor de moord op de jongen. Vandaar dat ze dichtsloeg toen de politiechef de hond ter sprake had gebracht.

'Heb je bewijs voor Salis' schuld?' vroeg de commandant. 'Ik bedoel concreet bewijs, los van het bloed.'

'Ik heb het bloed niet eens,' zei Bini. 'Het was augustus. Voor de lui van forensisch onderzoek waren gekomen, brak een onweersbui los. Het stroomde van de regen en elke greppel en elk beekje stroomde over en zette de wegen onder water. Nee, ik heb geen bloed. Ik heb alleen een hond. Net als Guarnaccia hier. Toen ik daar was om de vrouw te ondervragen, op de dag van de moord, viel me dat op. De schapen in de kooi en een leeg hondenhok. Een herder heeft een hond. Ik heb tegen haar gezegd, ik zei: "Waar is de hond?" En zij zei: "Hij is dood." Haar man had hem volgens haar moeten afschieten omdat hij ziek was. Ik heb haar gevraagd waar hij was begraven. Ze heeft het me laten zien en ik heb hem laten opgraven. Ze hebben een lijkschouwing gedaan. De hond was inderdaad doodgeschoten, maar was niet ziek geweest. En het was met hetzelfde wapen gedaan als waarmee de jongen is vermoord. Het was de kogel die door de brommer was afgeketst, snapt u. Ik heb het bewijs. De hond ligt nog altijd bij het Forensisch Instituut in de vriezer.

'Hij moet natuurlijk hebben geweten,' zei de commandant, 'dat u de hond zou vinden.'

'Natuurlijk wist hij dat,' zei Bini, 'en hij had ook niet op die onweersbui kunnen rekenen, maar hij heeft er niets aan gedaan om al dat bloed te verhullen. Salis is een schurk van de oude stempel, dat moet u goed begrijpen. In zijn ogen had hij alle recht om te doen wat hij heeft gedaan en geen enkele reden om dat te verhullen. Hij heeft het lijk op het terrein van de Puddu's gedumpt omdat de jongen hem bij hen had verraden en wat hem betreft mochten ze hem houden. Hij zou nog eerder in deze heuvels sterven dan dat hij gedrag als dat van hen ongestraft over zijn kant zou laten gaan. Ik ken hem. Hij is trots en neemt zijn erecode uiterst serieus.'

De commandant liet het na hardop de wens uit te spreken dat Bini dit eerder had verteld. Dat zou niet eerlijk zijn. Niemand had Bini toevertrouwd dat er naast Salis nog een tweede verdachte was en dat die verdachte aan het hoofd van de rivaliserende familie stond. Giuseppe Puddu die vorig jaar bij voorwaardelijke vrijlating was ontsnapt. 'En Puddu? Wat weet je van hem?' was het enige wat hij zei.

'Nee, nee, Puddu... Nee. De gedachtegang van een man als Salis kun je nog volgen, maar Puddu laat zich met allerlei soorten mensen in. Hij gaat om met Toscanen, woekeraars, en ook met de maffia als je het mij vraagt. Nee, Puddu is jaren geleden al vergeten dat hij een Sard is. Het is toch zo slecht nog niet dat hij na de huiszoekingen van vandaag zal denken dat hij jullie zand in de ogen heeft gestrooid? U zou Francesco Salis moeten vragen wat hij van Puddu vindt, maar naar mijn mening mogen ze hem levenslang geven. Voor sommige mensen is het een beetje te gemakkelijk, deze voorwaardelijke vrijlating als ze de helft van hun straf hebben uitgezeten. In de gevangenis plannen ze hun volgende klus en zodra ze weer buiten staan verdwijnen ze spoorloos en zitten wij weer met een ontvoering opgescheept.'

'Daar lijkt het wel op,' zei de commandant.

De politiechef reed naar Florence terug en liet de commandant achter om de zoektocht in het gebied van Salis aan het eind van de dag af te blazen en de nieuwe ontwikkeling aan de aanklager uit te leggen.

Dat was dan dat met dat lege hondenhok. Maar met een dode hond die in de vriezer van het Forensisch Instituut lag was de kous nog niet af waar het de, zoals de politiechef het noemde, 'hondendag' betrof. Tegen zevenen in de avond bracht hij zijn gebruikelijke bezoekje aan het palazzo Brunamonti en trof daar Leonardo en Patrick Hines – en godzijdank niet de detective – op de witte bank aan. Ze zaten over iets heen gebogen wat tussen hen in op de grond lag. Silvia, de dienstmeid die nog harder huilde dan normaal, liet de politiechef binnen en verdween daarna.

'Ze is thuisgekomen,' zei Leonardo terwijl hij met glanzende ogen opkeek. 'Tessie...'

Tussen de twee mannen in stond een mandje op de grond. Het zandkleurige bastaardje lag erin en was op sterven na dood. Leonardo waste voorzichtig de bloedkorsten rond haar bekje weg en diende haar water uit een druppelbuisje toe. Om haar vier pootjes zat verbandgaas. Ze was te verzwakt om haar kopje op te tillen of zelfs maar haar bekje te openen, maar terwijl de koude waterdruppels tussen haar tanden door naar binnen gleden, deed ze een krachteloze poging te kwispelen om haar dankbaarheid te uiten.

'Ze heeft zoveel verwondingen,' zei Patrick Hines. 'De hemel mag weten hoe ze zich naar huis heeft weten te slepen. Ze kon de trap niet op komen en probeerde in de buurt van de fontein te raken. Ze moet dagenlang niet hebben gedronken, om over eten maar niet te spreken. Toen ik aankwam zag ik dat de mensen uit het atelier om haar heen stonden. Ze hebben haar op een stuk stof naar boven gedragen. Ze heeft volgens mij verschillende botbreuken en de kussentjes onder haar voeten zijn volledig versleten en daar is het gaan bloeden.'

De politiechef keek neer op het baaltje vacht en botten. Al het vet was verdwenen, maar met haar wilskracht kon ze nog steeds een beetje kwispelen. Ze leek zo breekbaar, zo door pijn gekweld, dat hij haar met zijn grote, stuntelige hand niet zou durven strelen. 'Heeft ze geen dierenarts nodig?' was het enige wat hij kon vragen.

'Ze is te zwak,' zei Leonardo. 'Ze heeft water, rust en een nacht slaap nodig voor ze goed kan worden onderzocht en er röntgenfoto's kunnen worden gemaakt. Het zou nu schadelijk voor haar zijn. Ik weet zeker dat ze het redt. Ze moet blijven leven!'

Hij stond op om schoon, warm water te halen om de wonden mee te wassen. Toen hij de kamer had verlaten, vertelde Patrick Hines de politiechef dat de terugkeer van de hond in verschillende opzichten een zegen was, omdat ze nu echt iets voor Olivia konden doen in plaats van hulpeloos op de bank te zitten. 'En dan spreek ik ook namens Leo in deze.'

'Dat is erg begrijpelijk. U zult een stuk minder in het ongewisse verkeren als er contact is gelegd.' Hoewel hij Charles Bently, de detective uit Londen, beschouwde als een wezen van een andere planeet, bewonderde de politiechef Patrick Hines eigenlijk. Het was een lange, goedgebouwde man, hij zag er atletisch uit en had grijs haar en blauwe ogen. Hij was rustig en verstandig, en, voorzover de politiechef op de hoogte was van Olivia's verleden, was hij de ideale man voor haar. Het scheen hem ook toe dat met zijn aanwezigheid een last van de zoon afviel.

Luid gesnik kondigde de komst van Silvia aan. De politie-chef en Hines wisselden een blik uit en de laatste mompelde: 'Godzijdank woont een zus van haar met haar man hier in de buurt. Ik geloof dat ze daar vanavond naartoe gaat.'

Het snikkende meisje kwam de kamer binnen en jammerde van achter een papieren zakdoekje dat de signorina met de politiechef wilde spreken. Ze leek te verwachten dat hij haar volg-de, dus deed hij dat ook. Niet naar de kamer van de signorina, maar naar die van haar moeder.

De kamer baadde in een zacht, gloeiend licht dat uit een on-zichtbare lichtbron afkomstig moest zijn, en deze keer leek het alsof het grote bed beslapen was. De kussens lagen midden op het bed aan het hoofdeinde op een hoopje en de sprei was bij het voeteneind neergegooid. Misschien had de dochter in haar verdriet troost gezocht door daar te gaan slapen om zo het ge-voel te krijgen dichter bij haar moeder te zijn. Midden op het bed lag een stapeltje kleren en alle kasten en laden stonden open. Een klein, versierd bureau was ook geopend en lag be-zaaid met paperassen.

'Je kunt gaan nu, Silvia. Het spijt me dat u nergens kunt zit-ten, politiechef, maar zoals u kunt zien – Silvia, je kunt gaan.'

'Ik ga het avondeten klaarmaken, het wordt Filippijns. Dat heeft meneer Patrick me gevraagd...'

'Je kunt gaan.'

Silvia's reactie op wat de politiechef dacht dat een avond bij haar zus was om haar op te vrolijken, deed vermoeden dat het geen soelaas bood. Ze huilde luidruchtig toen ze de kamer uit liep en een steeds zwakker wordende reeks 'mijn signora's' stierf weg terwijl ze door de lange gang terugliep.

De dochter bood weer haar excuses aan voor de wanorde. Het leek wat vroeg om de zomerkleren al te voorschijn te ha-len, een aangelegenheid waar de meeste vrouwen tegen opzien vanwege de enorme klus die het was om naar hoge, weinig ge-bruikte kasten te klimmen en oneindig vaak met de winterkleren heen en weer naar de stomerij te moeten. Zelf had de politiechef een hekel aan die toestand, omdat een regenachtige koudegolf altijd doorzette zodra de klus was geklaard. Dan moesten in dozen gestopte truien weer worden opgezocht en dat had de stank van mottenballen tot gevolg.

Hij stond op het punt over deze voorbarigheid een opmerking te maken, maar slikte die op tijd in. De klerenkasten die langs alle muren van de kamer stonden opgesteld, boden ongetwijfeld genoeg ruimte voor kleding voor alle seizoenen. De kledingwisseling was voornamelijk een kwestie van de beperkte ruimte die samenging met een beperkt inkomen. Het schoot eveneens door zijn hoofd dat de dochter, pessimistisch als ze leek te zijn, iets dergelijks deed in de veronderstelling dat haar moeder waarschijnlijk niet bij hen terugkwam voor de winter voorbij was. Daar had ze vermoedelijk gelijk in. Terwijl ze een bontjas op een stapel aan het voeteneinde legde, bevestigde ze hem daarin door te zeggen: 'Deze kunnen net zo goed in de koeling worden gestopt aangezien ze niet worden gedragen. En er zijn een heleboel kleren bij die Olivia naar de winkel van het Rode Kruis had willen brengen, maar daar had ze nooit tijd voor. Ik vond dat ik dat dan maar moest regelen.'

'Het is heel verstandig van u om bezig te blijven. Het hondje lijkt uw broer en meneer Hines iets om handen te geven.'

'Jazeker. Ik weet dat ze haar met alle aandacht omringen, maar ze moet naar een dierenarts worden gebracht. Dat zal ik morgen doen. Waar ik het met u over wilde hebben is die privé-detective uit Londen. Hebt u hem ontmoet?'

'Eén keer.'

'Wat vond u van hem?'

'Ik... Nou, hij spreekt vloeiend Italiaans en hij lijkt me goed op de hoogte te zijn.'

'Maar wat hebben we aan hem?'

'Wij? Helemaal niets. Hij kan alleen jullie tot nut zijn bij het onderhandelen met de ontvoerders als het zover is.'

'Neem me niet kwalijk hoor, maar daar bent u toch voor?'

'Ja. Maar ik kan u niet tegenhouden...'

'Mij? Mijn broer en Patrick! Hebt u enig idee hoeveel hij ons gaat kosten?'

'Nee, dat is niet iets...' Ze zou toch niet dat doorschijnende witte dingetje naar het Rode Kruis brengen... Had de meid niet gezegd...

'Hij kost een fortuin. Een viersterrenhotel, elke dag een hoge onkostenvergoeding en een honorarium dat u niet wilt weten. Ik wil dat u met Leo en Patrick gaat praten. Ik heb mijn moeders privé-rekeningen doorgenomen zodat ik alle lopende zaken kan afhandelen. Ze bleef het afgelopen jaar maar geld in de zaak pompen en we kunnen ons deze verspilling gewoon niet veroorloven. Nu u hier bent, is het toch verspilling? We hebben toch vast en zeker al het geld nodig dat we bij elkaar weten te krijgen als we losgeld moeten betalen?'

'Dat klopt, maar ik denk niet dat ik...'

'Ik wil dat u met hen praat. Ze zullen het met me eens moeten zijn dat het losgeld belangrijker is. Ik heb vandaag al die artikelen over ontvoering in de krant gelezen. Je hebt contacten nodig, informanten, telefoons die worden afgeluisterd, mannen die zich in vermomming in de heuvels verbergen, en niet zo'n dikke vent met van dat vette haar die zich op onze kosten volvreet in een eersteklas hotel. Dat is toch zo?'

'Ja, signorina, dat is zo. Maar denk eraan dat al die dingen toch al voor uw moeder worden gedaan. Als het voor de gemoedsrust van meneer Hines en uw broer beter is dat deze man er ook bij is, dan zullen ze beter omgaan met de stress die nog komen gaat. Probeert u zich er maar niet te druk over te maken. Als u uw moeder uiteindelijk maar weer thuis hebt, dan maakt al het andere toch zeker niet meer echt iets uit?'

'Hij lijkt me niet eens erg intelligent. Ik heb twee keer met hem gepraat en toen ik hem vanochtend zag, wist hij zich mijn voornaam zelfs niet meer te herinneren.'

De politiechef besloot zich te excuseren voordat zijn eigen intelligentie op de proef werd gesteld. Terwijl ze de avondjurken, die glinsterden in het diffuse licht, optilde en weglegde, ging hij weg in de wetenschap dat hij ook niet zo zeker van haar naam was, hoewel hij het in zijn notitieboekje had opgeschreven. Maar één ding wist hij wel zeker: al had ze gelijk dat die detective overbodig was, hij was niet van plan haar broer erover aan te spreken. Hij kon het zich niet permitteren de broer van zich te vervreemden.

Hij bracht zijn laatste bezoek van die dag aan de commandant. Hij trof hem niet in goede doen aan, wat te verwachten was nu de gezagsdragers de leiding van de zaak van hem hadden overgenomen. Als een minder edelmoedig man dan Maestrangelo – en daar waren er heel wat van in het leger – zou meemaken dat hem bij voorbaat al het krediet voor een zaak, mits die werd opgelost, werd ontnomen, zou hij het hoofd boven water houden en in werkelijkheid zijn aandacht richten op iets waarmee hij wel met de eer kon strijken. Maar al stonden de zaken er zo voor, hij greep de gelegenheid niet eens aan om stoom af te blazen, hoewel hij er afgetobd uitzag en tijdens het bezoek van de politiechef een glas water liet brengen om een pijnstiller te nemen. De politiechef was verbaasd dat hij zelfs maar de tijd had om hem te ontvangen. Hij had nooit begrepen dat hij een kalmerende en bemoedigende uitwerking op de commandant had. Het was waarschijnlijk dat als de commandant het zelf volledig besefte en het zou proberen te uiten, dat een niet-begrijpende blik tot gevolg zou hebben. Hun wederzijdse afhankelijkheid was net zo diepgeworteld als onuitgesproken.

Toen de politiechef het nieuwste hondenbericht had verteld, kwam de commandant met het nieuws dat al zijn mannen overuren maakten om erachter te komen waar alle metgezellen van Puddu uithingen. In het bijzonder waren ze op zoek naar de verblijfplaats van de connecties die hij in de gevangenis mis-

schien had opgedaan en die hem informatie over de Brunamonti's konden hebben verschaft.

'Het personeel,' zei de politiechef. 'Ik heb maar even een blik
op ze geworpen, maar ik neem aan dat u...'

'Stuk voor stuk brandschoon. Hoezo? Heeft de familie verdenkingen in die richting?'

'Nee, nee. Ik kreeg de indruk, een vluchtige hoor, dat ze erg
loyaal en saamhorig waren.'

'Maar?'

De politiechef bestudeerde de hoed op zijn knieën, zijn linkerschoen en het schilderij aan de muur tegenover hem. 'Er is
iets...'

De commandant weerhield zich ervan aan te dringen of
vragen te stellen.

'Ik weet het niet. Ik had meteen al het gevoel dat er íets was,
maar ik kon er niet helemaal... en toen kregen we die toestand
met de honden en dat – maar zoiets kan me toch niet dwarszit-
ten... Nee, ziet u, het begon meteen... "Hare hoogheid" noemden ze haar en dat klonk me vreemd in de oren. Ik weet niet zoveel van dat soort dingen – u waarschijnlijk meer – maar is dat
de juiste aanspreekvorm? Om naar de Contessa te verwijzen als
"Hare hoogheid"?'

'Dat lijkt me niet, maar...'

De politiechef ging verder, langzaam en onvermurwbaar als
een stoomwals. 'En op die toon. Dat zat me nog meer dwars
dan al het andere.'

De commandant zat te luisteren terwijl hij met zijn vingers
langzaam een pen over het glimmende bureaublad liet rollen.
Hij was er ten zeerste van doordrongen dat als Guarnaccia in
deze stemming was, hij hem enkel gebruikte als spiegel voor
zijn denkbeelden.

'Er klopt iets niet,' verkondigde de politiechef uiteindelijk,
'iets met die familie, maar individueel kun je ze niet op een
fout betrappen – Hines meegerekend.'

'Bij de familie?'

'Het gaat om iets wat de meid heeft gezegd. Olivia Birkett en hij zijn geliefden, maar hij is erg discreet. Sommige mannen zouden doen alsof het huis van hen was. Hij verblijft in een hotel, hoewel hij overdag bij de jongelui is, soms met die detective, soms alleen.'

'Maar je hebt wel het gevoel dat ze nog steeds meewerken? Wat dat betreft maak je je geen zorgen?'

'Ja en nee. Ze zijn het onder elkaar niet eens, begrijpt u, dus moet ik voorzichtig zijn en niet openlijk partij kiezen.'

Gezien de Siciliaanse achtergrond van de politiechef voorzag de commandant wat dat betreft geen problemen. Het enige wat hij zei was: 'Een paar van mijn mannen verbergen zich in Puddu's gebied. Ze kijken uit naar mensen die voedsel brengen, wisselingen van de wacht, enzovoort. Morgen zullen daar helikopters over vliegen, hoewel er niets te zien zal zijn. Puddu verstaat zijn vak als geen ander.'

'Misschien zijn ze toch van nut als het slachtoffer ze kan horen.'

De commandant schudde zijn hoofd. 'Verkeerde timing. Dat kun je de eerste twee, drie dagen doen, als het slachtoffer er nog op rekent, en ook in de laatste paar dagen tussen de losgeldeis en de vrijlating. Dan is er een kans dat het slachtoffer zich de tijd en de richting nog kan herinneren, wat kan helpen bij het precies lokaliseren van de schuilplaats. Zomaar lukraak rondvliegen...' Hij riep zichzelf tot de orde en de enige opmerking die hij er nog over maakte was: 'Goed voor de publiciteit. De camera's van het televisienieuws zullen erbij zijn. Nee, we willen degene die het heeft voorbereid te pakken krijgen, Guarnaccia. Blijf bij de familieleden in de buurt. Er moet een verband zijn, hoe onbeduidend het ook mag lijken. Heeft de dochter een vriendje?'

'Ze heeft het er niet over en ze lijkt nooit uit te gaan. De enige man over wie ik haar heb gehoord, behalve dan haar overleden vader, is een fotograaf die haar kennelijk nogal hoog heeft zitten, als ik haar mag geloven. En haar professor...' Foto's... Er was iets met foto's dat met zijn hardnekkige ongemakkelijke gevoel te maken had. Hij deed zijn mond open om iets te zeggen en deed hem weer dicht omdat hij zich opgelaten voelde, toen hij zich de idiote droom over een politiefoto van de mishandelde hond weer herinnerde. Bloed om haar bek, dat Leonardo er die avond had afgewassen. Maar had Nesti op de een of andere manier ook niet iets van doen met zijn sombere gedachtegang? Nesti was van mening geweest dat de commandant de zaak als een carrièrekans aangreep. Nou, Criminalpol zou iets dergelijks wel de kop hebben ingedrukt. Bovendien had Nesti het mis, hartstikke mis, misschien zou hij dat zelfs zeggen als hij hem de volgende keer tegen het lijf liep. De commandant was een goede man, een serieuze man, die zich in deze zaak ten koste van alles van zijn plicht zou kwijten.

En dat was precies waar de commandant mee verderging, nadat hij Guarnaccia had laten gaan toen hij had gemerkt dat hij die avond niets meer uit hem zou krijgen.

Het was maar goed dat de politiechef zich door een van zijn carabinieri naar het palazzo Pitti liet terugrijden want hij was nog steeds in dromenland. Hij spoelde beelden in zijn hoofd af, liet er soms eentje stilzetten om een detail te controleren, herhaalde de dialoog.

'Hare hoogheid'... 'Hare hoogheid wilde het niet hebben en daarmee was de kous af.' Wat wilde ze niet hebben? Ach ja, de merkjes met Brunamonti erop. Nou, waarom zou ze het wel willen hebben? Zelf heette ze Birkett en haar huwelijk had haar weinig geluk gebracht. Ondanks dat huwelijk was ze toch gaan werken... Een vrouw die met een Brunamonti is getrouwd, werkt niet. Hm. Maar waarom die toon? 'Hare hoogheid.' Nee, nee. Het klopte niet. De commandant moest het maar uitzoeken, een bekwaam iemand. De politiechef zou wel een vriend van de familie kunnen gebruiken, iemand die niet te dichtbij stond, die van alle roddels op de hoogte was, bij voorkeur een vrouw, want mannen waren vaak hopeloos als het op dat soort dingen aankwam. Teresa bijvoorbeeld, zou echt alles hebben geweten als ze de familie had gekend. En moest je hem nu zien, hij woonde zowat bij ze in en wist niet eens of de dochter – hoe ze ook mocht heten – een vriendje had. Dat zou Teresa misschien zelfs wel weten! Ze las die bladen bij de kapper en was dat niet uitgerekend zoiets waarin zo'n tijdschrift zou zijn geïnteresseerd?

Inderdaad, dat was zo. Ze had geen vriendje. Teresa smeerde wat crème op haar gezicht voor ze in bed stapte.

'Wat ik me ervan herinner niet. Maar ik heb het maanden geleden gelezen, weet je. Maar daarna kan ze een jongeman hebben gevonden.'

'Stond er ook een foto van haar bij het stuk, of alleen van haar moeder?'

'Alleen van haar moeder. Het artikel ging over haar.'

'In welk tijdschrift stond het?'

'*Style*. Een *glossy*, behoorlijk prijzig.'

'Ik zal een exemplaar bestellen. Ik zou het graag willen zien.'

'Mm. Doe het licht uit. Valt je niets op?'

'Heb je een nieuw nachthemd?'

'Natuurlijk niet. Dat heb ik al jaren. Je bent ongelooflijk. Vrouwen zouden het speurwerk moeten doen, weet je dat?'

'Ja.' Na een poosje zei hij nog: 'Ik ben geen rechercheur. Ik probeer alleen maar mensen te helpen hun brommer terug te vinden.'

'En hun moeder.'

'Dat doet de commandant. Ik praat alleen wat met de familie en zorg ervoor dat ze blijven meewerken. Maar goed, wat had me moeten opvallen?'

'Luister. De wind is gaan liggen.'

7

'Die ochtend sneed de ijskoude wind voor het eerst niet meer in mijn gezicht zodra ik mijn hoofd uit de tent stak. Ik was eraan gewend geraakt en was er zelfs naar gaan uitkijken omdat het een vorm van contact was, een aanwezigheid die ik kon voelen, een krachtige opbeurende aanraking die in mijn isolement in een onderzeese wereld doordrong. Door de vrieskou was ik dan vervolgens blij dat ik weer in mijn gevangenis kon kruipen om me te nestelen in mijn slaapzak en jas die nog warm waren. Maar toen ik die ochtend naar buiten kroop, voelde ik een soort leegte. De lucht rook anders, naar aarde en vocht. Het was een stuk warmer. Na het ochtendritueel zat ik bij de ingang van de tent met mijn gelaarsde benen buitenboord. Dit was een pas behaalde overwinning. Ik was zo oplettend, rustig en gehoorzaam geweest dat mijn laarzen elke ochtend werden aangereikt waarna de ketting aan ze werd vastgeklonken, zodat ik buiten mijn behoefte kon doen in plaats van op de steek in de tent. Ik volgde mijn ketting en trok hem strak aan tot ik bij mijn boom aankwam en ze me de steek brachten. Ik weet niet of ik u kan uitleggen wat dat voor me betekende maar, geloof me, het gaf me weer het gevoel dat ik een mens was, een gevoel dat ik hoe langer hoe meer was kwijtgeraakt. Ik nam proppen toiletpapier en vochtige papieren zakdoekjes mee om me schoon te vegen en mijn handen schoon te maken. Als ik me al niet al te druk maakte dat ik dit open en bloot voor mijn bewaker deed, kwam dat omdat ik niets kon zien en nauwelijks iets hoorde, waardoor ik het gevoel had dat ik in een eigen wereld was afgezonderd. Na afloop zat ik met mijn voeten buiten de tent en kreeg ik ontbijt. Na de eerste paar dagen hebben ze me nooit meer koffie verkeerd met stukjes brood erin gegeven, hoewel dat het enige was wat ik makkelijk kon doorslikken. Ik denk dat ze het te druk hadden om het me te voeren en die ene keer dat ik had gevraagd om het zelf te mogen doen, heb ik bijna alles gemorst. Ik herinner me hoe het langs mijn nek omlaag droop en over mijn borst stroomde. Toen had ik nog geen andere kleren. Pas veel later kreeg ik een trainingspak van ze.

Dus die ochtend kreeg ik weer het taaie brood en de harde Parmezaanse kaas die ik alleen met veel moeite weg kreeg. Het ergste was dat ik er niet al te lang op kon kauwen omdat ze voort wilden maken en het dan van me zouden hebben afgepakt. Maar niettemin was het pure luxe om bijna helemaal buiten de tent te zitten en de frisse lucht in te ademen. Ik zorgde ervoor dat ik niet omhoogkeek, op zoek naar het ochtendzonnetje, omdat dat als "speurwerk" zou worden beschouwd. De enige keer dat ik het had geprobeerd, kreeg ik een dreun op mijn hoofd.

En er was nog een overwinning: de zware ketting om mijn enkel werd altijd veel te strak vastgemaakt en na een paar dagen was ik er vrij zeker van dat er een wond onder zat. Ik vroeg Houthakker of hij ernaar wilde kijken en de dag erna bracht hij iets om erop te doen. Hij deed ook plastic buisjes om de ketting – net als bij een fietsslot – en verband en pleisters op mijn enkel. Waarom konden ze hem niet gewoon wat losser doen? Het was belachelijk. Daarna besloot ik dat ik nu ging proberen een appel of iets anders fris te eten te krijgen – ik had vitamines nodig – en dat ik om een stukje zeep zou vragen. Ik wachtte mijn kans af en praatte er met Houthakker over toen ik alleen met hem was. Tot dan toe had ik alleen nog maar om de appel gevraagd. Ik wilde het stap voor stap doen. Zeep was minder belangrijk.

Inmiddels had ik uitgevogeld dat ze 's avonds meestal met zijn tweeën waren, maar dat Houthakker het vaakst aanwezig was. Ik wist ook dat er een baas was voor wie ze allemaal bang waren, al kwam hij nooit bij mij in de buurt. Ik wist dit omdat Houthakker soms, als ik hem om een nieuwe gunst vroeg, met zijn mond vlak bij mijn verbonden oren zei: "Kan niet. Orders van de baas." Ik was er behoorlijk zeker van dat hij de waarheid sprak.

Ik kreeg ook hoogte van andere dingen. Mijn gehoor had zich bijvoorbeeld aan de doppen aangepast, begon dingen te onderscheiden en herkende hun nieuwe gedempte geluidskwaliteit.

Plof! Plof! Plof! Hetzelfde geluid als kaarsvet dat in mijn oren viel, maar dan verder weg. Jagers! Geen wonder dat mijn ontvoerders niet hadden geaarzeld om met geweren naar elkaar te seinen. Ik herinnerde me onze aankomst hier op handen en knieën en realiseerde me dat ze waarschijnlijk op wilde zwijnen jaagden en ongetwijfeld een meute honden bij zich hadden. Ik bracht uren door, of verkwistte uren, met fantaseren dat ze, aangevoerd door nieuwsgierige honden, toevallig op deze schuilplaats zouden stuiten. Ik bedacht een dozijn mogelijke scenario's die mijn bevrijding tot gevolg zouden hebben. Ik had zelfs al besloten op welk exact moment ik het risico zou nemen om uit te schreeuwen: "Help! Ik zit hier! Help me!" Maar de echte wereld won het om twee redenen altijd van de gefantaseerde: ten eerste zouden ze, als ze dit kampement of zelfs mijn gewapende ontvoerders zagen, ongetwijfeld denken dat ze een andere groep jagers aantroffen en wegtrekken naar een eigen stek; ten tweede, en dit is moeilijker uit te leggen, had ik Houthakker beloofd me te gedragen en me stil te houden. Het was een absolute vereiste voor mijn overleving, wat Houthakker op zijn beurt had gegarandeerd. Als de jagers me in die eerste paar dagen hadden ontdekt, had ik het uitgegild. Toen niet meer. Ze hadden me onderworpen. Ik had hun mijn woord gegeven. Ik zou me stilhouden. Plof! Plof! Plof! Op dergelijke dagen waren ze allemaal lichtgeraakt, Houthakker ook. Na een poosje herinnerde ik me weer dat jagen op dinsdagen en vrijdagen is verboden. Ik heb nooit gejaagd, maar we hebben een boerderijtje in de provincie en ik liet Tessie altijd alleen maar op dagen dat er niet werd gejaagd los rondrennen. Ik heb zo vaak gehoord dat honden zijn neergeschoten, soms per ongeluk, maar soms ook opzettelijk. Op dagen dat er niet werd gejaagd zorgde ik ervoor dat ik aanvoelde wanneer Houthakker alleen was, deels om menselijke troost en deels om meer gunsten te verwerven.

Ongeveer rond de tijd dat ik had begrepen dat er jagers waren, kwam er verbetering in het voedsel. Houthakker legde me uit dat toen de vergissing werd ontdekt dat ze mij in plaats van mijn dochter hadden meegenomen, er veel geruzie en praktische problemen waren geweest. Hij trad niet in detail, om voor de hand liggende redenen; hij bleef maar zeggen: "Het is een onwijze teringzooi."

Op een gegeven moment moet de baas zich aan de nieuwe situatie hebben aangepast en besloot hij, denk ik, wat euro's te investeren om me in leven te houden. Om ons allemaal in leven te houden, moet ik zeggen, want mijn bewakers aten en dronken wat ik at en dronk. De eerste periode was dat niets anders dan brood, Parmezaanse kaas, wijn en water. Toen, op een dag laat in de ochtend, drong een heerlijke etensgeur langzaam de tent binnen. Nadat de rits was opengegaan en ik me bij de opening had vervoegd, bleek een bord warm eten op het dienblad te staan. Het was spaghetti in tomatensaus! De geur die ik daarvoor had geroken, was die van in olijfolie gebakken knoflook voor in de saus. Houthakker legde een lepel in mijn rechterhand.

"Ik heb het voor je gesneden. Het zou steenkoud worden als je het met een vork zou proberen te eten. De fles staat rechts van je."

"Dank je." Spaghetti en rode wijn! Het was natuurlijk onvermijdelijk dat ik niet zoveel kon eten, ook al had de bakgeur onmiddellijk mijn eetlust een beetje opgewekt en de brok angst die mijn keel blokkeerde, opgelost. Inmiddels wilde ik alleen maar in leven blijven, zelfs als ik op deze manier moest leven. Wanhopig probeerde ik het allemaal weg te krijgen om zo mijn dankbaarheid te tonen. Anders zouden ze misschien voortaan niet meer de moeite nemen en ik moest zorgen dat ik genoeg te eten kreeg. Het smaakte heerlijk, maar mijn kaken hadden er al snel onder te lijden, mijn oren deden ontzettend pijn en mijn gekrompen maag protesteerde.

"Je bent een voortreffelijke kok," zei ik enthousiast tegen Houthakker, in de hoop dat hij me vergaf dat ik niet alles had opgegeten. Ik wilde niet dat hij me voor rijke trut uitmaakte. "De geur van deze tomatensaus heeft mijn eetlust voor het eerst gewekt." Begreep hij me? Hij beschimpte me niet. Hij werd ook niet boos toen ik uitlegde dat mijn maag was gekrompen en dat ik tijd nodig had om weer aan normaal voedsel te wennen.

Terwijl ik daar zat met het dienblad naast me en op het bevel wachtte weer de tent in te gaan, rook ik koffie. Gebrande koffie, warm en vers in de ochtendlucht! Ik werd overspoeld met nostalgie over de ochtenden thuis, het nieuws op de radio, Caterina's warrige haar, haar gekreukelde witte, zijden ochtendjas. Het was zo'n heftige emotie dat ik de koffie afsloeg. "Neem jij het maar. Alleen de geur is al voldoende voor me," zei ik tegen Houthakker.

Ik meende het echt. Ik was ook zonder best voldaan, maar hij antwoordde kortaf: "Er is genoeg voor iedereen. Als het eenmaal is gezet, is het gezet."

Hij begreep het niet. Hoe kon hij het ook begrijpen? De warme mok werd in mijn hand gestopt en ik dronk eruit. Toen legde hij iets anders in mijn hand. Een appel! Ik had vitamines nodig, maar ik kon het nauwelijks opbrengen hem op te eten.

Ik rook eraan, drukte zijn koude schil tegen mijn wang, stelde me voor welke kleur hij had – ik was ervan overtuigd dat het een Granny Smith was. Ik koesterde hem tot hij warm werd in mijn handen en dacht aan mijn studententijd in het noorden van de staat New York, waar in de herfst natte, gevallen bladeren langs de landweggetjes lagen en overal karretjes stonden waar je bergen verse, sappige, rode appels en kannen cider en ciderazijn kon kopen. Wat was ik toen nog onwetend geweest van de verdrietige werkelijkheid van de wereld. Ik probeerde me voor te stellen wat het me zou hebben gedaan als ik toen in een krant had gelezen dat ver weg in Italië een vrouw was ontvoerd en door bandieten aan een boom was vastgeketend.

Dat had me natuurlijk niets gedaan. Het zou me onwerkelijk zijn voorgekomen, net als die verre wereld van mijn studententijd nu onwerkelijk voor me was. Het was als een droom, als iets wat ik had aanschouwd zoals we onszelf in een droom dingen zien doen in plaats dat we daadwerkelijk zelf de handelende persoon zijn. Als ik ooit weer naar de normale wereld zou terugkeren, zou ik mijn in tweeën gebroken zelf weer moeten helen; de ik van voor deze gebeurtenis en die van erna. In de tussentijd moest ik me concentreren op mijn overleving en dus op details, op kleine overwinningen, op deze appel. Ik at hem helemaal op en liet alleen de steel over, die ik eraf trok. Ik at het klokhuis op en kauwde op de pitjes, die naar amandel smaakten. Ik wilde dit echt, maar ik wilde ze ook iets laten zien. Ik wenste niet nog een keer de rijke trut te zijn die een appel alleen kon eten als hij was geschild en in een chic restaurant met zilveren bestek in stukjes was gesneden. Het was inderdaad waar dat ik na mijn huwelijk appels altijd op die manier had gegeten, maar in die zonnige herfstperiodes van mijn studentenleven beten we als kleine kinderen in hun knapperigheid en lieten we het sap over onze kin druipen. Dat deed ik nu ook, hoewel ik eerder knabbelde dan beet omdat het veel pijn deed mijn kaken van elkaar te doen. Het viel hun op dat ik het klokhuis opat en ze hadden door dat ik dat normaal niet deed. Ik voelde dat Houthakker naar me keek.

"Normaal eet je het klokhuis niet op, waarom doe je dat?"

"Het is lekker. De pitjes smaken naar amandel. Als kind en op de universiteit at ik appels ook op deze manier. Ik woonde op een plek waar ze heerlijke appels teelden."

Omdat niemand zei dat ik weer naar binnen moest gaan, zat ik, toen ik de appel ophad, in de frisse buitenlucht en dacht ik aan mijn studententijd. Ik probeerde me de namen van mijn medestudenten te herinneren, maar ik wist er nog maar twee of drie. Ik was ze allemaal uit het oog verloren, Amerika als geheel ook op een bepaalde manier, behalve dan in mijn nieuwe hoedanigheid als zakenvrouw. Dus deze gevangenneming was niet de enige breuk in mijn leven. Mijn vertrek uit Amerika, mijn scheiding... Het gebeurt zonder dat je het merkt en daarom proberen we het niet te repareren. Misschien moest ik overdenken hoe ik mijn leven weer heel zou kunnen maken. Misschien was dat wel de ware reden waarom ik een show in New York wilde. Ik schoof dit idee terzijde zodat ik er later in de tent, als ik alle tijd had, langer over kon nadenken. Zolang ik nog buiten was, wilde ik van de herinneringen aan mijn studententijd genieten. Ik kon me maar weinig van het studeren zelf herinneren, maar ik moet toch zo nu en dan hebben gewerkt, want ik ben wel afgestudeerd. Het was helemaal niet moeilijk, in tegenstelling tot hier. Ik voelde een steek van angst in mijn maag toen ik me afvroeg of ik er verkeerd aan had gedaan Caterina aan te moedigen zich bij de Faculteit der Letteren in te schrijven. Het is niet makkelijk in Florence. Er zijn te veel studenten, het is slecht georganiseerd en ze zijn er lang van stof. Ze heeft één tentamen met de hakken over de sloot gehaald van de vijf die ze in de afgelopen anderhalf jaar heeft gehad, dus lijkt het er nu al op dat het een vergissing is geweest. Het was een overhaaste beslissing, bedoeld om haar af te leiden van de teleurstelling over het balletdansen.

Een klopje op mijn schouder. Tijd om weer naar binnen te gaan.

"Bedankt voor de appel. Niet alleen omdat hij heerlijk smaakte, maar ook omdat een appel of ander vers fruit me gezond zal houden, wat voor jullie net zo belangrijk is als voor mij, vind je ook niet?"

"Nu is het mooi geweest. Trek je laarzen uit."

De dagelijkse routine – 's ochtends wassen, eten, weer naar binnen, een poging om mijn spieren te rekken en strekken, tijd om na te denken, eten, weer de tent in, nog meer tijd om na te denken, de ketting met hangslot om mijn pols, slaapzak, nacht – kende geen variaties. Dat wilde ik ook niet, tenzij de variatie mijn vrijlating zou zijn. In de tussentijd was die routine alles voor me, het bewijs van beschaving, mijn troost. 's Ochtends begroette ik Houthakker en elke avond wenste ik hem welterusten. Hij beantwoordde het bijna altijd. Soms was hij kortaf, meestal vanwege een meningsverschil met een van de andere twee of met de geheimzinnige baas. Ik geloof dat ik na het eten van die appel er voor het eerst over nadacht wat een probleem het moest zijn om etensvoorraden op zo'n afgelegen plek te krijgen. Ik begon het te waarderen dat ik mineraalwater, papieren zakdoekjes en nu zelfs pasta had. Ik dacht ook het mysterie eenvoudig te hebben opgelost waarom ze zo aan regels omtrent hygiëne vasthielden en me tegelijkertijd nooit toestonden me goed te wassen. Waarschijnlijk was er geen waterbron in de buurt. Wilde zwijnen en dus ook jagers zouden een gebied waar wel een beekje doorheen stroomde dikwijls opzoeken. Tot dan toe had ik enkel over mijn eigen benarde situatie nagedacht, maar vanaf dat moment kreeg ik een duidelijker beeld van de hunne en begon ik er meer begrip voor te krijgen. Niet dat mijn mening over hen als persoon veranderde. Ik was nog altijd bang voor Slager en me nog altijd bewust van de golven haat die van hem af sloegen en van zijn mogelijke agressie, die alleen door Houthakkers aanwezigheid werd ingetoomd. Die kleine met de klauwachtige vingers die ik Vos noemde, probeerde me nog altijd op de kast te krijgen, maar ik was vastbesloten niet op hem te reageren. Ik haatte zijn geur en had er een bloedhekel aan als ik mijn eten van hem kreeg. Mijn overdreven dankbaarheid om iets anders te eten te hebben gekregen was onvermijdelijk koren op zijn molen. Toen ik op een avond bij de ingang van de tent op mijn eten zat te wachten, kwam hij dicht bij me staan en pakte hij mijn rechterhand.

"Ik heb hier nog een traktatie voor je, eens iets anders om te eten."

Ik was erg op mijn hoede omdat hij dit al eerder had gedaan en Houthakker toen het eten van me had afgepakt voordat het mijn mond had bereikt. Die keer was het een verpakt, rechthoekig stuk roomkaas geweest dat met een dikke laag groene schimmel was overdekt. Dat hoorde ik later van hem. Deze keer legde hij iets warms in mijn hand en duwde het in de richting van mijn mond. Ik hoorde het verdraaide geluid van zijn harde gegrinnik toen ik met een kreet van afschuw voor zijn penis terugdeinsde.

Toen fluisterde zijn stem dicht bij mijn als de zee bulderende oor: "Wat is er, vind je dat niet lekker in je mond? Wil je dan dat ik de jouwe lik?"

Het was een van die zeldzame dagen dat Houthakker er niet was en het zweet brak me uit van angst bij de gedachte wat Vos en Slager met me konden doen. Maar Houthakker had volgens mij de leiding en voor mijn welzijn legde hij rechtstreeks bij de baas verantwoording af. Dat respecteerden ze wanneer hij afwezig was. Hij heeft me er meermalen aan herinnerd dat ik hem dankbaar moest zijn dat ik zo netjes werd behandeld, en dat was ik ook. Ik zou hem niet kunnen herkennen – dat weet u toch? Zelfs zijn stem niet, dus het was voor mijn eigen bestwil dat ik zoveel pijn heb geleden.

Toen Houthakker de ketting om mijn enkel vastmaakte en vlak bij me was, vroeg ik hem: "Ga je nu mijn ogen doen?"

"Straks."

Wat ik eigenlijk wilde vragen was of hij een krant met een artikel over mij erin had meegebracht, zoals hij had beloofd. Maar ik durfde niet uit angst dat hij me een lastpost zou vinden. Hij liep met mijn laarzen weg en ik kroop naar binnen en ging liggen. Ik lag boven op mijn slaapzak, want het was helemaal niet koud. Ik had ontdekt dat als ik mijn handen in mijn nek legde en zo mijn hoofd ondersteunde, er geen druk op die grote stenen in mijn oren stond. De pijn werd dan verzacht tot een draaglijk niveau. Maar als ik een paar nachten in zo'n houding had geslapen, kreeg ik vreselijk veel pijn in mijn schouder, dus nu gebruikte ik een toiletrol als neksteun. Ik was gaan uitkijken naar dit moment waarop ik me kon terugtrekken, zoals je je misschien erop verheugt om je te installeren voor je favoriete tv-programma. Mijn eigen gedachten en herinneringen brachten me verstrooiing. Ergens vond ik het ook een luxe, na al die jaren zwoegen zonder vooruit te komen, de eindjes aan elkaar te moeten knopen, en daarna, later, de druk om het bereikte succes te behouden. Slechts eenmaal, toen ik nog klein was, had ik hetzelfde gevoel gehad. Ik was herstellende van een ziekte – de mazelen, geloof ik – en moest het bed houden. Dat speciale gevoel van afgescheiden zijn, dat ontstaat als je stil in bed ligt en hoort hoe de wereld om je heen gewoon zonder jou doorgaat, herkenbare stemmen die naar elkaar roepen op weg naar school, auto's die starten, het geluid van de radio en de stofzuiger beneden. Ik had een kleurboek en potloden, een legpuzzel van een plaatje met paarden in de sneeuw, en een glanzend, nieuw boek – zelfs in mijn muffe tent kon ik me die heerlijke geur van het glimmende omslag en het pas bedrukte papier nog voor de geest halen – ook al kon ik het niet lezen omdat mijn ogen pijn deden. Op zo jonge leeftijd wist ik de luxe van een paar uur helemaal voor mezelf al te waarderen. Ik snap dat u het maar een vreemde vergelijking zult vinden, aangezien ik in de tent een vastgeketende gevangene was. Maar was ik dan, met uitzondering van de ketting zelf, niet net zo vrij als een kind met mazelen? En Houthakker was mijn verpleger, hij was verantwoordelijk voor me en voedde me. Soms was hij aardig en soms boos. In het begin probeerde ik me nog te verzetten tegen mijn toenemende afhankelijkheid van hem, maar toen gaf ik mijn verzet op en nam ik het zoals het kwam. De meeste dingen die gebeuren, gebeuren natuurlijk om een goede reden. Ik geloof dat ik het niet had overleefd als ik het niet had geaccepteerd, als ik mezelf niet had toegestaan hem te vertrouwen. De schijnbare reden zou verstopping van de darmen, bloedvergiftiging door de wond van de ketting, of wat dan ook zijn geweest. Maar de werkelijke reden zou zijn dat ik zonder dat contact mezelf niet in leven had kunnen houden. Het was dat of de dood, en ik wilde leven.

Ik moet alles wat ik me van mijn kindertijd kon herinneren hebben herleefd, zowel de goede als de slechte dingen. Mijn gedachten namen me zo in beslag dat de onderbrekingen om te eten vaak ongewenst waren, met name onder het oude-brood-en-kaasregime omdat ik geen trek had en eten een noodzakelijk, mechanisch proces was geworden. Ik gaf zonder meer de voorkeur aan mijn geestelijke zwerftochten. Leo lijkt in die zin op mij. Ik weet dat hij vaak alleen zit om na te denken, dat deed hij al toen hij nog best wel klein was. Meestal zei hij niets en concentreerde hij zich op wat hij aan het tekenen was, maar soms hoorde ik hem dan mompelen of praatte hij zelfs zachtjes tegen zichzelf. Volgens mij leidde hij in zijn fantasie nog een ander, zeer intens leven. Vroeger las ik hem 's avonds altijd voor in het Engels omdat op school alles in het Italiaans was. Ik vond dat hij wat van zijn literaire erfgoed moest af weten, en daarom lazen we *Tom Sawyer*, *Nicolaas Nickleby* en *De avonturen van Alice in Wonderland*. We lazen ook de *Odyssee* en de *Ilias* en ook stukken uit de bijbel in het Engels. Zelfs toen ze nog klein waren, waren ze al erg verschillend, Caterina en hij. Hij kon zich urenlang in zijn fantasiewereld verliezen, maar Caterina hield juist van gezelschap. Ze had graag iemand om zich heen om tegenaan te praten en ze was dol op cadeautjes, poppetjes en porseleinen beeldjes van dieren. Ze had een enorme verzameling. Ik vond dat ik haar ook moest voorlezen, zoals ik dat bij Leo had gedaan, maar alleen haar vader mocht haar voorlezen, dus gebeurde dat altijd in het Italiaans. U weet wel hoe dat gaat met vaders en dochters. Ik mocht zelfs niet eens binnenkomen als hij bij haar was! Na zijn vertrek kon ze nog geen moment alleen worden gelaten. Het maakte niet uit hoe druk ik het had, ze wilde haar huiswerk nooit alleen maken, ook al werd ze boos als ik haar probeerde te helpen. "Ik kan het zelf! Maar je moet wel bij me blijven!" gilde ze dan.

Arme Caterina... We maken zoveel fouten waar het onze kinderen betreft, maar hoe weet je zelfs achteraf wat goed zou zijn geweest? Ze had haar vader nodig en hij was... Wie hij was. Hij had hoe dan ook maar weinig tijd voor de kinderen en toen gingen we ook nog scheiden. Ik heb alleen geen idee hoe dat anders had kunnen aflopen. In mijn pogingen de schuld op me te nemen ben ik zelfs zo ver gegaan dat ik me alleen al over mijn huwelijk met Ugo schuldig heb gevoeld, waardoor mijn kinderen een onstabiele vader en een onstabiel leven hebben gekregen. Veel gekker kan je volgens mij niet worden, want zonder hem zouden zij er niet zijn geweest – althans niet de personen die ze nu zijn. Het was misschien wel mijn straf, want ik was zo wanhopig verliefd op hem. Hij fascineerde me mateloos na al die frisse saaie jongens die ik in Amerika had gekend. Hoe kon ik, toen hij ervandoor was, haar vaders afwezigheid voor Caterina compenseren als zij mijn aandacht niet wilde? Ik nam mijn toevlucht tot smoesjes zoals we dat allemaal wel eens doen bij onze kinderen. Ik gaf haar cadeautjes waarvan ik zei dat ze van hem waren. Als ik het mocht overdoen, zou ik dat niet weer doen. Nu denk ik in ieder geval dat het verkeerd was, maar ik had zo'n medelijden met haar. Ze was erg stil en rustig en wachtte op zijn terugkeer. Ik wist niet wat ik anders moest doen.

Zijn dood was in verschillende opzichten een opluchting. Ze was nog maar tien jaar en Leo was veertien. Dat was mijn aller-grootste goedmaker, een "testament" dat erin voorzag dat twee derde van het familiebezit van hen zou zijn als ze meerderjarig werden. Ugo heeft wel degelijk een testament achtergelaten, maar dat was een product van zijn verbeelding. Ik heb het met onze advocaten zo geregeld dat er iets reëels kwam – dat weten de kinderen niet, dus wilt u het alstublieft aan niemand vertel-len. Ik heb gedaan wat ik kon om ze tegen de waarheid over hun vader te beschermen. Dat heb ik mezelf destijds in ieder geval voorgehouden. Nu heb ik mijn bedenkingen over mijn beweegredenen. Ik speelde volgens mij voor God en herschiep de werkelijkheid. Het gaf me een goed gevoel. Ik was vrijgevig en bij machte mijn kinderen een aanzienlijke erfenis én een zorgzame vader te geven. Maar eigenlijk was het de erfenis van de Brunamonti's, en noch daarom, noch om zijn kinderen heeft Ugo iets gegeven. IJdelheid... IJdelheid en arrogantie speelden mee bij wat ik deed. Ugo had namelijk geen rode cent meer. Hij had altijd alleen maar aandacht voor het onroerend goed gehad als hij het als onderpand wilde gebruiken om geld te kunnen lenen en hij had helemaal nooit aandacht voor ons. Ik had hem allang afgekocht en zeggenschap over het onroe-rend goed gekregen. Ik heb de kleinere panden verkocht om mijn zaak op te kunnen zetten en voor mijn beide kinderen een som geld te beleggen.

Leo heeft vlak voor Ugo's dood een moeilijke tijd doorge-maakt – misschien wel de moeilijkste van zijn jonge leven. Ze waren elkaar ergens in de stad in een café tegen het lijf gelopen, of hadden juist geprobeerd dat te voorkomen, en Ugo was er vreselijk beroerd aan toe geweest. Leo was er erg van geschrok-ken en het had hem bang gemaakt. Dat is Caterina bespaard gebleven, godzijdank, maar zijn dood is een grote klap geweest.

Ze heeft er geen traan om gelaten, dat doet ze nooit. Ik ben er-van overtuigd dat ze zelfs om deze hele toestand niet heeft hoe-ven huilen. De gedachte aan wat ze allemaal doormaakt als ze zo is. Ze was te jong om te begrijpen wat het testament inhield. Daarom heb ik haar het enige gegeven wat ik nog van Ugo had, een leren bureauset die nog van zijn vader is geweest. Ik heb haar verteld dat hij in het bijzonder had gewild dat zij die zou krijgen en ze heeft hem altijd gekoesterd. Heb ik er verkeerd aan gedaan? Denkt u? Ach, waarom kon hij zich niet wat meer om haar bekommeren, wat hij verder ook maar van mij dacht. Ik ben er niet in geslaagd dat te compenseren, dat weet ik zeker – en nu heb ik zoveel stress veroorzaakt en zijn ze door mij weer arm geworden – neem me niet kwalijk, ik moet even tot mezelf komen... Ik weet dat ik nonsens uitkraam. Ik heb het niet veroorzaakt, hè? Heb ik het veroorzaakt? Ik heb de hoofd-ingang niet op slot gedaan... Geven ze mij de schuld? Het gaat zo wel weer, als ik even...

Ik wilde u vertellen... Wat wilde ik u nu vertellen? Die och-tend... Ja, die ochtend verwisselde Houthakker het verband op mijn ogen. Ik mocht de oude pleisters er zelf afhalen en dankzij het verbandgaas deed het niet zo'n pijn. Terwijl ik daarmee be-zig was, kwam hij dicht bij me zitten en legde hij uit waarom dit nodig was, dat na een poosje zweet en vet op je huid ervoor zorgen dat ze losraken. Dan zou er een risico zijn dat ik er on-der- of bovenuit zou kunnen loeren. Hij waarschuwde me nog-maals, voor mijn eigen bestwil, dat ik hem moest waarschuwen als ik voelde dat ze loslieten.

"Je verroert je niet en je zit er niet aan. Goed zo. Geef hier. Zorg dat je nu voorzichtiger bent met die rechthoekige die op je ogen liggen."

"Ik vind het niet erg om hier stil te liggen. Ik denk over din-gen na..."

"Wat voor dingen?"

"Vandaag dacht ik aan mijn studententijd."

"Dan heb je geluk gehad. Ik moest op mijn veertiende al van school af en heb jarenlang niets anders dan schapen gezien totdat ik mijn eigen bedrijf heb opgezet."

"Wat voor bedrijf?"

Daar gaf hij geen antwoord op.

"Als je een eigen bedrijf hebt, waarom doe je hier dan aan mee? Is het uit woede omdat je niet de kans hebt gehad te studeren? Is dat het?"

"Nee, dat is het niet! Ik doe dit omdat ik geen keus heb. Ik ben op mijn vijftiende van huis weggelopen en ben hiernaartoe gekomen omdat ik hier familie heb. Ik dacht dat ik wel als herdersjongen kon werken en daarnaast nog naar school kon gaan. Voorzichtig daarmee, het verband ligt niet meer op zijn plek..."

"Au!"

"Geef maar hier."

Ik wreef op de plakkerige pijnlijke plek. "En, ben je toen weer naar school gegaan?"

"Vergeet het maar. Ik moest als voedselbezorger bij een ontvoering werken in het eerste jaar dat ik hier was."

"Maar later dan, toen je ouder was, kon je er toen niet uit stappen?"

"Je kunt er nooit uit stappen. Dat staan ze niet toe. Het is voor altijd. Ik moet lachen als je van die zielige verhalen vertelt over hoe zwaar je het hebt gehad. Mensen als jij hebben geen idee wat armoede inhoudt..." Midden in een zin stokte zijn stem, zo dicht bij mijn gezicht, en ik hoorde enkel nog de bulderende zee in mijn oren. Hij raakte me niet meer aan en ik tastte naar hem. Hij sloeg mijn hand weg. De rits. Ik rook iemand die ik nog niet kende, maar hij kwam niet naar binnen. Ik voelde Houthakkers gespannenheid ook. Ik geloof dat de man die buiten stond iets zei, en wist zeker dat het de baas was. Ik bleef muisstil liggen tot de rits weer naar beneden ging en ik aanvoelde dat Houthakker weer ontspande. De baas was weg.

Dit was niet zijn enige bezoek. Ik had geleerd de door zijn aanwezigheid veroorzaakte gespannenheid om mij heen te duiden, maar dat was de enige keer dat ik wist dat hij naar me keek. Ik kwam al snel te weten waarom hij was gekomen. Als ik het controleren van de toestand van de waar niet meerekende, waar hij volgens mij normaal gesproken voor kwam.

"Doe je ogen open." Ik deed ze open. Houthakkers spijkerjack, zijn vuisten waarmee hij de gebruikte pleisters samenkneep, het olijfkleurige licht in de tent.

"Je was bang dat je blind was geworden, niet?"

Het was een opluchting. Mijn ogen zochten gelijk de tent af. Had hij de krant meegebracht? Hij droeg een bivakmuts, wat logisch was gezien zijn beroep, maar ik probeerde hem in de ogen te kijken.

"De krant. Je had het beloofd..."

Hij had niet de hele krant meegebracht, alleen de pagina's waarop stukken over mij stonden afgedrukt, de voorpagina en een binnenpagina. Op de voorpagina stond een oude foto van mij als model. Weer een stuk van mijn wereld dat afbrak en van me wegdreef. Op de andere pagina... Ik kan u niet zeggen wat dat met me deed. Ze hadden de hand weten te leggen op een foto van Leo van twee jaar geleden. Hij keek over zijn schouder naar de camera, zijn blonde haar was langer dan het nu is, en hij droeg een dikke gestreepte trui. Je kon maar een klein stukje van de trui zien, maar ik herinnerde het me nog zo goed – wit met rode en groene strepen. De achtergrond leek expres wazig gemaakt, maar misschien kwam dat door het afdrukken op krantenpapier. Hij was op een skivakantie genomen en ik had hem op kantoor aan mijn prikbord gehangen. Hoe waren ze daaraan gekomen? En Caterina! Mijn kleine meid. Een prachtige, grote foto van haar. Ik wist niet waar hij was genomen, maar hij moest recent zijn gemaakt. U kunt zich wel voorstellen hoe ik me voelde toen ik de kraag van een van mijn jassen herkende. Ik was er kapot van dat ze op die manier troost zocht. Vroeger op school, als we verkering hadden met een jongen, droegen we altijd zijn trui. Dan had je het gevoel dat je werd omhelsd en droeg je de geur van die jongen bij je. Toen moest ik huilen, maar zelfs zonder de pleisters schokte uit gewoonte alleen mijn borst, bang als ik was voor tranen. Ik moest zo hard huilen dat hij uiteindelijk de pagina's terugpakte en weer in zijn zak stopte zonder dat ik er een woord van had gelezen. Ik kon het niet, ik was te zeer aangeslagen en door de foto's met een schok in de werkelijkheid beland. Mijn prachtige, prachtige kinderen!

En dan te bedenken dat ik dagelijks een deel van mijn vredige denktijd aan pogingen wijdde om te berekenen in welk stadium mijn ontvoering zich bevond. Ik had me Patricks aankomst voorgesteld en dacht aan de losgeldeis – zouden ze bellen? Ik vroeg me af hoeveel ze zouden vragen en wilde dit graag met Houthakker bespreken aangezien ik er nog altijd van overtuigd was dat ze zich op onjuiste informatie baseerden. Ik was meer dan bereid ze over mijn ware financiële mogelijkheden te vertellen, wat ze dan vervolgens zelf konden controleren. Ik schatte in hoe lang het zou duren voor ze het geld bij elkaar zouden hebben, vroeg me af hoe ze dat soort dingen regelden. Nu het al zo lang had geduurd, wist ik zeker dat ik binnenkort zou worden vrijgelaten en daardoor bleef ik vastbesloten te eten en gezond te blijven. Maar ik beschikte over geen enkele informatie en nu zat de krant weer in zijn zak en had ik mijn kans gemist. Maar het had geen zin om een nieuwe kans te vragen. Ik huilde onafgebroken, ik brulde bijna, en zou het artikel nog steeds niet hebben kunnen lezen.

"Signora, beheers u. U moet kalmeren." Het hoofd met de zwarte bivakmuts verwijderde zich van mijn oor en ik probeerde hem weer door die nauwe spleetjes in de ogen te kijken.

Ik hield gehoorzaam op met huilen.

"Waarom noemde je me signora?"

Hij gaf geen antwoord.

"Omdat ik je kan zien, klopt dat?" Hij had me ook met "u" aangesproken, op de manier waarop hij dat in de echte wereld ook zou hebben gedaan. Tot dan toe had hij altijd jij tegen me gezegd. Ik probeerde mijn voordeel te doen met deze plots verkregen menselijke waardigheid.

"Laat me alsjeblieft nog even zien."

"Dat is mijn bedoeling. Je gaat een brief schrijven."

Vagelijk herinnerde ik me andere ontvoeringen waarbij brieven vol controversiële of politieke onzin naar allerlei mensen werden gestuurd – ooit eens naar de aartsbisschop van Florence. Wilden ze dat van me omdat ze dachten dat ik invloedrijke vrienden had?"

"Ik ken geen belangrijke mensen, als dat de..."

"Dat maakt niet uit. Kies een vriend. Geen familielid wiens post zal worden gecontroleerd. En iemand die niet naar de politie zal gaan, want dan is het afgelopen met je. Hier. Schrijf het hierop en neem dit over, de baas heeft het gemaakt. Daar staan zijn instructies op. Je moet het in je eigen stijl herschrijven."

Het was een losgeldeis. Een losgeldeis! En al die tijd verkeerde ik in de veronderstelling dat ze hadden gebeld, dat alles in werking was gezet, het geld al bij elkaar was gekregen, dat mijn vrijlating nog maar een kwestie van dagen was.

"Dat meen je toch niet, dat je nog niet eerder contact met mijn familie hebt gehad? Jullie lopen toch veel meer risico naarmate jullie langer wachten?"

Hij lachte alleen maar. "Schrijven jij."

Wat kon ik anders doen? Ik schreef en volgde de instructies van de baas. Mijn teleurstelling en wanhoop om alle verloren tijd brachten me ertoe hatelijk te zeggen: "Nu zie ik waarom hij wil dat ik het in mijn eigen woorden opschrijf. Hij kan niet spellen, noch een hele zin op papier krijgen, hè?"

Alsof hij hier nog nooit eerder bij had stilgestaan, pakte Houthakker de instructies van me af. Ik zag dat hij niet wist wat hij moest zeggen, dat zijn eigen Italiaans niet goed genoeg was om de fouten te zien. Voldaan dat ik ze toch een beetje een hak had gezet, pakte ik de instructies terug en las ze helemaal door.

"Hier. Schiet op." Nu klonk hij boos om wat ik had gezegd. Hij drukte een dik tijdschrift en een vel gelinieerd papier in mijn schoot en reikte me een goedkope plastic balpen aan. Er was maar weinig licht. De tent had een soort raam van doorschijnend plastic, maar we zaten onder de bomen en de tent was hoe dan ook al met kreupelhout bedekt. Ik hoopte dat ik genoeg licht had om te kunnen schrijven. Ik had al snel door dat dat niet zo was, maar desondanks begon ik wel te schrijven. Ik schreef zonder te zien. Het weinige licht dat ik had zorgde er alleen voor dat ik min of meer binnen de lijntjes bleef. Ik was opgewonden en zenuwachtig bij de gedachte dat ik met mijn kinderen, met de buitenwereld, communiceerde en ik geloof dat dat gevoel die vreselijke verbijstering verdrong, die zich van me meester maakte toen ik ontdekte dat er niet eerder contact was gelegd.'

Mijn allerliefste Leo en Caterina,

Ze hebben me toegestaan jullie te vertellen dat de inhoud van deze brief niet door mij is bepaald. Alleen de laatste alinea is van mij afkomstig. Ze zullen deze brief natuurlijk doorlezen voordat ze hem naar jullie versturen. Ik ben in handen van professionals en als jullie me willen terugzien moet je je strikt aan de onderstaande regels houden. De eerste regel luidt dat jullie voorzichtigheid moeten betrachten ten aanzien van de moordenaars die voor de staat werken, dat wil zeggen de politie en de carabinieri. Die smerige lafbekken zijn schijnheilig, het is bedrieglijk gespuis en je móet ze uit de weg gaan. Anders zijn jullie, mijn eigen kinderen, schuldig aan mijn dood. Jullie moeten zelfs nog voorzichtiger zijn waar het openbare aanklagers betreft die alleen maar interesse in hun eigen carrière hebben en die het niets kan schelen wat er met mij of jullie gebeurt.

Neem ook geen advocaat in vertrouwen omdat ze in een situatie als deze veel geld zullen vragen, er een carrièrekans in zouden zien, en ook zij zouden in dienst staan van de moordenaars die voor de staat werken, wat enkel tot mijn dood zal leiden. Ze hebben me al vreselijk gemarteld en ik ben zo kapot van pijn en verdriet dat ik niet meer het gevoel heb mens te zijn. Ik smeek jullie met alle levenskracht die me nog rest om dat wat nodig is te doen om me vrij te krijgen. Ik ben vastgeketend als een dier, kan niets zien of horen, en heb vreselijk veel pijn. Zoals wettelijk is voorgeschreven zal een rechter onze tegoeden bevriezen, maar met hulp van mijn vrienden kunnen jullie hier onderuit komen. Jullie kunnen in ieder geval nooit worden vervolgd als jullie er geen acht op slaan, maar ik zal elke dag worden gemarteld en uiteindelijk worden vermoord als het jullie niet lukt er onderuit te komen. Mijn dood kan alleen worden voorkomen als jullie de instructies tot op de letter nauwkeurig volgen. De prijs voor mijn leven en vrijheid bedraagt vier miljoen euro. De geringste aarzeling of onverwachte zet van jullie kant zal ervoor zorgen dat de prijs omhóóggaat. Het geld moet in biljetten van twintig en vijftig euro worden geleverd. Het moeten gebruikte biljetten zijn en ze mogen op geen enkele manier chemisch zijn bewerkt. *Er kan niet worden onderhandeld over het bedrag dat jullie moeten betalen en jullie hebben twee maanden om het bij elkaar te krijgen. Als jullie weigeren het gehele bedrag op de laatste dag van april te betalen, zal ik worden geëxecuteerd. Als jullie betalen en niet proberen de politie mee te brengen als jullie dat doen, zal alles soepeltjes verlopen. Het zal niet goed voor jullie uitpakken als jullie met de politie samenwerken en ik zal er met mijn leven voor moeten boeten. Er kleeft al zoveel bloed aan hun handen dat één dode meer alleen al zal dienen om hun bloeddorstige instincten te bevredigen. Als jullie het geld bij elkaar hebben moeten jullie drie dagen achtereen een advertentie in de rubriek Verloren en Gevonden van* La Nazione *laten zetten. Er moet staan:* VERLOREN *op Piazza Santo Spirito, tas met belangrijke persoonlijke papieren. Belo-*

ning. Bel (geef het nummer van een van mijn vrienden op). Zo-
dra ze de aankondiging zien, zullen jullie weer een brief van me
krijgen waarin staat hoe jullie het geld moeten afleveren, en met
het bewijs dat ik nog in leven ben in de vorm van een polaroidfoto
waarop ik de krant van die dag, met de koppen duidelijk zicht-
baar, zal vasthouden. Als jullie eenmaal hebben betaald, zal ik
binnen acht dagen worden vrijgelaten. Ik zal jullie bellen waar
jullie me kunnen ophalen zodra ik vrij ben. Verwacht dus geen
telefoon voordat jullie hebben betaald. Kom niet zonder het geld
naar de afgesproken plek en probeer evenmin iemand mee te ne-
men. Als iemand zonder geld komt opdagen zal diegene ter plekke
worden doodgeschoten. Degene die het geld volgens deze instruc-
tie bezorgt heeft helemaal niets te vrezen. Rijke mensen worden
rijk omdat ze de armen uitknijpen en ze bestelen. Dit is een wel-
doordachte eerlijke en rechtvaardige transactie.

Leo – blokkeer alle betalingen aan onze leveranciers. Ze ver-
trouwen ons en weten dat ze zullen worden betaald als dit achter
de rug is. Vraag mijn goede vriendin E. om hulp. Zij bevindt zich
in de positie dat ze ons kan bijstaan zonder daarvoor krom te hoe-
ven liggen. Patrick zal voor de rest zorgen. Hij weet wie hij moet
vragen. Ik zal jou en Caterina moeten vragen tijdelijk afstand te
doen van jullie erfenis. Patrick zal dat regelen. Jullie kunnen het
geld van jullie rekeningen naar de zijne overmaken. De Italiaanse
wetgeving geldt niet in de Verenigde Staten. Jullie weten dat ik het
allemaal voor jullie zal terugverdienen. In het verleden hebben
we wel voor hetere vuren gestaan en ik zal voor alles zorgen als ik
vrij ben. Als dat nodig mocht zijn, neem dan een hypotheek op het
huis. De bank zal maar wat graag bereid zijn en jullie beider
handtekening zal ook zonder de mijne rechtsgeldig zijn, aange-
zien jullie een meerderheid hebben. De lening gaat dan naar Pa-
trick en jullie staan ervoor in, dus zal niemand de wet overtreden.
Wacht niet tot het laatste moment, maar doe alles zo snel moge-
lijk want mijn lijden is te groot om het in deze omstandigheden
nog lang vol te houden. Ik zal iedereen op de een of andere manier
tot op de laatste cent terugbetalen.

Ik schrijf jullie dit met al mijn liefde en ondanks de pijn denk ik dag en nacht aan jullie. Zeg tegen Patrick dat ik van hem houd en aan hem denk. Mijn leven ligt in jullie handen en ik vertrouw jullie. Laat me niet in de steek.

8

Mensen beweren vaak dat ze het aanvoelen wanneer een telefoon in een leeg huis overgaat of andersom, wanneer degene aan de andere kant van de lijn zal opnemen. Dit hoefde niet te worden bewezen, maar politiechef Guarnaccia, die niet echt het type was voor dat soort beweringen, had niettemin het gevoel dat er tussen het moment dat hij die vrijdagmiddag op de gebruikelijke tijd had aangebeld en het moment dat hij werd binnengelaten, iets was veranderd in het huis van de Brunamonti's. Hij besteedde er nauwelijks aandacht aan, maar hij had het idee dat hij minder lang hoefde te wachten en dat de voetstappen die door de marmeren hal naderden anders klonken, snel en luid in plaats van langzaam en zacht.

Een vrouw die hij nog nooit had gezien en die zeker geen bediende was, deed de deur open. Ze was niet opgemaakt, droeg geen sieraden en haar kleding zag er tweedehands uit, maar ze had een vertrouwenwekkende en autoritaire uitstraling die effect had op de politiechef. Hij excuseerde zich voor het feit dat hij stoorde zoals hij dat zou doen jegens de bewoners van het huis en niet jegens een werknemer.

De vrouw negeerde zijn opmerking en zei op duidelijk verstaanbare vertrouwelijke fluistertoon: 'Bent u die man van het Palazzo Pitti? Als dat zo is, wil ik met u praten – niet nu. Ik maak me gewoon erg veel zorgen... Kom binnen, kom toch binnen...'

Hij liep achter haar aan de witte woonkamer in waar alle aanwezigen omkeken en hem aanstaarden. Hun gezichtsuitdrukkingen waren allesbehalve verwelkomend en ze lieten hem daar staan, met zijn hoed in zijn hand. Hij was zich bewust van een zwijgen dat zo ondoordringbaar was als de sigarettenrook die langzaam boven het hoofd van Patrick Hines kringelde, en vol van de echo's van het verhitte gesprek dat zijn komst moest hebben onderbroken. Hij was er goed van doordrongen dat zwijgen deze mensen meer van hun stuk zou brengen dan hemzelf en keek ze beurtelings aan. De vrouw die hem had binnengelaten zat op het randje van een grote leunstoel. Ze hield haar voeten dicht bij elkaar en zat kaarsrecht. Haar haar had dezelfde grijze kleur als haar slonzige pak. Ze had donkere ogen en het was overduidelijk van haar gezicht af te lezen wat ze allemaal met hem wilde bespreken, maar niet nu. Patrick Hines en Leonardo zaten naast elkaar op de witte bank. Sinds ze hadden gezien dat de politiechef was binnengekomen, hadden ze zijn blik gemeden. Zijn zus zat naast Hines op de leuning van de bank en had haar arm over de rug van de bank geslagen. Haar diamanten glinsterden. Ze keek de politiechef met die zijdelingse blik van haar aan, langs de waterval van blond haar die over haar schouder viel. Haar mond stond open alsof ze zuinig glimlachte. Maar ze lachte niet. De enige van het clubje dat daar zat die helemaal op zijn gemak leek en uitstraalde dat hij zonder meer controle over de situatie had, was de Engelse detective, Charles Bently. Daaruit maakte de politiechef op dat zijn komst juist hem het meest uit het veld had geslagen, wat werd bevestigd toen hij hem kort toeknikte.

'Leo,' mompelde diens zuster, terwijl ze haar arm uitstrekte om hem op de schouder te tikken, 'we moeten de politiechef vragen of hij niet wil gaan zitten.'

De politiechef zag dat Leonardo's oogopslag net zo leeg was als op de dag dat hij was flauwgevallen, beschouwde deze opmerking als voldoende uitnodiging en ging vlak naast de detective in een solide aandoende stoel met rechte leuning zitten. Toen wachtte hij af. Terwijl hij wachtte, registreerden zijn grote ogen alles waar hij zicht op had zonder zich op iets in het bijzonder te richten. Hij was zich goed bewust van de hondenmand die niet ver van Leonardo's voeten stond, dat wil zeggen, zich ervan bewust dat hij leeg was. De vrouw met het grijze haar sprak plotseling luid.

'Ik vind dat je Tessie naar huis moet halen. Wat haar ook mankeert, ze zal thuis beter kunnen genezen.' Ze leek het tegen Leonardo te hebben en toen hij geen antwoord gaf, leunde ze naar voren en zei ze op luidere toon:

'Leonardo!'

'Caterina ziet daarop toe.'

Caterina zei erg zachtjes: 'Ze moest aan een infuus worden gelegd. Ze was erg uitgedroogd, dus misschien moet ze er nog een krijgen. Een ziek beest met zoveel verwondingen kun je het niet aandoen om het steeds te vervoeren. Dan lijdt ze te veel pijn. Deze week blijft ze bij de dierenarts.'

'Je kunt haar daar niet de hele week laten! Dan gaat ze dood.'

'Ze is daar beter af en misschien moet ze er nog wel langer blijven.'

'Leonardo! Dat kun je niet maken!'

Er kwam niet onmiddellijk antwoord. Leonardo boog voorover en liet zijn hoofd in zijn handen vallen. Daarna leek het hem een enorme inspanning te kosten om overeind te komen zitten en iets te zeggen.

'Ik zou haar liever hier hebben, maar dat komt omdat ik er sentimenteel over doe. Ze heeft de volle aandacht van een specialist nodig en die kunnen wij haar niet geven.'

De politiechef vond het vreemd dat deze opmerking inhoudelijk gezien van goed vertrouwen getuigde, maar dat tegelijkertijd elk woord ervan zo niet-gemeend klonk.

De detective kapte met zijn vlijmende stem het onderwerp bot af.

'Ik ben ervan overtuigd dat de politiechef zal begrijpen, Hines' – de nadruk lag op zijn legerrang van onderofficier, de opmerking werd over het hoofd van de politiechef heen uitgesproken – 'dat we hier aan het vergaderen waren en dat het, omdat we de financiële situatie van de familie bespreken, derhalve een vertrouwelijke en besloten vergadering is. Eigenlijk voel ik me verplicht te zeggen dat het voorlopig beter zou zijn als deze bezoekjes geen voortzetting zouden krijgen aangezien het mogelijk is dat ze het leven van de Contessa Brunamonti in gevaar brengen.'

'Daar ben ik het niet mee eens,' zei Caterina terwijl ze Bently boos en vlammend aankeek. 'Het is zijn werk en ik...'

'Maakt u zich alstublieft niet druk,' zei de politiechef op vriendelijke toon. Het had voor hem geen enkele zin hier te blijven, omdat ze toch niets zouden zeggen waar hij bij was. Het was beter ze maar te laten praten, dan hoorde hij later wel wat de dochter erover te melden had. Hij stond op en hoopte dat de onbekende vrouw hem zou uitlaten. Ze was zo gespannen als een veer en was in een flits gaan staan en in beweging gekomen. Bij de deur weer die krachtige snobistische fluistertoon: 'Wist u al dat de meid is ontslagen?'

'Ik... Nee. Ik dacht dat ze haar zus een bezoek bracht. Ze leek erg van streek te zijn...'

'Dat klopt. Van streek om Olivia, bedoel ik, maar nu is ze nog meer van streek. Ontslagen. Daarom is ze naar haar zus gegaan. Ik vond haar Italiaans zo slecht nog niet – vond u het slecht? Trouwens, mijn naam is Contessa Elettra Cavicchioli Zelli. Ik weet wie u bent, doe geen moeite. Bovendien moet je die Filippijnse meiden leren hoe ze eten moeten serveren. Beseft u wel dat sommigen uit zulke arme gezinnen komen dat ze blij zijn als er wat voor eten dan ook op tafel komt, laat staan dat ze zich erom bekommeren waar welk wijnglas bij hoort. Kunt u zich dat voorstellen? Ik heb zo met dat meisje te doen dat ik haar in huis ga nemen en haar aan het werk houd tot Olivia...' Ze viel stil.

'We doen ons best, weet u.'

'Ú doet uw best? Het maakt me niet uit wat u doet! Tenzij u vier miljoen euro heeft! Ik doe mijn best, maar dat zal niet voldoende zijn, en Patrick is een schat, maar hij heeft geen rode cent. Ik moet gaan. Ze luisteren mee. Dag.'

De deur werd zo ongeveer in zijn gezicht dichtgeslagen. Hij had wel even tijd nodig om bij te komen van de indruk die de Contessa Elettra Cavicchioli Zelli op hem had gemaakt. Op de piazza wachtte hij even om haar naam op te schrijven, om vervolgens zijn ogen te betten aangezien het zonlicht ze al deed tranen. Hij stopte zijn zakdoek weg en viste zijn zonnebril te voorschijn. Het was eigenlijk best warm, een opvallende temperatuurschommeling van het soort waarin Florence was gespecialiseerd, en die elke februari weer de helft van de inwoners met griep velde. Grote, grijze wolken verzamelden zich achter de zonnige gele voorgevel van de kerk. Ze vormden een geheugensteuntje dat warm ook nat betekende, maar op dit moment was het aangenaam om buiten te zijn. De politiechef was blij met deze regelmatig terugkerende middagwandeling tussen de Piazza Santo Spirito en het hoofdbureau aan de Borgo Ognissanti, vandaag meer nog dan ooit tevoren... Elettra, een chique naam. Die vrouw leek wel een bliksemschicht en ze was klaarblijkelijk boos op iemand, maar op wie? Het hondje leek de belangrijkste provocatie te zijn... En de huilende meid... Vier miljoen. Hm.

Commandant Maestrangelo zat te vergaderen met de kolonel en had een briefje voor de politiechef achtergelaten waarin stond dat hij hem morgen op de gebruikelijke tijd zou zien als hij niets belangrijks had te melden. De politiechef stuurde een carabiniere om op de deur van het kantoor van de kolonel te kloppen en stond in de glanzende gang naast een rubberplant te wachten.

Toen de commandant verscheen, keek hij de politiechef verwachtingsvol aan, maar uit diens gezichtsuitdrukking viel niets af te lezen. Er viel nooit iets af te lezen uit de gezichtsuitdrukking van de politiechef. Hij had de boodschap van de commandant ontvangen en had zijn komst niettemin laten aankondigen. Hij stond hier. Dat zei genoeg.

'Contact?'

'Ja. Een eis om vier miljoen met de gebruikelijke instructies, stel ik me zo voor, maar ik ben bang dat ik u alleen de hoogte van het bedrag kan meedelen. Ik ben ze kwijt. Het spijt me.'

'Ga daar maar niet te snel van uit. Het eerste contact is altijd een schok, het is beangstigend, maar daarom hebben ze des te meer reden om zich weer tot u te wenden als het eenmaal tot ze is doorgedrongen.'

'Nee. Ze hebben die detective. Die zal hen wel kunnen helpen.'

'Praat hij met u?'

'Nee.'

'Maar de eis om losgeld?'

'Een vriendin van de familie liet het zich ontvallen. Ik denk dat ze zich nog veel meer zal laten ontvallen, zolang een rechercheur haar maar niet onder druk zet.'

'Lijkt ze iemand die zich snel onder druk laat zetten?'

'Nee, absoluut niet. En dan heb je altijd nog de dochter. Zij wilde dat ik erbij bleef, maar de anderen wilden dat niet dus toen ben ik weggegaan. Ze moet echt doen alsof ze het met hen eens is, anders zullen ze haar niets meer vertellen. Ik hoop maar dat het niet al te laat is. Ze zou niet zo vrijuit moeten spreken als ze vandaag heeft gedaan.'

'Ze is zeker de slimste niet, neem ik aan...'

'Dat weet ik niet... Ze is natuurlijk van streek, dus...'

'Hoe heet die vriendin?'

De politiechef raadpleegde zijn notitieboekje. 'Contessa Elettra Cavicchioli Zelli.'

'Ach ja. Fusarri heeft haar als waarschijnlijke contactpersoon al geopperd. Het is een zeer rijke vrouw. Zou je in mijn kantoor op me willen wachten tot ik hier klaar ben? Ik heb een paar namen voor je. We moeten ons erop concentreren degene die het heeft voorbereid te vinden.'

Nu Salis eenmaal als verdachte was weggestreept, was er nog maar weinig twijfel over wie deze ontvoering op zijn naam had staan. Salis was bovendien veel te slim en had te veel ervaring om toe te laten dat de schuilplaats kon worden ontdekt voor de klus was geklaard, of zelfs na afronding ervan, behalve in het geval van een ophanden zijnde aanval en een daaruit voortvloeiende overhaaste aftocht. Toch hadden ze een goede reden om te wensen dat het wel zo was geweest. Bij Salis zouden ze niet buiten de Sardische gemeenschap naar handlangers hebben hoeven zoeken, en leden van rivaliserende clans verkleinden de mogelijkheden zelfs nog meer. Maar Puddu woonde niet alleen al jaren op het vasteland, hij had ook geen oog meer voor zijn afkomst en traditie. Zijn criminele broeders waren talrijk en met uitzondering van zijn makkers die op dit moment in de gevangenis zaten, waren rivaliserende clans de enige die konden worden weggestreept. De mannen van de commandant hadden een lijst weten te maken. Gezien het gewicht en het hoge risico van de klus hadden ze alleen de mannen inbegrepen die al eerder voor Puddu hadden gewerkt en ervaring hadden met ontvoeringen. Het resultaat was verder ingekort door iedereen af te vinken die momenteel een straf uitdiende, voorwaardelijk vrij was en zich geregeld meldde, of van wie bekend was dat hij zich elders ophield. De overgebleven mannen werden onopvallend gesurveilleerd, wat eveneens gold voor alle toegangsmogelijkheden tot het grote bosgebied en de met kreupelhout bedekte vlaktes waar Puddu zijn slachtoffer misschien verborg. Dit laatste was het lastigste onderdeel van het werk omdat de rechercheurs in alle opzichten in het nadeel waren. Ze wisten niet naar wie ze moesten uitkijken, noch waar ze precies moesten zoeken. Tussen de schuilplaats en de buitenwereld moest enig verkeer zijn van voorraden voedsel en water, en informatie die moest worden doorgegeven. Maar als er al een voedselbezorger zou worden gesignaleerd, zou ingrijpen in dit stadium enkel resulteren in een risico voor het slachtoffer. In dit stadium was het alleen veilig degene die de ontvoering had voorbereid te arresteren, de connectie tussen Puddu en zijn slachtoffer. Veilig omdat hij al een prijs zou hebben afgesproken, zijn deal via een tussenpersoon zou hebben gesloten en nooit zou weten wie erachter zat, tenzij alles zou mislopen. Niettemin was hij voor de rechercheurs een waardevolle schakel, omdat iemand die toegang had tot de wereld van de Brunamonti's alleen contact had kunnen leggen met die van Puddu tijdens een gevangenisstraf. Dat contact zou midden in het web liggen dat zou reiken naar een aantal namen op de lijst.

Tot nu toe hadden noch de rechercheurs middels hun informanten, noch de politiechef in zijn gesprekken met de familie zelfs maar de vaagste mogelijkheid voor een organisator weten te ontdekken.

'Eerlijk gezegd, Guarnaccia,' gaf de commandant toe, 'had ik mijn hoop meer op jou dan op hen gevestigd. Hoe zit het met die Contessa Cavicchioli Zelli? Ik begrijp dat ze goed bevriend is met het slachtoffer en als ze bij die bijeenkomst zat die jij beschreef, zal ze een behoorlijk deel van het losgeld betalen. Die detective uit Londen zal erop toezien dat ze op haar hoede is... Hoe heet hij ook alweer? Bently... Dus ik geef er de voorkeur aan niet op formele wijze toenadering te zoeken. Misschien kan ze ons de naam geven van een ex-vriendje van de dochter of een haatdragende oud-werknemer. Wat vind jij?'

'Ik zal bij haar langsgaan als u het adres voor me hebt. De werknemers...'

'Ja?'

'Uw mannen hebben hen ondervraagd.'

'Vanzelfsprekend. Met uitzondering van een jonge ontwerper uit Amerika, die rechtstreeks van de kunstacademie komt, werken ze er allemaal al jaren en hebben ze niets op hun geweten. We hebben niets. Waarom kom je hier op terug? Heb je iets ontdekt?'

'Nee, nee... Ik heb bij mijn eerste bezoek even bij ze binnengekeken om er de weg te vragen...'

'Als je denkt dat we iets over het hoofd hebben gezien, Guarnaccia, zeg het dan. Ondervraag ze dan in elk geval.'

'Nee, nee, ik... Nee. Ik ben geen rechercheur... trap mensen tegen de schenen, nee. Maar er was gewoon iets. Er was iets.'

'Dat heb je al eerder gezegd. Verdacht je toen iemand in het bijzonder?'

'Nee.' De politiechef bestudeerde de hoed op zijn knie, zijn linkerschoen en het raam. 'Ik had het idee dat ze erg eensgezind waren, allemaal loyaal – alleen een vluchtige indruk, natuurlijk. U hebt met ze gepraat...'

'En precies dezelfde indruk gekregen. Dus wat is er aan de hand?'

'Ik weet het niet, nog niet. En nu ben ik de zoon ook nog kwijt.'

'Daar ben je vrij zeker van, hè, Guarnaccia?'

'Ja. Hij gaat proberen zonder ons te betalen.'

'Je moet proberen hem ervan te overtuigen dat we de geldbiljetten mogen merken in ruil voor de belofte dat we niet zullen ingrijpen tijdens de overdracht.'

'Die meneer Hines...'

'Wat is er met hem?'

'Hij zegt niet zoveel.'

'Zo zijn sommige mensen.' De ironie van deze opmerking ging aan Guarnaccia voorbij.

Dit was het moment waarop elke andere rechercheur hem als hopeloos terzijde zou schuiven, en dit was nog wel het allerbelangrijkste moment. Het zenuwslopendste. Net nu de druk op de ketel zat, nu de journalisten elke dag op de stoep stonden te wachten en de kolonel zich bij elke ochtendlijke briefing geïrriteerder toonde, zou Guarnaccia vaart minderen tot hij tot stilstand was gekomen. Hij mompelde dan iets in de trant van dat hij gewend was aan gestolen handtasjes en verontruste oude dametjes en zou zeggen dat hij hier niet geschikt voor was – wat maar weinigen behalve Maestrangelo zouden bestrijden – en elke poging om hem te benaderen of hem iets te vragen was dan gedoemd te mislukken. Hij staarde zich dan blind als een buldog met een bot in zijn poten, zwijgzaam en zonder kwaad in de zin. Als je bij hem in de buurt kwam, gaf hij een zwakke, maar onmiskenbare grom. De commandant wist dat hij zijn ongeduld moest bedwingen en moest proberen hem te helpen terwijl ze geen van beiden wisten wat hij nodig had. Als hij nu maar om iets vroeg... Of had hij dat al gedaan?

'Denk je dat ik nog eens met die Hines moet praten?'

'Die zegt niet zoveel. Ik beschouw hem als een rijk man, in vergelijking met mijzelf... Maar de Contessa Cavicchioli Zelli zegt dat hij geen rode cent heeft.'

'Zoals ik al zei, ze is erg rijk.'

'Ja. Ik vertelde u al dat ze niet meer willen dat ik langskom en ik kan ze niet dwingen... Ik moet de zus alleen te spreken zien te krijgen.'

'Ze is al eens naar uw bureau gekomen. Misschien komt ze...'

'Nee, bij haar thuis. Ik wil bij haar thuis met haar praten. Ik ben ze kwijt. Ik denk dat de planner... Ik moet bij haar thuis met haar praten...'

Nu hapte de commandant toe. 'Goed dan, Guarnaccia. Stel dat aanklager Fusarri morgen met Leonardo Brunamonti en Patrick Hines wil praten op zijn kantoor – zullen we zeggen om vier uur 's middags?'

'En die detective. Wilt u me nu excuseren?' Toen de commandant een knikje gaf ten teken dat hij kon gaan, was hij vertrokken.

Het kledingmerk *Contessa* is het geesteskind van Olivia Birkett, topmodel in de jaren zestig, topontwerpster in de jaren tachtig en negentig. Na jaren in Europa van succes verzekerd te zijn geweest gaat Olivia Birkett uitbreiden. Dit jaar Tokio, volgend jaar New York, en in het spoor daarvan, hoopt ze, Los Angeles in Californië, de staat waar ze vandaan komt. Wat is het geheim achter haar stijl?

'Historie, denk ik. Ik ben in een familie getrouwd wier geschiedenis zes eeuwen teruggaat en deed inspiratie op aan de kleding van mijn voorvaderen – aangepast aan onze moderne levensstijl natuurlijk.'

En het geheim achter haar succes?

'Ik heb een oog voor kleding, dat klopt, maar wat onze kleding onderscheidend maakt is de invloed van mijn zoon, Leonardo, wiens historische en kunsthistorische kennis elk jaar weer aan de basis ligt voor onze collectie. Die is bepalend voor de uitwerking van de collectie, haar presentatie, het gebouw waar dat plaatsvindt, de muziek, belichting, enzovoort.'

Olivia's prachtige, aristocratische dochter is ook in het *Contessa*-atelier te vinden.

'Caterina heeft een geheel eigen elegantie. Ze is een veertiende-eeuwse schoonheid met een eigentijdse stijl, wat uitstekend bij onze kleding past. Ik zou haar dolgraag als model willen hebben, maar haar interesse in het bedrijf ligt op dit moment meer op het leidinggevende vlak.'

Hiernaast: parels op goudkleurige kant vormen de kraag van een avondjurk uit de wintercollectie van *Contessa*
Boven: Olivia Birkett met Tessie in de witte woonkamer van het palazzo Brunamonti
Foto's: Gianni Taccola, Florence

De politiechef liet het exemplaar van *Style* in zijn schoot vallen.

'Pap? Mogen we opblijven om de wedstrijd te zien?'

'Vraag dat maar aan jullie moeder.'

'Dat hebben we gedaan. Ze zei dat we het jou moesten vragen.'

'Goed dan.'

De twee jongens stoven weer naar de keuken terwijl ze hun gegiechel probeerden te onderdrukken.

'Mam! Pap zegt dat we mogen opblijven om samen met hem naar de wedstrijd te kijken als jij dat ook goedvindt. Mag het? Toe nou!'

Ze gingen elk aan een kant van hem zitten en tevreden trok hij hen dicht tegen zich aan. Tegen de groene achtergrond renden de spelers rond op het ritme van het aanzwellende en afnemende lawaai van de menigte. Het was een kalmerende achtergrond voor de zich langzaam ontwarrende, levendige beelden in zijn hoofd.

'Batistuta krijgt niet echt een transfer, hè pap? Giovanni zegt dat, maar ik geloof er niets van. Pap? Waarom lees je dát nu?'

'Lees ik wat? Als jullie de wedstrijd willen zien, moet je gaan kijken. Als jullie stampij gaan maken, dan zal jullie moeder...'

Het moet een paar uur later zijn geweest toen hij hardop opmerkte: 'Ik heb die naam al eerder gezien en ik geloof dat ik weet waar...'

'Welke naam? Salva?'

Hij staarde haar aan. 'Zijn de jongens al naar bed?'

'Dat mag ik wel hopen. Waar zat je met je hoofd, dat je ze laat opblijven terwijl ze morgen naar school moeten?'

'O ja?'

'Salva, wat is er aan de hand?'

'Niets.'

'Je ziet er doodmoe uit. Laten we naar bed gaan.'

Hij viel meteen als een blok in slaap en dacht dat hij al uren had geslapen toen hij zichzelf hardop hoorde zeggen: 'Honden en foto's.'

'Honden zijn wat?'

Hij deed zijn ogen open. Teresa had haar lamp nog aan en ze las in dat tijdschrift *Style*, dus zo laat kon het nog niet zijn. 'Foto's,' zei hij nog eens, omdat het tijdschrift hem eraan herinnerde. 'Het is allemaal een kwestie van...'

'Een kwestie van wat? Salva?'

Hij sliep weer.

Toen hij in slaap viel, was hij ervan overtuigd dat de nevelen in de ochtend zouden zijn opgelost, zodat hij duidelijk zou kunnen zien wat vlak voor zijn ogen te zien moest zijn. Hij voelde zich opgekikkerd toen hij wakker werd. De nevelen waren inderdaad opgelost, maar wat hij zo duidelijk zou moeten zien moest zich nog aandienen. Hij begon zijn dag met een rustig overleg. Hij zat in zijn kantoor en belde het hoofdbureau via de interne lijn.

'Natuurlijk, chef. Kunt u me zijn geboortedatum en -plaats geven? Dan zal ik het dossier makkelijker vinden, als we het tenminste hebben.'

'Nee, die heb ik niet. Maar ik durf erom te wedden dat hij een strafblad heeft en aangezien hij in dit gebied woont en werkt, moet zijn dossier ergens in het archief zijn. Dringend, ja. Olivia Birkett – ja. Ik wacht erop.'

Honden en foto's. Hij moest rustig blijven zitten en afwachten. Honden en foto's. Hij verroerde zich niet. Inertie lag in het middelpunt van zijn gedachtespinsel... Parels op een goudkleurige kraag van kant...

De telefoon ging.

'Met politiechef Guarnaccia.'

'Maestrangelo hier. Ik heb het adres en het telefoonnummer van Contessa Elettra Cavicchioli Zelli. Schrijf je het even op?'

Hij noteerde het. Daarna zat hij weer stil voor zich uit te kijken.

Opnieuw ging de telefoon.

'Met politiechef Guarnaccia.'

'Ik heb dat dossier voor u. Zal ik het naar u opsturen?'

'Nee, geef me maar een korte samenvatting en ik wil weten wanneer hij zijn laatste straf heeft uitgediend. Hij is vrij?'

'Jazeker. Zo lang heeft hij niet gezeten. Kunstroof, villa's in de omgeving van Florence – ach, dat weet u allang, neem ik aan. Hij is zo'n anderhalf jaar geleden vrijgekomen. Wilt u verder nog iets bijzonders weten?'

'Zijn adres.'

'Momenteel woont hij aan de Via Santo Spirito, nummer zeventien. Kan ik u verder nog van dienst zijn?'

'Nee, maar zorg ervoor dat het dossier niet naar het archief wordt teruggebracht. Geef het namens mij aan commandant Maestrangelo. Ik neem straks contact met hem op. Bedankt.'

De eerlijkheid gebood hem te zeggen dat hij zich weinig tot niets meer van die zaak kon herinneren, maar dat deed er nu niet zoveel toe. Ze zouden nog tijd genoeg hebben om zich daarin te verdiepen, en er waren mensen die dat beter konden dan hij. Bovendien, waar was het bewijs?

'Ik heb geen bewijs,' gaf hij toe toen Maestrangelo hem belde. 'Ik probeer het alleen te begrijpen.'

'En je hebt het goed begrepen. Die vent is een gevaarlijk type. Ik heb hem zelf gearresteerd.'

Dus hij kon zich, in tegenstelling tot de politiechef, de zaak nog helder voor de geest halen. Een freelance fotograaf die zich had gespecialiseerd in het fotograferen van stijlvolle mensen in hun eigen huis. Hij koos de achtergrond, beoordeelde alle mogelijk geschikte kamers, babbelde met zijn onderwerp, en stelde hem of haar op zijn gemak. Pas na geruime tijd werden de diefstallen uitgevoerd door professionele inbrekers die tot in de details werden geïnstrueerd wat ze mee moesten nemen. Ze kregen zelfs foto's mee. In de tijd tussen de fotosessie en de diefstal werd met gebruik van de foto's provisie geïnd van discrete klanten van net zo discrete antiek- en kunsthandelaars.

Totdat de dekmantel van de fotograaf met zijn arrestatie ten einde was gekomen.

Dus waarom nu dan niet de vrouw des huizes stelen? Eén grote klus en je was voor de rest van je leven binnen.

'Maar,' voegde de commandant toe, 'volgens de informatie die ik over de familie doorkrijg, was het niet zo'n beste keuze. Natuurlijk hebben ze verscheidene huizen, en een bedrijf, maar ze zijn de zaak aan het uitbreiden en tijdelijk vreet dat geld. Bovendien is onroerend goed niet echt ideaal. Ontvoerders willen geld dat snel beschikbaar is, onopvallend geïnvesteerd, verborgen geld dat geen traceerbare lacune achterlaat. Hij mag dan een deskundige zijn op het gebied van antiek, bij mensen zit hij er goed naast. Wat vind jij?'

'Ik denk dat iemand hem heeft voorgelogen,' zei de politiechef.

'Ik kan je niet volgen. Waarom zou je hem hoe dan ook iets aan zijn neus hangen?'

'Mensen zeggen dingen... daar hebben ze andere redenen voor. Zelfs de Contessa wilde misschien wel rijker lijken dan ze was. Misschien dat fotografen, net als kappers, vrouwen op de praatstoel krijgen.'

'Zei je niet dat er maar één fotosessie was geweest?'

'Eentje maar, ja. Voorzover ik weet.'

Er werden regelingen getroffen dat Leonardo Brunamonti, de detective, Charles Bently, en Patrick Hines die middag om vier uur in het kantoor van de aanklager konden worden ontboden. Ze drukten hen op het hart dat er geen pogingen zouden worden ondernomen informatie met betrekking tot hun activiteiten uit hen te krijgen. Dat zij juist zouden worden geinformeerd over de stand van zaken bij het onderzoek en alle handelingen die van de zijde van de carabinieri werden ondernomen in het belang van de veiligheid van het slachtoffer.

'Dat is wel wat bezijden de waarheid, natuurlijk,' bekende Fusarri aan de commandant, 'maar dan zullen ze wel komen opdagen.'

Jammer genoeg kwamen er maar twee van hen opdagen. Hines liet het afweten en gaf als excuus dat hij hoofdpijn had. Hij nam natuurlijk in alle redelijkheid aan dat de andere twee hem wel zouden bijpraten.

Fusarri belde Maestrangelo.

'Die ellendige kerel houdt de dochter kort. Ik zou niet weten wat we eraan kunnen doen, behalve hem arresteren!'

Maestrangelo belde Guarnaccia.

'Ik ga toch,' zei de politiechef. 'Hij zegt niet zoveel, zoals ik u al heb verteld. Ik zou hem graag zonder die detective willen spreken en ik stel me zo voor dat ik ze wel alle twee een paar minuten afzonderlijk zal kunnen spreken.'

'Nou, als je denkt dat het zin heeft.'

'Ik zal mijn best doen. Ik ben de zoon kwijtgeraakt, weet u. Dat is niet zo best. Het spijt me. Ik zal er langsgaan en proberen...'

Hij ging om kwart voor vier op pad, zoals altijd te voet. Terwijl hij onder de stenen zuilengang door liep, viste hij zijn zonnebril te voorschijn, maar de zon verdween die dag regelmatig achter donzige, grijze of zwarte wolken die zich aan de windstille hemel verzamelden.

'We krijgen regen, politiechef.' Het was Biondini, de conservator van het museum, klaar voor een plensbui met zijn regenjas en paraplu onder zijn arm. 'Ik neem aan dat u het nieuws heeft gehoord?'

'Neem me niet kwalijk?'

'De Corot die uit het Louvre is gestolen. Ik maak me vreselijk veel zorgen over onze ontoereikende veiligheidsmaatregelen, maar, zoals u ziet, hebben andere musea hun eigen problemen – en wij hebben u natuurlijk naast de deur, en uw Kunst Erfgoed Eenheid aan het andere eind van de tuinen, die gestolen kunstwerken voor ons terugvindt, dus mag ik niet klagen. Aan uw gezicht te zien weet u er niets van – hebt u het niet gezien op het middagnieuws?'

'Ik heb er niet zoveel aandacht aan geschonken, om u de waarheid te zeggen... Waar zei u, het Louvre?'

'Ja. Uit het nieuwe gedeelte nog wel. Een prachtig landschap van Corot.'

'Een gestolen landschap... Warempel. Als zoiets zich nou wat dichter in de buurt zou voordoen, dan... mooi. Mooi...'

'Politiechef?'

'Goedemiddag. Dank u wel. Goedemiddag. Dit was erg aardig van u...'

Biondini was altijd erg vriendelijk, maar als hij eenmaal op gang was, vertelde hij de politiechef meer over het gestolen schilderij dan hij kon verstouwen. Maar dit was erg aardig van hem. Als het nu wat dichter in de buurt was. Maar goed, dat kon wachten. Nu eerst naar de Piazza Santo Spirito.

Het kwam als een schok dat de grote beslagen deuren van het palazzo Brunamonti potdicht zaten. Er was een bel voor de portier, maar hij wist zich nog te herinneren dat de portiersloge niet in gebruik was. Verbluft drukte hij op het belletje voor de portier.

'Ja?'

'Politiechef Guarnaccia, carabinieri.'

De deuren gingen met een klik open en hij duwde ertegenaan. Geen wonder dat men ze normaal gesproken openliet. Ze waren loodzwaar en mensen moesten de hele dag in en uit lopen met het atelier daarbinnen.

'Wie wilde u spreken?' Dus ze hadden nu echt een portier, en nog wel eentje in uniform.

'Signorina Caterina Brunamonti. Ze verwacht me.'

Dat was een leugen, maar deze man kon door de zoon of door Hines zijn aangenomen. Hij wilde niet dat de kerel zijn komst zou aankondigen. 'Ik kom elke dag om deze tijd langs. U hoeft haar niet van mijn komst te verwittigen en ik weet de weg.'

'Zoals u wilt, politiechef.' Godzijdank richtte hij zijn aandacht weer op de krant. De politiechef nam de lift.

Toen hij op de tweede verdieping uitstapte, werd de deur van het appartement opengesmeten en kwam Patrick Hines naar buiten, die hem vervolgens weer dichtknalde. Stokstijf bleef hij staan toen hij de politiechef in het oog kreeg. Hij kreeg geen woord uit zijn keel, was lijkbleek en had een geschokte blik in zijn ogen.

'O mijn God!' Hij vloog de trap af alsof de duivel hem op de hielen zat. De politiechef verroerde zich niet en keek hem na. Vervolgens naderde hij de voordeur. Hines zou makkelijk te vinden zijn. Als niemand zou opendoen, zou hij hulp inroepen en inbreken. Hij belde aan en wachtte. Hij hoorde geen naderende voetstappen, maar een bijna geruisloos geritsel zorgde ervoor dat hij toch bleef wachten.

De deur ging tergend langzaam open en voor hij ook maar iets zag, klonk er een stem, gelijkmatig en traag en van een doodse kilte: 'Ik wíst wel dat je van gedachten zou veranderen.'

En toen kon hij haar zien. Ze was blootsvoets en haar lange slanke lijf was ontbloot waar het frivole doorschijnende gevalletje openhing.

Zodra zij zag wie ze voor zich had, klemde ze haar glanzende lippen stijf opeen en sloeg ze de deur dicht in zijn gezicht.

9

De politiechef liep in het spoor van Patrick Hines de trap af. Hij vermeed de lift omdat hij er de voorkeur aan gaf zich langzaam voort te bewegen. Niet omdat hij tijd wilde om na te denken, want er viel niets te overdenken. Los van de fysieke schok om de jonge vrouw naakt te zien, was het enkel een kwestie van herkenning, van zonder omhaal onder ogen zien wat hij nog niet in staat was te onderkennen, laat staan benoemen. Haar roerloze, kaarsrechte houding, haar lange, bleke hals die omdraaide als ze hem met een helder oog aankeek. Het gif van een slang die zich op zijn slachtoffer richt.

Maar wat wilde ze van hem? Hoe zou hij haar van pas komen? En wat dat betreft, wat wilde ze van Hines? Geen liefde, niet louter seks. De kilte die hij van haar slanke bleke lichaam had voelen stralen, deed hem zelfs beneden in de beschutte warmte van de binnenhof rillen.

De fontein klaterde en voorjaarsbloemen verspreidden een frisse geur in de warme lucht. Signora Verdi kwam uit de ateliers, die een voorzijde van glas hadden. Ze moest zijn komst hebben opgemerkt en had op de uitkijk gezeten om te zien wanneer hij weer naar beneden kwam. Hij liep op haar af. Hij moest met haar praten, maar niet nu.

'Hebt u het al gehoord? De kleine Tessie moest worden afgemaakt.' Ze huilde en de tranen rolden ongehinderd over haar wangen en onder haar kraag omlaag. 'Het lijkt zo'n slecht voorteken. Het was zo'n opkikker toen ze levend thuiskwam. En nu...'

'Ik begrijp hoe u zich voelt. Wat zonde na het zware gevecht dat het beestje heeft geleverd om thuis te komen. Maar het is geen voorteken. Daar moet u zich niet mee kwellen. De Contessa...'

'Hebt u nieuws over haar? Hebt u dat?'

'Nee, dat wil zeggen, er is wel nieuws, informatie. Probeer geduldig te zijn. Dit soort dingen duurt een tijd. Concentreert u zich er nu maar op om op de zaak te passen tot ze terugkomt. U moet het erg druk hebben.'

Het gezicht van de vrouw verstrakte. 'Daar hoeft u zich geen zorgen over te maken. Olivia zal alles aantreffen zoals het hoort, als het aan ons ligt wel tenminste.' Ze keek met een boze blik naar de portiersloge.

'Ja, daar twijfel ik niet aan. Ik zou morgen graag langskomen om met u te praten. Hebt u toevallig gezien waar meneer Hines naartoe is gegaan toen hij wegging?'

'Hij bromde iets dat hij een borrel ging drinken. Hij leek erg van streek. Hij zal het verlies van Tessie ook wel als een slecht voorteken hebben opgevat. Ik moest hem spreken, maar hij zei dat hij zo weer terug zou zijn. Hij ging alleen maar naar Giorgio hiernaast.'

En hoe kon je hem dat kwalijk nemen? De politiechef trof hem achter in de achterkamer aan waar alle tafeltjes en grijze pluchen stoelen verder leeg waren, met uitzondering van een paar toeristes op leeftijd die vlak bij de deur thee zaten te drinken.

Voor Hines' neus stond een groot glas met wat cognac leek te zijn, maar hij dronk er niet van. Sigarettenrook omkringelde hem en met trillende handen stak hij er weer eentje op. Hij was nog altijd lijkbleek.

'Mag ik?' De politiechef ging tegenover hem zitten. De twee mannen keken elkaar even aan waarna Hines' gezicht plotseling donkerrood werd.

'U denk toch zeker niet...'

'Nee, nee... Nog geen moment.'

Hines nam een teugje van de cognac. 'Ik ben er misselijk van om u de waarheid te zeggen. Dat ze het probeert, daar kan ik nog wel inkomen. Je hoort wel eens over zulk soort dingen, en ze is een rare – veel vreemder dan Olivia wil toegeven. Maar nu, om zoiets uitgerekend nu te doen als... Het is barbaars! Ik neem aan dat u door uw werk voortdurend vreemde dingen meemaakt...'

'Dat klopt. Maar ik moet zeggen dat ik het niet helemaal heb begrepen. Wat wil ze volgens u?'

'Ze wil me in bed krijgen, dat mag duidelijk zijn – in haar moeders bed om precies te zijn, wat het allemaal nog erger maakt. Ze heeft haar moeders kamer opgeruimd, politiechef. Ze heeft al haar privé-papieren doorzocht, een deel van haar kleding de deur uit gedaan, haar sieraden verkocht met het ex-cuus dat... God, ik heb zelfs een vuilniszak gevonden die voor de vuilophaal klaarstond, waar haar lievelingsplaten in zaten! Ze is Olivia levend aan het begraven! Het is een monster! Hebt u gemerkt dat ze de meid heeft ontslagen?'

'Ja, en het is een enorm huishouden dat draaiende moet worden gehouden.'

'Hemeltjelief, Silvia hield het huishouden niet draaiende. Het is een lief vrouwtje, maar het enige waartoe ze in staat was, was voor Olivia zorgen, met name als ik er niet was. Ze verzorg-de haar kleding, zette 's ochtends koffie voor haar, maakte 's avonds iets warms om te drinken, keek naar haar om als ze griep had, en masseerde haar nek als ze gespannen was en te hard had gewerkt. Er zijn schoonmaaksters die het huis schoonhouden en er komt ook elke dag iemand om te koken, een vrouw die hier in Florence woont en al jaren voor de familie werkt. Silvia vond het altijd leuk om het eten op te dienen om-dat ze dan het bezoek kon bekijken, maar ze bakte er altijd maar weinig van, het arme kind. Olivia heeft haar altijd behandeld als was ze haar eigen dochter, en meer dan eens heb ik gehoord dat

Silvia Olivia per ongeluk "mamma" noemde. Caterina heeft haar daar ongetwijfeld om gehaat. En nu is ze ontslagen en heeft het palazzo Brunamonti er een portier voor in de plaats gekregen, zoals een palazzo Brunamonti dat moet hebben.'

'En de deuren blijven dicht. Ik begrijp het, ja.' Hoe vaak had ze wel niet gezegd: 'Misschien is ze al wel dood...' En dan had hij iets gemompeld waarvan hij dacht dat het haar troost zou schenken. 'Dat is dus de reden. Als ze u zou hebben, zou dat weer een nagel aan haar moeders doodskist zijn, weer een manier om alle aandacht te krijgen die haar moeder altijd kreeg. Ik zou willen dat het net zo makkelijk te begrijpen is waarom ze mij erbij wil hebben.'

'Daar hebt u een goed punt. Waarom wil ze dat? Ze is haar eigen plan aan het trekken en niemand heeft het in de gaten. Volgens Caterina houdt niemand ooit rekening met haar. Die arme Olivia heeft altijd alle aandacht van de wereld gegeven.'

'En haar zoon?'

'Over dat soort dingen hoef je je bij Leo nooit zorgen te maken. Ze lijken op elkaar, ze hebben een goede band en ze zijn allebei erg getalenteerd. Ze hebben een onderlinge verstandhouding die geen extra aandacht vereist en Caterina haat dat. Ze zou nergens voor terugdeinzen om ervoor te zorgen dat ze ruzie krijgen. Ik zei Olivia altijd dat je dit soort dingen niet kunt veinzen. Het lost niets op en het kan de boel alleen maar kwaad doen. Zijn hele leven lang heeft Leo van haar zijn zus moeten benaderen alsof ze een landmijn was die op het punt stond te ontploffen.'

'Het lijkt mij dat ze het bij het rechte eind had.'

'Nou, dat mag wel zo zijn, maar ik denk toch dat Caterina gedwongen had moeten worden de werkelijkheid onder ogen te zien, dat dit beschermende gedrag enkel haar zelfmisleiding in de hand heeft gewerkt.' Hij nipte van zijn cognac. 'Ik heb in mijn hele leven nog nooit zo naar een borrel gesnakt. Neem me niet kwalijk, kan ik u iets...'

'Nee, nee.' De politiechef was blij dat hij op een moment als dit was gearriveerd. Door de invloed van zijn privé-detective was het onwaarschijnlijk dat Hines ooit op deze manier met hem had gepraat als hij niet zo ontzettend geschrokken was. Hij moest nu weer denken aan Leonardo's weinig overtuigende woorden over het hondje. 'Ik doe er gewoon sentimenteel over. Ze heeft constant zorg en aandacht nodig en dat kunnen wij haar niet geven.' Dat waren niet zijn woorden geweest, maar die van zijn zus. Toen hij Hines om diens mening vroeg, was hij het daarmee eens.

'Ieder woord ervan, u hebt gelijk. Wat me zorgen baart is dat na jaren waarin hij haar nooit heeft tegengesproken om zo de lieve vrede maar te bewaren, hij nu zo van streek is door wat er is gebeurd. Hij is zo gedesoriënteerd door de afwezigheid van Olivia, de rots in de branding, dat hij erg verzwakt is. En die ellendige meid ziet haar kans schoon en maakt daar misbruik van door hem te manipuleren. In haar versie is Olivia er schuldig aan dat ze mogelijk bankroet gaan. Ze vergeet dan te vermelden dat ze jaren geleden al zouden zijn geruïneerd als Olivia er niet was geweest. Ze gebruikt deze rampzalige gebeurtenis om een wig tussen hen te drijven en probeert Leo over te halen geen afstand te doen van wat zij Brunamonti-geld noemt. Ik ben blij dat u vandaag heeft gezien wat u hebt gezien, omdat zij ons grootste probleem is als het erom gaat Olivia te redden. Ik heb geen idee wat ze misschien zal doen, behalve dan niet meehelpen, maar u mag best weten dat ik bang ben.'

De rest van de cognac sloeg hij in een keer achterover waarna hij diep ademhaalde.

'God, wat heeft ze me vandaag bang gemaakt.'

'Dat verbaast me niets. Maar haar broer zal toch wel actie ondernemen als hij eenmaal begrijpt waar Caterina mee bezig is.'

'Hij is een intelligent, gevoelig mens. Hij zal het begrijpen, maar hij heeft ook gezien hoe het met zijn vader is afgelopen, hoe hij is afgegleden tot een uitgehongerde gestoorde zwerver. Hij zal nooit partij tegen zijn zus durven kiezen, omdat ze net als haar vader zwak is. Hij houdt van zijn moeder, maar hij beschouwt haar als een sterk en onverwoestbaar persoon.'

'Heeft hij enig idee wat ze moet doorstaan, van de omstandigheden waarin ze haar waarschijnlijk vasthouden? Uit ervaring weet ik dat mensen nooit helemaal over een ontvoering heen komen. Bovendien,' bracht de politiechef hem in herinnering, 'zijn mensen nooit onverwoestbaar, en jaloezie kan wel degelijk heel erg verwoestend werken.'

'U hebt gelijk, en Caterina wordt erdoor verteerd. Ik zal u eens iets vertellen, politiechef: ik nam hen vaak mee uit eten naar een restaurantje waar we allemaal dol op zijn, redelijk dicht in de buurt. We zaten altijd op dezelfde plek, hadden altijd dezelfde ober, en altijd gebeurde het weer: hij sprak Leo, Olivia en mij bij onze naam aan – Olivia heeft haar aanspreektitel nooit gebruikt – en vroeg of we het gebruikelijke wilden bestellen. Vervolgens richtte hij zich dan tot Caterina: "En de signorina?"

Ze werd altijd witheet. "Ze herinneren zich jullie namen wel, maar de mijne nooit – en onderhand zouden ze toch wel mogen weten dat ik geen pasta eet!"

Het was echt vreemd, want ze deden werkelijk hun best om haar naam te onthouden en voelden zich altijd opgelaten. Hoe bozer en gemener zij werd, des te minder wisten zij zich van haar te herinneren, behalve dan dat ze in verlegenheid dreigden te worden gebracht.'

'Ik moet bekennen,' zei de politiechef, dat ik het erg moeilijk vond haar naam te onthouden en dat ik hem uiteindelijk in mijn notitieboekje heb moeten opschrijven.'

'Olivia heeft er altijd onder te lijden gehad. Haar kinderen zijn te oud om mij nog als vaderfiguur te hebben. Ik houd ontzettend veel van haar – ik hoop dat ik haar kan overhalen met me te trouwen – en ik heb een ontspannen, vriendschappelijke verhouding met Leo. Maar Olivia heeft Caterina altijd erg beschermd en hoewel ik eigenlijk niet het recht heb me ermee te bemoeien – ik bemoei me er ook niet mee –, heb ik geprobeerd haar te overtuigen dat het geen zin heeft.'

'Als het jaloezie is,' zei de politiechef, 'dan is niets daartegen bestand. Ik heb er moord om gepleegd zien worden.'

'U denkt toch niet – u zegt toch niet...'

'Nee, nee, ze heeft hier geen aandeel in, niet opzettelijk. Nee. Maar gezien haar... zwakheid... is ze misschien onopzettelijk een informatiebron geweest. Een niet zo accurate informatiebron, als u begrijpt wat ik bedoel.'

'U bedoelt dat ze zich rijker heeft voorgedaan dan ze is?'

'Ja. Ziet u, het kan zo zijn dat ze naar haar vader aardt, die zoals men zegt niet veel grip op de realiteit had. En als ze ook nog staat te springen om aandacht...'

'Politiechef... Hoe is uw naam?'

'Guarnaccia.'

'Och jeetje, na alles wat we zojuist hebben besproken. Het spijt me.'

'Het is niet erg. Mensen horen mij niet op te merken.'

'Hm. Erg slim.'

'Nee, nee... Ik ben helemaal niet slim.'

Maar hij was ook weer niet zo stom om vragen te stellen over de boodschap die ze hadden ontvangen en hoe ze van plan waren erop te reageren, of om door te laten schemeren dat hij wist waar Leonardo Brunamonti en de detective waren. Hij greep deze gelegenheid aan uit te leggen wat de logica was achter professionele, moderne ontvoeringen. En hoe iemand die ontvoerder van beroep was maar wat blij was om met andere professionals te werken, of het nu persoonlijke tussenpersonen als hun detective of om de staat ging, in plaats van met emotionele, onbetrouwbare familieleden. Als hun detective degene zou zijn die het geld zou bezorgen, zou hij ongemerkte biljetten afleveren en er geen belang bij hebben dat de misdadigers zouden worden opgepakt. Hij werd ervoor betaald om Olivia te redden, dus was zijn taak eenvoudig. Hij maakte het welslagen van de ontvoering mogelijk. De taak van de carabinieri was de ontvoering te doen mislukken, de ontvoerders te arresteren, en het leven van het slachtoffer te redden.

'In die volgorde?'

'Officieel in die volgorde, inderdaad, maar...'

'Ik ben u dankbaar voor die "maar". De rest van de zin beschouw ik als voor kennisgeving aangenomen. Ik besef dat er dingen zijn die u niet mag zeggen.' Ze naderden de rivier. Voor hen lag de oprijzende overspanning van de Santa Trinita-brug, die op deze oever door de marmeren beelden van herfst en winter werd geflankeerd. Enorme, donzige wolken, waarvan sommige dreigend donkergrijs, andere sneeuwwit, met roze en gouden glans beroerd, dreven op een veranderlijke wind voorbij, en verlichtten en verduisterden het pleisterwerk en gesteente van de prachtige huizen op de andere oever.

'Ik heb altijd van deze stad gehouden,' zei Hines die stil ging staan om naar het schouwspel te kijken, 'maar als ik Olivia terugkrijg, neem ik haar mee naar huis, naar Amerika, weg van alles wat met de Brunamonti's en hun stad, en hun "vervloekte greppel" zoals Dante deze rivier noemde, van doen heeft. We kunnen vanuit New York werken en Leo kan hier het fort bewaken.'

Hij noemde Caterina's naam niet en de politiechef hield zijn twijfels voor zich. Hij vertelde evenmin waar hij nu naartoe wilde gaan als hij een deel van de weg naar Hines' hotel met hem had afgelegd. Hines was overduidelijk niet van plan naar het huis terug te keren als de aanwezigheid van anderen hem niet zou beschermen. Caterina was hard op weg ervoor te zorgen dat mensen haar naam niet vergaten. Ze was geworden wat ze in aanleg altijd was geweest: manipulatief en gevaarlijk. Ze was niet slim genoeg om veel kans van slagen te hebben, maar zonder zelf ook maar iets te bereiken zou ze gezien de huidige tragische omstandigheden waarschijnlijk vreselijk veel verdriet veroorzaken.

'Omhoog? We hadden de jeep moeten meenemen.' De chauffeur van de politiechef hield halt waar de steile oprit vanaf de oprijlaan omhoogging.

'Goed dan, laten we het maar proberen...'

Het zou het autootje weinig goeddoen, maar dat leek de politiechef niets te kunnen schelen. Hij staarde uit het raam naar de wijn- en olijfgaarden die hier en daar waren bezaaid met bloeiende amandelbomen. Het huis op de heuveltop was groot, maar niet imposant. Okerkleurig pleisterwerk, een duiventil, midden voor een grote boog met een geplaveide deur. Echt een landhuis, dat over de groene heuvelrug neerkeek op de koepel van de kathedraal en een tapijtwerk van rood betegelde daken. Toen ze voor het huis stopten, verscheen de Contessa Cavicchioli Zelli. Een enorme bruine hond vergezelde haar en rondom haar deinde een zee van kleinere hondjes. En als de politiechef zich niet vergiste, was die kleine daar toch... Ja, hij zag het goed. Het hondje vloog in een flits achter de auto langs, maar hechtingen in haar bovenlip waren onmiskenbaar, het manke...

Hij stapte uit. 'Goedemiddag. Ik hoop dat ik niet...' Het zandkleurige bastaardje kwam weer tevoorschijn. Ze stond nu pal voor hem op haar achterbenen, enthousiast over zijn komst, een klein hoopje blijdschap.

'Zag u haar? Zag u mijn kleine Tessie? Lieveling!' Het hondje sprong in de armen van de Contessa en begon uitgelaten haar gezicht te likken. 'Ze was er niet best aan toe, maar ze hoefde niet op die akelige plek te blijven om er te sterven, hè? Nee, mooi niet. Mooi niet! Grote meid! Ga nu maar met de andere spelen terwijl ik met de politiechef praat. Hup!' Tessie liep weg, strompelend en springend, keffend van vreugde, een lage stenen muur op, door een bed krokussen, en weg achter de andere honden aan. Ze raceten met zijn allen de groene heuvel op, waar een grijze pony opkeek om te zien waar al die drukte om werd gemaakt, vervolgens wat symbolisch gesnuif ten beste gaf en toen zijn kop boog om weer verder te grazen. Voor de eerste keer sinds deze hele toestand was begonnen voelde de politiechef zich weer wat monterder. Maar hoe in vredesnaam...? In zijn blik naar de Contessa lag zijn vraag besloten.

'Ach, hemeltjelief, er was niet zoveel met haar aan de hand. Ze heeft een paar gebroken ribben, moest een paar uur aan een infuus, heeft een paar hechtingen, en een vitamine-injectie gekregen. Ik heb honden erbovenop geholpen die er erger aan toe waren.'

'Maar vanochtend hoorde ik...'

'Dat ze haar hebben moeten laten inslapen? Ja, nou, dat was ook gebeurd als Caterina haar zin had gekregen, maar de dierenarts is zo verstandig geweest eerst mij te bellen. Hij is ook mijn dierenarts, ziet u, en hij weet dat Tessie hier altijd logeert als Olivia voor langere tijd afwezig is, dus hij heeft gezegd dat ik haar moest komen halen. Ze is zo'n schatje – echt een vuilnisbakkenras. Ik zeg altijd dat haar moeder uit het circus moet zijn weggelopen en zich door de eerste de beste loslopende reu die ze tegenkwam, heeft laten nemen. Wat denkt u?'

De politiechef stond met zijn mond vol tanden.

'Wist u dat u eruitziet als een schattige Engelse buldog die ik ooit heb gehad. Hij is aan de hondenziekte overleden, de arme ziel. Spreekt u een beetje Engels?'

'Nee, ik ben bang van niet.'

'Jammer. Dan had ik u een artikel over hem in een Engels tijdschrift kunnen laten zien. Het is de moeite van het lezen waard. Gaat u zitten. Vindt u het vervelend om buiten te zitten? Het is zo'n mooie dag. Ik ben dol op de winterzon en kijkt u toch eens naar die krokussen. Ik geloof niet dat ze er ooit zo mooi bij hebben gestaan. Was Olivia nu toch maar hier.'

Ze zaten op smeedijzeren stoelen aan een tafel van onbewerkt hout en hadden een mooi uitzicht op de honden die zonder succes pogingen ondernamen de grazende pony tussen de olijfbomen af te leiden. Het was inderdaad een mooie dag. Af en toe schoof een grote grijze wolk voor de zon en dan maakte de politiechef van de gelegenheid gebruik om zijn ogen te deppen voor hij zijn zonnebril weer opzette.

'Moet u dat ding ophebben?'

'Ik ben bang van wel. Het komt door een allergie die ik heb.'

De kolossale bruine hond kwam met grote sprongen naar hen terugrennen en ging met een hoopvolle blik in zijn ogen voor de politiechef staan hijgen.

'Nee, Caesar. We gaan niet weg. We moeten praten. Ga maar met de andere spelen. Hup! Wat voor allergie?'

'Ik, uhm, de zon. Mijn ogen gaan pijn doen van de zon.'

'Dat zal het leven er niet makkelijker op maken. U bent toch Siciliaan?'

'Ja, ik kom uit Syracuse.'

'Aha. Maar goed, u lijkt me niet van het verkeerde soort.'

'Dank u wel. Mag ik u iets vragen over Caterina Brunamonti?'

'Een afschuwelijke rotmeid. Zeg dat nooit waar Olivia bij is, als je leven je lief is. Wat wilt u van haar weten?'

'Nou... wat u net over haar zei, eigenlijk. Hebt u het idee dat ze jaloers is op haar moeder?'

'Als u het zo wilt zien. Veel meisjes zijn dat, als hun moeder succesvol is – en Olivia is natuurlijk ook nog eens een mooie vrouw. Maar bij Caterina is het probleem dat ze knettergek is, net als haar vader. Hebben ze u al verteld dat ze nog geen cent kwijt wil?'

'Voor het losgeld? Nee, ik heb het probleem zojuist met meneer Hines besproken, maar we... we hebben het niet over geld gehad.'

'Waarom niet? Dit gaat om geld. Die twee kinderen hebben elk twintigduizend dollar aan beleggingen in de Verenigde Staten – ik zou u dit niet moeten vertellen, maar iemand moet eens een keer een boekje opendoen. Zelf geef ik elke euro die ik op tijd kan vrijmaken om Olivia te redden, dus wat kan mij het schelen. Leonardo heeft al zijn geld al aangeboden, maar zij wil nog geen cent betalen. Wist u dat ze Olivia's sieraden heeft verkocht? Alles wat Patrick haar heeft gegeven – de sieraden van de Brunamonti's zijn jaren geleden al weggedaan om Ugo's schulden af te betalen, maar de paar dingen die nog zijn overgebleven wil mejuffrouw zelf houden. Hebt u die diamanten ring gezien die ze draagt? Dat is de verlovingsring die haar moeder van Ugo heeft gekregen en daarvoor is hij van zijn moeder geweest. Ze wil ook haar handtekening niet zetten voor een hypotheek op wat zij haar vaders huis noemt. Ongelooflijk hè? Haar váders huis! Het familiebezit zou niet mogen worden aangesproken ten bate van iemand die uiteindelijk maar een buitenstaander is. Er zou een lening moeten komen met Olivia's bedrijf als onderpand of anders moet dat worden verkocht – het is erg beschamend dat de familienaam door die zaak wordt bezoedeld. Kunt u me nog volgen?'

'Een vrouw die met een Brunamonti is getrouwd, werkt niet... Iemand vertelde me dat dat de reden is waarom haar man haar in de steek heeft gelaten.'

'Dat klopt. En aangezien Caterina geen talenten heeft, geen diploma's, en geen vaardigheden, heeft ze besloten dat de dochter van een Brunamonti ook niet werkt.'

'En de universiteit?'

'Ik had nog "geen hersens" aan dat rijtje moeten toevoegen. Ze zal het einde van het jaar niet halen.'

'Ik ben bang dat u gelijk heeft. Ze heeft me verteld dat ze er al mee is gestopt.'

'Ze gooit het zeker op Olivia's ontvoering?'

'Ja, ja, ze zei...'

'Knettergek. Olivia heeft wel op een dozijn verschillende manieren geprobeerd haar bij de zaak te betrekken, maar dat werd altijd een ramp. En dus heeft ze besloten dat het beneden haar waardigheid is. Ze zou graag van de modeateliers af willen en zichzelf opsluiten in dat grote huis om de Contessa Brunamonti te spelen, wat dat ook maar mag betekenen. Het is alles wat ze heeft.'

'Maar hoe zou ze zich in leven houden?'

'Hoe heeft haar vader zich in leven gehouden? Niet, en dat zal haar ook niet lukken. Maar ik moet zeggen dat die beste Ugo echt een schatje was toen hij nog jong was. Gek, maar fascinerend. Ik was zelfs een beetje verliefd op hem toen we allebei pubers waren.'

'Maar u bent niet getrouwd?' Ze droeg geen ringen.

'Vier keer. De meeste mannen zijn saai. Nu heb ik er geen tijd meer voor, niet met de honden erbij. Ik heb bovendien veel meer plezier met mijn vriendinnen, zoals Olivia. Olivia is een fantastische vrouw en ik heb echt bewondering voor haar. Daarom leen ik ze ook geld, maar het is niet genoeg. Ik zou graag willen weten hoe ze aan het idee zijn gekomen dat Olivia vier miljoen euro waard is!'

De politiechef vertelde het haar.

'Die vreselijke man!'

'Kent u hem?'

'Ik ken hem niet, maar Olivia heeft me naar een van zijn afgrijselijke tentoonstellingen meegesleept waar overal rare foto's van Caterina hingen. Die meid is zo dom dat ze dacht dat hij haar voor het poseren zou betalen, maar het enige wat ze heeft gekregen, is een gesigneerde foto van haarzelf in een balletjurkje.'

'Ja, die heb ik gezien.'

'O ja? Nou, veel meer zul je haar in een balletjurkje niet zien doen. Poseren. En die arme Olivia heeft een fortuin aan haar danslessen uitgegeven – vijf dagen per week en zoveel hippe outfits als een prima ballerina zou hebben – totdat puntje bij paaltje kwam en ze haar vriendelijk hebben gevraagd zich terug te trekken. Ziet u het voor zich, zij aan het dansen? Paardrijden kon ze ook al nooit. Een stalknecht die ik jaren geleden had, zou haar hier leren rijden. Hij werd er gek van. U had de mooie rijkostuums moeten zien die Olivia voor haar had gekocht! Dan kwam ze hier en terwijl de stalknecht Pegasus voor haar inreed, zat ze zijn rijkunsten te bekritiseren! En als ze dan eenmaal in het zadel zat, zei ze steevast: "Ik wil eraf! Haal me eraf!" Uiteindelijk willigde Pegasus haar verzoek in en dumpte hij haar in een greppel, zodat wij er verder geen last meer van hadden. Ze heeft u ongetwijfeld ook de foto van haar te paard laten zien.'

'Ja, ja. Ik heb hem bij haar aan de muur zien hangen...'

'Ze ziet eruit alsof er een bezemsteel in haar reet is gestoken... zeggen Amerikanen dat niet zo?'

'Ik zou het niet echt...'

'Ik ben ooit met een Amerikaan getrouwd geweest. Het was leuk voor zolang het duurde, maar op een gegeven moment wilde hij per se terug naar Amerika, dus toen scheidden zich onze wegen. Hij zeilde graag. Hij is verdronken. Echt jammer. Het wordt een beetje koud hier. Kan ik u binnen iets te drinken aanbieden? Whisky? Ik zal Silvia roepen.'

'Silvia?'

'Olivia's dienstmeisje. Ik heb toch gezegd dat ik haar hiernaartoe zou brengen. Ik houd haar bij me tot Olivia thuiskomt. Ik heb eigenlijk geen klap aan haar, maar ik heb haar zover weten te krijgen dat ze me helpt met het wassen van de honden. Whisky? Of iets anders? Hebt u liever rode wijn?'

De politiechef sloeg de rode wijn af, maar hij ging met zo'n vrolijk en warm gevoel weg alsof hij het wel had gedronken. De vrouw verontrustte hem een beetje, maar hij vertrouwde haar. Hij vertrouwde zowel op haar goede inborst als haar intelligentie. Hij moest het er met de commandant over hebben, maar het zou de moeite waard zijn haar zover proberen te krijgen dat ze de bankbiljetten mochten behandelen die zij aan de familie zou geven. Dan konden ze het geld na afloop hopelijk opsporen. Het kwam wel eens voor, maar dat hing af van de witwasmogelijkheden die de ontvoerder in kwestie had. Die waren legio in het geval van Puddu, aangezien hij bij elke geleding van het criminele broederschap contacten had. Wederom had hij reden te wensen dat Salis de ontvoerder was geweest.

Die avond ontdeed hij zich eerst van zijn uniform en nam hij een douche voor hij in de keuken verscheen. Teresa was opgelucht. Hij was nu zo lang afwezig en terneergeslagen geweest dat ze het nog net had kunnen verdragen zonder haar geduld te verliezen. En als ze hem had gevraagd wat eraan scheelde, had ze het oude liedje te horen gekregen: hoe hij de boel draaiende kon houden als zijn mannen voor diensten werden ingezet die officieel niet door hen hoefden te worden gedaan en Lorenzini in zijn eentje het bureau runde.

Voorzichtig opende ze het gesprek: 'Je ziet er patent uit. Heb je goed nieuws?'

Hij pakte haar van achteren vast en knuffelde haar, maar vertelde haar niets nieuws.

'Ik heb honger.'

'Nou, dat is nou niet direct een nieuwtje. We eten gewoon een lapje vlees met aangemaakte bietjes, maar ik heb ook een paar van die lekkere deegrolletjes gehaald die jij zo graag lust.'

Hij at zijn avondmaal met smaak op en veroorloofde het zich na afloop naar de kamer van de jongens te kuieren om Totò de langverwachte preek te geven dat hij harder moest leren en dingen minder voor de vuist weg moest doen. Hij vond dat hij het er best goed van af had gebracht. Het had erg plechtig geklonken, was zo'n drie regels lang geweest, en van een woeste starende blik vergezeld gegaan.

'Páp, toe nou...' had Totò gezegd.

Het enige nieuwtje dat hij Teresa rond bedtijd vertelde was dat ze Tessie, waarvan werd aangenomen dat ze dood was, in leven en uitgelaten in een landhuis waren tegengekomen.

'Och Salva, laten we hopen dat die arme vrouw gauw weer veilig thuis zal zijn. Is er nog geen nieuws over haar?'

'De commandant is ervan overtuigd dat ze nog in leven is. De familie is volgens mij van plan te betalen, maar ze lijken niet over het volledige bedrag te beschikken. Ze willen ons er nu buiten houden, wat het slachtoffer in gevaar kan brengen.'

'Maar kun je dan niets doen?'

'Niet totdat we precies weten waar ze is, en dan nog zou het erg gevaarlijk zijn.'

Hij sprak niet over de Contessa Cavicchioli Zelli, hoewel hij wist dat ze het heerlijk vond verhalen over zulke types te horen. Maar hij deed het niet omdat hij het dan over Caterina Brunamonti zou moeten hebben. De kwestie Caterina Brunamonti had tot nu toe zijn zicht op de feiten in deze zaak geblokkeerd, omdat hij niet in staat was geweest te onderkennen wat hij vermoedde. Nu was hij niet in staat te praten over wat hij had onderkend.

Niettemin sliep hij beter dan sinds het begin van deze zaak het geval was geweest. Hij werd niet gekweld door warrige dromen over honden en foto's. Hoe onplezierig de ochtend die hem wachtte ook was, hij zag hem tegemoet met de kalme vastbeslotenheid die een helder zicht vergezelt. Hij zou helemaal opnieuw moeten beginnen en weer naar de mensen luisteren naar wie hij al had geluisterd. Dit keer moest hij hun woorden in de juiste context plaatsen en ze doorgronden. Hoewel hij daar op geen enkele manier toe werd gedwongen, werkte hij de dingen in hun oorspronkelijke volgorde af, zodat hij het ergste meteen achter de rug had.

Hij belde haar vanuit zijn kantoor. Terwijl hij wachtte tot ze opnam, dacht hij aan de eerste aanblik die ze hem had gegeven, toen ze kaarsrecht in de stoel voor hem had gezeten, haar hoofd een beetje gedraaid, gespannen en op haar hoede, de diamanten die zacht glinsterden aan haar spitse vingers.

'Hallo?' Terwijl ze sprak, kwam het beeld van haar bleke lijf in de deuropening naar boven. *'Ik wist wel dat je van gedachten zou veranderen.'* De herinnering aan die kille snerpende stem deed hem weer huiveren. 'Met wie spreek ik?'

Hij vermande zich. Hij moest zich beheersen en voorzichtig te werk gaan. Het enige wat nog niet duidelijk was, was wat zij nu van hem wilde. Knettergek, had de Contessa gezegd. Het werd hem bang te moede, omdat hij nu begreep hoe moeilijk het voor haar broer moest zijn om zichzelf of zijn ongelukkige moeder te verdedigen tegen iemand die zo zwak was. Zwak en met de behoefte aan aandacht van een baby. Het probleem was alleen dat ze geen baby was, ze was groot genoeg om schade toe te brengen. Hij sprak kort met haar waarbij al zijn zintuigen tintelden, waakzaam waren en een poging deden erachter te komen waarvoor ze hem gebruikte.

'Aangezien ze niet meer willen dat u hier komt, kan ik maar beter naar het bureau komen, niet?'

Waarom? Wáárom? 'Misschien is het niet zo'n goed idee als men ziet dat u...'

'Het maakt me niet uit dat ze me zien. Ik heb iedereen verteld dat ik de enige ben die met u wil samenwerken. Niemand zal kunnen zeggen dat het mijn fout is als Olivia niet wordt gered.'

Daar kreeg hij het antwoord. Het geld houden en ostentatief medewerking aan de carabinieri geven zodat 'niemand kan zeggen dat het mijn fout is'.

De politiechef voelde hoe zijn maag koud werd. Op neutrale toon adviseerde hij haar de anderen geen vragen te stellen, maar ze alleen te observeren en te rapporteren wat ze eventueel ontdekte.

'Dat zal ik doen,' zei ze. 'U zult het zien.'

'Ik zou graag ook even met uw broer...' Maar ze had al opgehangen.

Met tussenpozen probeerde hij de broer die ochtend nog

verscheidene keren te bellen, maar de telefoon werd constant door de zus opgenomen en hij wist niet om haar heen te komen.

'Hij heeft het druk met andere dingen, dus ik handel alle telefoontjes af. U hebt geen idee hoeveel mensen ons de hele dag lastigvallen.'

'Ik stel me zo voor dat ze bezorgd zijn om uw moeder.'

'Nou, ze zijn met veel te veel. De telefoon is nooit beschikbaar als ik moet bellen. Het is belachelijk. Waar is het gezond verstand bij sommige mensen?'

Hij gaf het op.

Hij praatte met commandant Maestrangelo in het kantoor van de aanklager. Fusarri luisterde aandachtig en geïnteresseerd en rookte zijn sigaartje in een ongelooflijk tempo op.

De commandant keek bezorgd. 'Als je de mannen kwijt bent en de dochter niet vertrouwt, dan hebben we toch geen schijn van kans dat we de biljetten kunnen merken?'

'Toch wel,' zei de politiechef.

'Wie?' vroeg Fusarri. 'Cavicchioli Zelli?'

'Ja.'

'Dat dacht ik wel. Waarom bent u die mening toegedaan?'

'Omdat ik haar vertrouw. En...'

'En?'

'Omdat het haar geld is. Dat is de enige kans dat ze er ooit iets van zal terugzien.'

'Hoe vaak hebt u haar eigenlijk ontmoet? Ik ben gewoon benieuwd.'

'Twee keer.'

Fusarri drukte zijn sigaartje uit en gooide zijn handen in de lucht. 'Maestrangelo, ik weet niet hoe je erachter bent gekomen, maar deze man is een genie!'

De politiechef fronste zijn wenkbrauwen. Hij was eraan gewend dat men hem belachelijk maakte, maar dit was niet het juiste moment voor frivoliteiten. Fusarri stond op en begon door zijn keurige kantoor heen en weer te lopen. Met plezier strekte hij zijn armen en benen alsof hij er klaar voor was iets spannends te doen.

'Ik ken Elettra al mijn hele leven en u hebt haar perfect begrepen. Ik zal ervoor zorgen dat ze ons de biljetten zal laten behandelen. Ga verder. De planner?'

'Als het de man is die ik denk dat het is... Nou, ik dacht dat u of de commandant misschien...'

'Nee. Te zwaar geschut. We willen immers niet dat hij de stad verlaat. Wat vind jij, Maestrangelo?'

'Ik denk dat je gelijk hebt – dat het te zwaarwichtig zou zijn, maar ik denk niet dat hij ervandoor zou gaan. Ik heb hem voor de kunstroof uit die villa gearresteerd. Hij is gehaaid en heel erg arrogant. Guarnaccia stelt voor dat we voor een routine-onderzoek over een gestolen schilderij bij hem langsgaan, dat we alleen even een kijkje nemen.'

'Een gestolen schilderij?' Fusarri trok een wenkbrauw op. 'En aan welk gestolen schilderij zit u te denken, politiechef?'

'Nee, nee...' Guarnaccia geneerde zich enorm en bestudeerde zijn schoen. Hij had verwacht dat de commandant het op dit punt van hem had overgenomen en dat bracht hem van zijn stuk. Bij elke andere aanklager hoefde hij bij een dergelijk gesprek niet aanwezig te zijn of zou hij roerloos in een hoek staan te wachten, verdekt opgesteld tussen groot, antiek meubilair. Niemand kwam hem te hulp, dus zat er niets anders op dan verder te praten.

'In Parijs is een schilderij gestolen. Daardoor kwam ik erop...'

'De Corot? Ja, ja. Nou, daar kunnen we hem niet van beschuldigen, aangezien hij hier is.' Plotseling zei hij niets meer en keek hij de commandant aan. 'Hij ís hier?'

'Jazeker. Ik heb iemand gestuurd om zijn huis in de gaten te houden zodra Guarnaccia zijn dossier naar me toe had gestuurd. We hebben het bij onze Kunst Erfgoed Eenheid nagevraagd en er zijn maar twee mogelijke kunstroven. Eén ervan is voor hem wat te hoog gegrepen, dus dan blijft er nog eentje over.' Hij trok een vel papier uit het dossier dat op zijn knie lag en Fusarri bekeek het.

'Twee landschappen. Hm. En het is niet mogelijk dat hij er echt bij betrokken is?'

'We hebben geen reden om dat aan te nemen.'

'Nou ja, ze komen ons hoe dan ook van pas. Een routine-onderzoek, met het oog op zijn eerdere veroordeling, en wie zou zich onbenulliger kunnen voordoen dan onze politiechef? Uitstekend. Goed, Maestrangelo, vertel me eens hoe het staat met het geheime onderzoek naar wat er in die heuvels gaande is.'

De politiechef ontspande toen de aandacht naar zaken uitging die buiten zijn bevoegdheid vielen en ze lieten hem met rust terwijl hij luisterde. Ze hadden een voedselbezorger gezien die elke avond een tas voedsel op zijn brommer meenam en hem in een vervallen boerderij aan de voet van de heuvels achterliet. Hij werd waarschijnlijk in de nachtelijke uren opgehaald. De voedselbezorger was een herdersjongen en de plaatselijke politie had hem geïdentificeerd als een veertienjarig familielid van Puddu. Op dit moment kon er niets met deze informatie worden gedaan. De jongen zou niets weten en kon hen niet verder brengen. Het aantal mogelijke bewakers was teruggebracht door drie dagen lang de bewegingen van de verdachten te volgen. Eentje was sjouwer van vlees in de *mercato centrale* die 's nachts vaak niet thuiskwam, op tijdstippen dat je zou verwachten dat een mens naar bed wil. Een andere had een eigen zaak, in gasflessen en brandhout, en verdween eveneens geregeld voor langere tijd, meestal 's avonds. Deze twee hadden allebei al eerder voor Puddu gewerkt, de tweede als voedselbezorger en later als bewaker, de eerste als voedselbezorger. Ze hadden allebei al eens gevangenisstraffen gekregen. Van de derde verdachte was niet bekend dat hij ervaring met ontvoeringen had, maar hij werkte al jaren zo los-vast voor Puddu en hij had een lang strafblad van kleinere vergrijpen. Recentelijk had hij een straf uitgezeten voor een steekpartij, volgens Bini na een gevecht in de kroeg tussen leden van de clans van Salis en Puddu. Elke poging om een van deze mannen in het nauw te drijven zou op dit moment enkel de positie van het slachtoffer in gevaar brengen. Het was onwaarschijnlijk dat zij hadden meegeholpen om de Contessa uit haar palazzo te halen en daarom werd het steeds aannemelijker dat dit door Puddu's Toscaanse of Sardische contacten in de stad was georganiseerd. Noch zij, noch de planner zou rechtstreeks met de daadwerkelijke ontvoerders in contact hebben gestaan, behalve misschien op het moment dat het slachtoffer werd overgedragen aan gemaskerde naamloze mannen. Ze zouden zijn betaald zodra hun deel van de klus erop zat.

Als de carabinieri eenmaal met zekerheid de identiteit van de planner wisten, tegen wie waarschijnlijk geen bruikbaar bewijs zou zijn, zouden ze van bijna alle bendeleden de namen kunnen invullen. Tot het slachtoffer in veiligheid was gebracht of er zich een onverwachte ontwikkeling zou voordoen, konden er geen arrestaties worden verricht. Als het slachtoffer zou worden vrijgelaten, zouden de daders of onderduiken of het land uit gaan. Het enige wat ze konden doen was er klaar voor zijn.

De politiechef bracht de fotograaf een bezoek. Hij ging in uniform en nam een mannetje mee van de Kunst Erfgoed Eenheid dat ten opzichte van zijn eigen bureau in het palazzo Pitti aan de andere kant van de Boboli-tuinen was gehuisvest. Hij vond dat de specialist het woord maar moest voeren, zodat hij vrijelijk zou kunnen rondkijken. De fotostudio aan de Via Santo Spirito was nogal sjofel, maar er stond wel zeer duur uitziende apparatuur. De politiechef wist niets van fotografie, maar zelfs voor hem was het duidelijk dat dit wel even andere koek was dan de fotostudio's die je meestal tegenkwam als je pasfoto's nodig had of een fotograaf voor een Eerste Communie zocht. Artistiek, dacht hij, terwijl hij zich het verhaal over 'die afgrijselijke tentoonstelling' herinnerde. Bepaald niet een outfit die je bij een huwelijk of een doop zou dragen.

Gianni Taccola was precies zoals de commandant hem had beschreven, gehaaid en arrogant. Zijn zwarte haar was modieus kortgeknipt en sluik, en hij droeg een boordloos zwart shirt onder een blauw pak. Toen de twee verdwenen landschappen ter sprake werden gebracht, kreeg hij een honende gezichtsuitdrukking.

'Die zult u in de eerstvolgende catalogus van Sotheby's in New York terugvinden. Niet gestolen, maar heimelijk uitgevoerd.'

'Daar,' zei de collega van de politiechef, 'hebben wij ook aan gedacht, maar we hadden zo'n idee dat een respectabele familie daar niet zelf voor zou willen worden gepakt.'

'Net zomin als ik.' Taccola draaide zich vliegensvlug om, in de overtuiging de politiechef erop te betrappen dat hij keek naar een serie uitvergrotingen van Caterina Brunamonti, naakt en met een glanzende slang in haar hand. Maar dat deed hij niet. De politiechef ging nooit pontificaal staan voor de dingen die hij wilde bekijken. Hij liet ze in de periferie van zijn uitzicht rond glijden terwijl zijn blik zich centreerde op iets anders, in dit geval een close-up van een stoffig, stenen beeld.

'U geeft de voorkeur aan versierd steen boven naakt vlees?' informeerde Taccola. Hij was niet in staat zijn arrogantie te beheersen en nodigde de politiechef uit zich om te draaien naar de foto's van Caterina.

'Nee, nee...' zei de politiechef doodleuk. Nu was hij gedwongen zijn blik over de hele serie vergrotingen, die bijna een hele muur bedekte, te laten glijden. Ze waren in zwart-wit en er zat zoveel schaduw in dat ze niets pornografisch of zelfs maar erotisch hadden. Ze waren alleen maar sinister.

'Erg treffend...' In de periferie van zijn zicht zag hij nu een aftandse chaise longue waarover een lap zwarte zijde gedrapeerd lag.

Taccola haalde zijn schouders op. 'Om eerlijk te zijn heb ik zelf liever jongens, maar u weet hoe het gaat. De klant is koning. Misschien moet ik een van die bordjes aanpassen die ze in kroegen vaak achter de tap hebben hangen als ze je niet op de pof willen laten drinken. "Vraag maar niet om seks, omdat een weigering vaak beledigend overkomt." Maar ik kon het rijke dametje moeilijk beledigen, hè? Ze heeft mijn tentoonstelling gefinancierd. Bovendien bleek ze nog maagd te zijn, wat het een stuk pikanter maakte. Bijna, maar toch nog niet zo goed als een jongen die net in de puberteit zit. Welnu, als ik niets meer voor u kan betekenen...'

Terwijl ze door het stenen trappenhuis naar beneden liepen, zei de politiechef: 'Dat was een behoorlijk smerige ruimte...'

'Ja hè. U zou de villa uit de zestiende eeuw moeten zien waar hij woont. Bomvol kunstschatten die hij met zijn illegaal verkregen geld op legitieme wijze heeft aangekocht. In de tuin is een marmeren zwembad dat door standbeelden is omringd.'

'Hoe lang heeft hij moeten zitten?'

'Lang niet lang genoeg, politiechef. Bij lange na niet. Ik hoop oprecht dat u hem voor deze ontvoering weet te pakken, maar ik geef u weinig kans. Hij is een slimme schurk.'

Eenmaal op straat gingen ze elk een andere kant op. De politiechef maakte van achter de kerk een doorsteek naar de Piazza Santo Spirito.

'Verdorie.' Hij had even niet aan de portier en de gesloten deuren gedacht. Hij wilde bijna op de bel van de portier drukken toen hij ernaast een plaatje met *Contessa BV* zag en probeerde toen die bel. Hij moest even wachten, waarna hij voetstappen hoorde. Signora Verdi duwde een van de kolossale deuren open. Hij hielp haar en zij legde een waarschuwende vinger op haar lippen.

'Dit mag niet,' fluisterde ze. 'Alle bezoekers moeten zich bij de portiersloge melden en dan belt hij hare hoogheid op om uit te zoeken of ze naar binnen mogen. Ik weet niet of u dat mag.'

'Maakt u zich er maar geen zorgen om.'

Ze bracht hem ijlings naar het atelier. 'Er mogen geen vrienden van Olivia naar binnen tenzij ze mogelijkerwijs geld kunnen ophoesten. Daar zijn we al achter gekomen. Hebt u nieuws?' Alle ogen in de ruimte waren op hem gericht voor een antwoord.

'Niets dat ik u mag vertellen. Ik kwam eigenlijk om even met u te praten. Het duurt niet lang.' De waarheid was dat ze hem met haar eerste opmerking al had verteld wat hij wilde weten, maar voor de vorm wilde hij haar toch spreken.

'Hebt u een van uw kledingmerkjes bij de hand?'

'Maar natuurlijk...' Ze pakte de doos van een plank. Meer dan de helft was al verdwenen. Ze gingen dus door met het werk, waar hij blij om was. Hij pakte een merkje.

'Kunt u zich nog herinneren dat u me heeft verteld dat u hebt besproken de naam Brunamonti te gebruiken in plaats van alleen *Contessa*?'

'O ja? Dat ben ik vergeten. Wij zijn ook allemaal zo van streek. Maar het klopt inderdaad, vanwege alle namakerij, maar hare hoogheid...'

'Ja, dat zei u toen ook. Bedoelde u signorina Caterina?'

'Uiteraard! "Ik ben een Brunamonti," zei ze in deze ruimte tegen haar moeder, "en jíj niet." Olivia was er kapot van – niet vanwege de merkjes, dat zult u begrijpen. Nou, het enige wat ik erover te zeggen heb is dat we allemaal een zucht van opluchting slaakten, al vonden we het sneu voor haar moeder, toen ze zich tegen het bedrijf keerde en we haar hierbeneden niet meer zagen. Ze had altijd kritiek op de ontwerpers, deed uit de hoogte tegen de naaisters, er werd niets gedaan wat zij niet beter had gekund. We hebben het omwille van Olivia gepikt, maar u kunt

zich wel voorstellen hoe mensen die al dertig jaar of meer ervaring hebben, zich voelden toen ze door zo'n onwetend grietje
werden beschimpt – Brunamonti of geen Brunamonti, dat is
ze wel. Hoe dan ook, we werden gered toen ze had besloten dat
ze een beter model zou zijn dan de mensen die het voor de kost
deden. Dat was bij de modeshow in Milaan. Daar stond ze dan,
helemaal opgedoft, de muziek was al begonnen – de trouw-
jurk, Olivia's *pièce de resistance*, en die rotmeid wilde de cat-
walk niet op. Ze stond daar als verlamd. Wat een toestand.
Maar goed, daarna hebben wij niets meer met haar te stellen
gehad, godzijdank. Ze kan er niets aan doen dat ze niet over
haar broers talent beschikt, maar het zou al een beetje helpen
als ze zijn goede manieren had, om nog maar niet te spreken
over wat gezond verstand en een beetje respect voor andere
mensen.' Haar gezicht was van de oude woede rood aangelopen. 'Het is ongelooflijk hoe verschillend ze zijn.'

'Ik weet wat u bedoelt. Ik heb zelf twee jongens en ze zijn zo
verschillend als dag en nacht...' Hij bleef praten tot ze weer was
afgekoeld en liet haar toen achter met dat ene beetje goede
nieuws waarvan hij wist dat hij het haar kon vertellen, dat het
hondje in veiligheid was.

'Mijn dag kan niet meer stuk! Weet Leonardo het al?'

'Waarschijnlijk niet. Ik heb geprobeerd hem te bellen,
maar...'

'Ik weet het. Nou, ik ga meteen naar boven. Het zal hem een
flinke opkikker geven. Kleine Tessie veilig en wel!'

De politiechef ging naar de buren en bestelde daar in de bar
van Giorgio een kop koffie.

'Ik zet het zelf voor u. Hoe gaat het?'

De politiechef schudde zijn hoofd. 'Wat zeggen ze erover op
de piazza?'

'Niets waar je veel waarde aan kunt hechten. Net als de kranten. Als er geen nieuws is, dan verzinnen ze het zelf wel. Als je
het over de duivel hebt...'

De politiechef keek op en zag de plompe trage Nesti binnenkomen.

'Mag ik een koffie.' Een niet aangestoken sigaret bungelde tussen zijn dikke lippen, wat erop duidde dat hij weer probeerde te stoppen met roken. Hij mompelde tegen de politiechef: 'Als u de ontvoerders niet kunt vinden, waarom arresteert u dan in ieder geval niet dat kreng van een dochter, hoe heet ze ook alweer, zodat ze uit de buurt van mijn kantoor blijft.'

'Ze heeft u op uw werk bezocht?'

'Bezocht? Ze is er niet weg te slaan. Ze is er op dit moment ook en zeurt een van ons de oren van het hoofd. Ik ben weggevlucht toen ik haar binnen zag komen. Ik zei u toch hoe het zou gaan. Ze is er meer in geïnteresseerd elke dag met haar kop in de krant te komen dan haar moeder terug te krijgen. En voor haar is het de enige manier om ooit het nieuws te halen, tenzij een van mijn collega's haar een kopje kleiner maakt, wat met de minuut waarschijnlijker wordt. Los deze zaak in vredesnaam op, oké? Ik moet weer terug – kijk nu toch, ik moet me inmiddels net als u achter een zonnebril verbergen.' Hij dronk het laatste slokje koffie op en wandelde de drukke piazza op. De niet aangestoken sigaret bungelde nog steeds.

'Wat is er met hem aan de hand?' vroeg Giorgio. 'Niet dat ik hem ooit in een goede bui heb meegemaakt – nuchter althans niet.'

'Och, hij lijkt de dochter van de Contessa Brunamonti niet zo te mogen. Wat krijg je van me?'

'O, niets. Van het huis. Niet zo te mogen, dat is... Ik ken haar niet persoonlijk. Ze komt hier nooit. Hoe heette ze ook alweer?'

'Caterina.'

'O ja. Weet u? Het is te warm. Ze zeiden het gisteren ook op het nieuws. Veel te warm voor de tijd van het jaar – wat krijgen we...'

De glazen deur van de bar sloeg dicht, waardoor alles begon

te trillen. Een van de obers liep erheen om hem weer open te doen en beter vast te klemmen.

'Zie je wel,' zei Giorgio, 'veel te warm. Het zal wel de voorbode van een storm zijn. Een windvlaag als deze.'

Maar het was geen windvlaag geweest.

10

Vanwege de aardbeving die in Florence was gevoeld, maar waarvan het epicentrum in een naburige provincie lag waar ze enorme schade aanrichtte, haalde Caterina Brunamonti de ochtend erna de voorpagina niet. Niettemin werden op basis van het interview dat ze had gegeven bijna drie pagina's aan de ontvoering zelf en aan een polemiek over ontvoeringen in het algemeen gewijd. Vanaf Sardinië uitte een procureur-generaal zware beschuldigingen aan het adres van de magistraat die er verantwoordelijk voor werd gehouden dat Puddu had kunnen ontsnappen. Gevangenen krijgen gedurende een bepaalde tijd vrijheid, soms een paar uur, soms een paar dagen, in ruil voor goed gedrag. Mensen die een lange gevangenisstraf moeten uitzitten, kunnen voorwaardelijk worden vrijgelaten als ze de helft van hun straf voor een ernstig misdrijf hebben uitgezeten. Goed gedrag is de specialiteit van professionele criminelen die weten hoe ze het systeem kunnen manipuleren, en van de gevaarlijkste kinderverkrachters en moordenaars, wier alledaagse gedrag buitengewoon gedwee en gehoorzaam is. Van deze laatste groep worden mensen meestal opnieuw opgepakt als ze niet terugkeren. Soms hebben ze dan opnieuw een moord gepleegd. Het eerste slag, waarvan Puddu een voorbeeld is, verdwijnt.

De straffen voor ontvoering zijn buitengewoon hoog, meestal hoger dan voor moord, maar dat is enkel schone schijn wanneer gevangenen voorwaardelijk worden vrijgelaten als ze maar de helft van hun tijd hebben uitgediend, en zo de gelegenheid krijgen te ontsnappen. Telkens als een ontvoeringsslachtoffer wordt vrijgelaten, gaat er gejuich op. Natuurlijk is het voor iedereen een opluchting om een slachtoffer levend en in goede gezondheid te zien. En in het algehele vreugdekoor wil niemand graag de eerste zijn die een meer sombere en kritische kanttekening plaatst. Maar elke succesvolle ontvoering – het slachtoffer vrijgelaten als de ontvoerders dat uitkomt, het losgeld betaald – is een nederlaag en geen overwinning. Net als veel andere wetten is die met betrekking tot het bevriezen van de tegoeden in theorie een drastische en strenge wet. En het zou zelfs degenen moeten straffen die geen belasting hebben betaald over geld waarvan bekend is dat het als losgeld is gebruikt. Geld, waarvan het bestaan tot dan toe meestal goed verborgen was gehouden. In werkelijkheid horen we dan dat het losgeld is betaald onder de hoede van clausule zeven, paragraaf vier, als 'gecontroleerde betaling van het losgeld uit

onderzoeksmotieven'. En toch leiden deze 'onderzoeksmotieven' niet tot arrestaties bij de vrijlating van een slachtoffer. We zien dan zelfs twee ministers op tv die ons troosten met de overweging dat de wet die het bevriezen van tegoeden behelst, best rekbaar is. Een rekbare wet is een wet die niet wordt toegepast. Men denkt dan aan de populaire uitspraak dat je de wet op je vijanden uitvoert en voor je vrienden interpreteert. Ik ben net zo opgelucht als ieder ander als een slachtoffer wordt vrijgelaten, maar ik weet absoluut zeker dat in ieder geval op Sardinië de bevroren-tegoedenwet alleen het beperkte aantal amateuristische ontvoeringen heeft teruggebracht. Maar dat niet alleen, een aantal slachtoffers is helemaal niet naar huis teruggekeerd en de duur van de gevangenschap is onvermijdelijk toegenomen. Professionele ontvoerders zijn geenszins ontmoedigd. Familieleden wordt verteld dat als hun tegoeden worden bevroren, ze andere regelingen moeten treffen. En als het ze niet lukt dergelijke regelingen te treffen, doet de staat het voor ze, mits ze de juiste mensen kennen, zo gaan de kwade geruchten althans. Dit is geen overwinning. Dit is op zijn best een nederlaag, op zijn slechtst medeplichtigheid. Ik vind dat ik als rechter machteloos sta, zelfs voor gek sta, als ik aan de succesvolle ontvoerders denk die het er op de Bahama's op kosten van de belastingbetaler lekker van nemen. Als er zo'n voorbeeld wordt gesteld, moeten ontvoeringen van rijke mensen die invloed in regeringskringen hebben, wel toenemen. Voor dit moment echter kunnen we alleen maar hopen dat zolang deze wet nog bestaat, hij wordt opgelegd, en wel op krachtdadige wijze. Anders moet hij gewijzigd worden, net als de wet die gevaarlijke beroepscriminelen de vrijheid verschaft, zodat Puddu de kans heeft gekregen de Contessa Brunamonti te ontvoeren. Ik heb er genoeg van, en de meeste Italianen met mij, denk ik. Ik zou graag zien dat de bevroren-tegoedenwet wordt opgeheven. Ik zou graag zien dat de politiemachten streng tegen ontvoering optreden door volhardend te patrouilleren in bepaalde territoria, de schurken op te pakken die op de vlucht zijn, en speciale eenheden op te richten in gebieden met een hoog risico. Pas dan zou ik me erop toeleggen de wet op ontvoering te herschrijven. In de eerste plaats zou ik het veranderen in een geweldsmisdrijf jegens een mens, en het niet slechts zien als een verzwaarde vorm van beroving.

Op dezelfde pagina, in een groter lettertype, stond een artikel waarin de bestaande wet over het bevriezen van tegoeden werd verdedigd, maar dat ongezouten kritiek had op de wet die toestond dat een erkend ontvoerder die een straf van dertig jaar moest uitzitten, voorwaardelijk werd vrijgelaten.

In principe moet de wet blijven bestaan omdat die garandeert dat het losgeld onder controle van de politie wordt betaald. Het geld wordt gemerkt en is op te sporen. Losgeld dat in het geheim wordt betaald kan een onderzoek compromitteren.

Laten we voorzichtig zijn en het kind nu niet met het badwater weggooien. De wet vraagt om aanpassing, ja, maar, belangrijker nog, we zouden moeten bedenken hoe we kunnen voorkomen dat deze opgepakte en gevangengezette ontvoerders weer vrij mogen rondlopen.

De rest van de pagina was gevuld met statistieken en een overzicht van recente ontvoeringen. Aan de ommezijde stond een artikel op beide pagina's met foto's van Leonardo en Caterina Brunamonti. De foto van Leonardo was al eens eerder in dezelfde krant gepubliceerd. Die van Caterina was nieuw, bekoorlijk, met een vleugje showbusinesstragiek in de vorm van een zonnebril die door tranen ontsierde ogen suggereerde. Een interview begeleidde de foto's. De politiechef las het in zijn kantoor en de frons in zijn voorhoofd getuigde niet van zijn concentratie, maar van zijn verontrusting. De geïnterviewde werd aangeduid als een 'woordvoerder namens de familie Brunamonti'. De grootste vrees van de politiechef was bewaarheid.

U hebt dus het idee dat deze ontvoering op verkeerde informatie is gebaseerd?
Dat moet wel zo zijn geweest. De losgeldsom kunnen wij bij lange na niet betalen. Ze moeten verkeerde informatie hebben gekregen.
En waar zou die verkeerde informatie vandaan hebben kunnen komen?
Dat weet niemand zeker, dat mag duidelijk zijn. We zullen het misschien nooit te weten komen.
Maar u hebt uw verdenkingen?
Niet jegens iemand in het bijzonder, maar de Contessa voerde haar bedrijf helaas vanuit het palazzo Brunamonti, wat betekende dat veel meer mensen het gebouw bezochten dan anders het geval zou zijn geweest. En iedereen die daar vast werk heeft, heeft ongebruikelijk vaak contact gehad en dus onvermijdelijk ook informatie.
Wat is uw mening over de wet die de tegoeden van uw familie bevriest?

Ik vind het een weldoordachte wet die ons beschermt en helpt bij het oppakken van de ontvoerders.

U bent niet bang dat hij ervoor zorgt dat het slachtoffer langer wordt vastgehouden en zelfs gevaar loopt te sterven?

Ik zie niet in waarom dat noodzakelijkerwijs het geval zou zijn. We werken samen met de overheid, en de overheid moet op haar beurt met ons samenwerken.

En hoe moet die samenwerking vorm krijgen volgens u?

Ik ken een aantal gevallen waarbij het losgeld door de staat werd betaald. Daarbij werden gemerkte biljetten gebruikt om ze zo op het spoor te blijven.

Dus u hoopt dat de overheid u te hulp komt?

Dat is mijn enige hoop, aangezien we niet over de middelen beschikken het bedrag zelf te betalen. Ik ben me er terdege van bewust dat we niet over het soort politieke contacten beschikken die een eersterangs status garanderen. We kunnen enkel meewerken en hopen dat zelfs een tweederangs ontvoeringsslachtoffer een kans heeft op overleven.

Voordat de politiechef aan het einde van de pagina was gekomen, ging de telefoon die hem met het hoofdbureau in verbinding stelde.

'Met Guarnaccia.'

'Heb je het gelezen?'

'Ja... Ja, ik ben het nu aan het lezen.'

'Zeg niets tegen de journalisten.'

'Zal ik niet doen. Gaat u een persconferentie beleggen?' Zijn ogen die nog altijd haastig over de krant gleden, vingen een kop op over eersterangs en tweederangs ontvoeringsslachtoffers.

'Als het aan mij ligt niet, maar de aanklager moet dat beslissen. Ik beantwoord al helemaal geen vragen over betaling van het losgeld. Al het andere nog eens daargelaten, weet ik het antwoord erop niet eens. Ik wil me erop concentreren dit slachtoffer te redden.'

'Denkt u dat er nog enige hoop is?'

'Weinig, maar als ze haar vandaag niet vermoorden, als ze dit artikel hebben gelezen, is er een kleine kans dat er misschien iets zal veranderen. Misschien dat de zoon zo bang wordt dat hij om hulp zal vragen. Ik neem aan dat dit het werk van de dochter is, hoewel ze nog een halve poging heeft gedaan haar sporen te bedekken door "de Contessa" te zeggen in plaats van "mijn moeder".'

'Ze noemt haar nooit moeder, ze zegt altijd Olivia.'

'Echt? Nou, tenzij ze werkelijk oliedom is, moet ze haar dood willen hebben.'

'Ja... Een beetje van allebei misschien. Ze is erg gevaarlijk. Met uw toestemming, commandant, geef ik er, geloof ik, de voorkeur aan dat wat zij aanduidt als samenwerking, in aanwezigheid van de aanklager moet plaatsvinden. Ze heeft gedreigd hiernaartoe te komen, ziet u...'

'Nee, nee, nee, en nog eens nee. Ontvang haar niet. God weet wat er dan in de krant komt te staan. Ik zal de aanklager waarschuwen. Hij gaat de Contessa Cavicchioli Zelli bewerken. Ik concentreer me op de bij ons bekende contacten van de voedselbezorger die we hebben opgemerkt.'

'Is er nog iets wat ik kan doen?'

'Je kunt alleen maar hopen dat een component in dit verhaal zal veranderen, anders zal het enkel kunnen eindigen in de dood van die arme vrouw.'

Er veranderde niets. De dochter verscheen niet bij het bureau van de politiechef. Een keer zag hij haar op straat. Ze kwam bij een kledingwinkel naar buiten met twee met linten versierde kledingtassen, maar ze ontweek zijn blik en liep snel verder. De mannen van de commandant bleven waakzaam in de heuvels en lazen in de krant de kolommen van verloren en gevonden voorwerpen nauwkeurig door, aangezien dat de gebruikelijke plaats was om boodschappen uit te wisselen. Niets dat er iets mee te maken zou kunnen hebben verscheen daarin. Met alle mogelijke informanten werd contact opgenomen, maar dit had geen resultaat. Echter, zoals de commandant al had onderstreept, ze wisten wie de ontvoerder was, maar konden in dit stadium niets met die informatie doen. Elke poging om naar de schuilplaats te zoeken bracht immers het risico met zich mee dat het slachtoffer zou worden vermoord als ze onbewust te dichtbij zouden komen. Hun aankomst zou op dergelijk terrein op kilometers afstand worden opgemerkt.

Elettra Cavicchioli Zelli deelde hun mee dat ze niet kon toestaan dat ze de biljetten merkten die zij aan de familie Brunamonti zou geven.

'Ik weet niet wat het beste is, maar ik moest het ze beloven en ik heb het beloofd, dus ik kan niet op mijn woord terugkomen. Ik weet dat jullie deze schurken willen pakken, maar ik wil alleen maar dat Olivia thuiskomt. Denkt u dat ze nog leeft?'

Niemand wist wat hij moest antwoorden. Weken van stilte gingen voorbij.

Toen er wel een verandering kwam, was die net zo onverwachts als nutteloos. De Engelse detective, Charles Bently, vervoegde zich bij het kantoor van de openbaar aanklager en kondigde aan dat hij de zaak verder zou laten rusten.

'We hadden eerder verwacht,' zei Fusarri, 'dat je nu wel een keer de ongemerkte biljetten van Contessa Cavicchioli Zelli als losgeld zou afleveren.' Enkel om hem te laten weten dat ze niet volledig in het duister tastten.

'Ik weet waar ik mee bezig ben, meneer de aanklager,' zei Bently, 'en ik zie het niet als een onderdeel van mijn werk om te worden vermoord.'

'Dat waardeer ik,' zei Fusarri. 'Elettra – de Contessa – had me al gewaarschuwd dat ze niet het hele bedrag bij elkaar zou kunnen krijgen, en niemand kan van u verwachten dat u zich zo duidelijk in levensgevaar begeeft. Ik waardeer ook uw beleefdheid om hierheen te komen om ons van uw beslissing op de hoogte te stellen. Als u ons zou kunnen vertellen met welk tijdsbestek we hier te maken hebben, zou dat misschien helpen net zo'n gevaar voor het leven van de Contessa Brunamonti te voorkomen.'

'Ik ben blij dat u mijn beleefdheid weet te waarderen.'

De aanklager stak zijn hand op. 'Vanzelfsprekend, vanzelfsprekend. Ik kan niet van u verwachten dat u het vertrouwen schendt van wie het ook maar is die uw provisie betaalt. Neem me niet kwalijk.'

'Dank u wel. En u hebt ongelijk. Ik neem alleen provisie als ik een klus wel kan uitvoeren. Totdat ik die beslissing neem, reken ik alleen een dagelijkse onkostenvergoeding. Zonder het losgeld kan ik deze klus niet op me nemen. Maar niettemin zal ik hun vertrouwen niet schenden. De familie moet beslissen in hoeverre ze met u wil samenwerken. Het enige wat ik u kan vertellen is dat ik ze heb geadviseerd mee te werken. Als ze veel te weinig geld afleveren, betekent dat haar dood, helemaal na dat stuk in de krant. Zolang ze de boel vertragen en de ontvoerders het idee hebben dat ze het volledige bedrag bij elkaar proberen te schrapen, dan is er nog hoop, zelfs als ze de deadline niet halen, of al niet hebben gehaald. Zolang die hoop nog bestaat, moeten ze haar in leven houden, anders krijgen ze niets. Als ze besluiten met minder genoegen te nemen en hun verlies te incasseren, kunnen ze haar net zo goed vermoorden. Ze zullen toekomstige klussen niet in gevaar willen brengen. Naar mijn mening zullen ze wachten, en als de familie met u samenwerkt, kunt u die tijd voor uw eigen doeleinden benutten. Het is enkel een kwestie van de juiste informant, stel ik me zo voor. Uw speciale eenheden zijn erg goed, dat weet ik wel.'

'Dat zijn ze inderdaad.'

'De juiste informant, dus. In onze recente gesprekken vertelde u me over een poging een vijandige clan te beschuldigen. Zouden zij misschien iets weten?'

'Ze weten alles, maar ze zullen ons niets vertellen. Ze komen uit Orgosolo, een plek waar het drie weken kan duren voordat een arrestant toegeeft – niet vertelt – hoe hij heet. Het Orgosolose idee van een effectieve verdediging is doodse stilte. Je kunt iemand er niet op betrappen dat hij zichzelf tegenspreekt of liegt als hij zijn mond hoe dan ook niet opendoet. "Niets kan ontstaan uit niets" zeggen ze daar.'

'Dat klinkt als Shakespeare. *King Lear* als ik goed heb onthouden wat ze me vroeger op school hebben geleerd.' De Engelsman stond op. 'Maar ik snap wat ze bedoelen – en uw probleem. Nou, ik moet u verlaten. Over iets meer dan een uur vertrekt mijn vliegtuig. Meneer de aanklager. Commandant.'

De commandant, die een zwijgende getuige was geweest van deze woordenwisseling, stond op om na Fusarri zijn hand te schudden. De afstandelijke beleefdheid van de Engelsman was onberispelijk. Die werd maar heel even verstoord toen politiechef Guarnaccia te voorschijn kwam, schijnbaar uit het niets, en ook zijn hand uitstak naar deze vreemde vogel.

'Aha! U bent er ook. Neem me niet kwalijk. Ik zag u niet daar in die hoek – ik bedoel, ik dacht dat u een of andere bewaker was...'

'Ja.'

Enkel een kwestie van de juiste informant.

Toen de deur dichtging, liet Fusarri zich weer in zijn stoel vallen. Hij haalde diep en luid adem en leunde toen voorover om de commandant met een heldere blik aan te kijken.

'Elke Sard daarboven weet waar ze is, niet?'

'Min of meer.'

'Maar aan min of meer hebben we niets, toch? Min of meer zou haar dood betekenen. We moeten het precies weten, nietwaar?'

'Ja.'

Fusarri leunde weer achterover en was even stil. Daarna

keek hij langzaam om naar waar de politiechef zat, een zwijgende kolos.

'Maar wie weet waar precíes? Politiechef?'

De politiechef ging verzitten omdat hij zich door Fusarri's strakke blik ongemakkelijk voelde. Hij keek naar zijn handen, zijn hoed, en zijn schoen. 'Bini is degene die je dat zou moeten vragen.'

'Bini? Maestrangelo, wie is in hemelsnaam Bini?'

'Iemand van de plaatselijke politie.'

'Aha...'

'Bini,' zei de politiechef, 'kent Salis. En diens vrouw. Salis' vrouw moet niets van ontvoeringen hebben.'

'Ik ben bijzonder verheugd dat te horen,' zei Fusarri, nog altijd de kluts kwijt. 'U vertelt me toch niet dat ze zich als informant zou lenen, al is het dan voor een rivaliserende clan?'

'Nee, nee... Dat zou ze niet doen.'

'Ik neem aan dat ze ook uit Orgosolo komt?'

'Dat verwacht ik wel. Bini weet dat precies.'

'Goed dan, politiechef' – Fusarri probeerde de blik van de commandant te vangen, maar dat lukte niet – 'dan kun je maar beter een bezoekje brengen aan die collega Bini van jou.'

'Dat zal ik doen,' zei de politiechef. 'Als u me wilt excuseren, ga ik dat onmiddellijk doen. Na dat artikel hebben we misschien niet zoveel tijd over.'

Bini had griep. Of het nu daaraan lag of aan de reden van hun reis, hij was voor zijn doen ongebruikelijk stil terwijl de wielen van de terreinwagen stof en grind langs de landweg deden opspatten. De politiechef keek uit het raam rechts van hem naar de hoge donkere heuvels waarvan de toppen langzaam door een wolkendek werden opgeslokt. Een paar regendruppels spetterden tegen de voorruit, maar het was nog niet echt gaan regenen. Zo nu en dan nieste Bini waarna hij zei: 'Sorry, die verdomde griep.' Zo nu en dan huiverde de politiechef terwijl hij zonder iets te zeggen naar die heuvels keek.

De opengesneden auto stond niet meer op het erf toen ze aankwamen. Het hondenhok was nog altijd leeg, een smerige kom stond bij de ingang op zijn kop. Er hing wasgoed aan de lijn, bewegingloos in de grijze lucht. Ondanks de druilerige dag zagen ze geen licht branden door de glazen panelen van de keukendeur, waarvan de buitenluiken wel openstonden.

'Ze is thuis.' Bini stapte uit de jeep en de politiechef volgde hem terwijl hij een vluchtige blik op de schaapskooi aan zijn linkerzijde wierp. Daar had de herdersjongen geslapen, terwijl hij net als de herdershond zijn oren had gespitst voor gevaar. Nu was de jongen begraven en lag de hond nog altijd in de vriezer van het mortuarium. Salis loste zijn problemen zelf op. Tot nu toe wist hij alleen dat Puddu hem had belazerd, dat zijn land en zijn mensen aan een grondig onderzoek waren onderworpen. Hij moest absoluut weten wat ze hadden gevonden. Het enige wat hij niet wist was dat de carabinieri het bedrog inmiddels hadden doorzien. Bini klopte op het glas en opende de keukendeur.

'Mogen we binnenkomen?'

Ze gaf geen antwoord want ze wilde geen woorden vuilmaken aan een uitgemaakte zaak.

Het fornuis brandde en ze keerde hun de rug toe om er hout in te gooien en het deksel weer op zijn plek te laten vallen.

Op het plastic tafelkleed lag een stapel flinterdunne Sardische broden, wit en knapperig.

'Mogen we even gaan zitten? Je maakt dit brood toch niet zelf? Het moet uren duren om het zo dun te krijgen...'

'Je bent niet gekomen om kookles te krijgen, stel ik me zo voor.'

'Nee. En we willen jouw tijd noch de onze verdoen met je te vertellen wat je allang weet. Je weet wat we op je land hebben gevonden. Deze ontvoering komt op het strafblad van je echtgenoot te staan.'

'Hij heeft het niet gedaan.'

'Dat zeg jij. En zou dat enig verschil maken gezien het strafblad dat hij al heeft en het bewijs dat we hebben?'

Stilte.

'Het bewijs is echt, weet je. Die schuilplaats was niet nagemaakt. Ze is daar echt geweest, daar hebben we bewijs voor. Als je het wilt weten, ze heeft iets op de grotwand geschreven. Haar zoon heeft het herkend als iets wat alleen zij had kunnen weten. Wat zeg je me daarvan?'

'Niets.'

'Of we hem nu vinden of niet, dat maakt niet uit. Hij zal bij verstek worden veroordeeld.'

Ze konden wat haar betreft waarschijnlijk doodvallen, maar in overeenstemming met de regels der gastvrijheid plaatste ze een mandfles met haar eigen wijn en twee glazen voor hun neus. De mond van de politiechef was droog van de angst om wat ze hier deden. De wijn was straf en smaakte zuur. Hij wenste dat ze het licht aandeed. Hij wenste dat hij thuis bij zijn vrouw en kinderen was. Die gedachte riep het beeld van Caterina Brunamonti op, het artikel en de sluier van wolken die op de duistere heuvels neerstreek. Hij nam nog een slokje wijn. Hij voelde de warmte van het fornuis en huiverde.

'Natuurlijk is het zo,' vervolgde Bini, 'dat als we erachter komen dat iemand anders het heeft gedaan, hij uit de problemen is. Maar ik ben bang dat het weleens te laat zou kunnen zijn. We denken dat ze misschien al dood is, en in dat geval...'

Ze hielden haar gezicht allebei scherp in de gaten, maar daarvan viel net zo weinig af te lezen als uit wat ze zei. Bini had geen andere keus dan verder te gaan.

'We koesteren geen hoop een informant te vinden. Puddu's mensen zouden het niet durven, en we hebben alle respect voor de mensen uit Orgosolo. We vonden alleen dat je man dit moest weten. We hebben respect voor hem, maar dat heeft Puddu klaarblijkelijk niet. Misschien omdat jouw man ook een jaartje ouder wordt, denkt Puddu dat hij...'

'Kom overmorgen terug.'

'Denk eraan, we hebben weinig tijd. Als je me zegt dat ik terug moet komen, dan kom ik terug. Maar niemand kan garanderen dat het slachtoffer overmorgen nog in leven...'

'Kom overmorgen terug.'

* * *

Ze volgden de instructies nauwgezet en reden in de jeep over een karrenspoor omhoog. Ze stuiterden alle kanten op terwijl ze voor de veiligheid de handvatten boven hun hoofd vastgrepen. Op een gegeven moment, toen ze al een flink eind waren gestegen, lag er een tak op het spoor. Bini zette de jeep stil en ze stapten uit. Vanaf daar liepen ze verder rechtdoor zonder iets te zeggen. Slechts een keer mompelde Bini, toen hij stil ging staan om zijn neus te snuiten: 'Ik heb koorts. Ik hoor hier nu niet te zijn...'

Ze hoorden geen van beiden daar te zijn. Erger nog, ze wisten niet zeker welke beslissing Salis zou nemen, en welke dat ook was, zij droegen er verantwoordelijkheid voor. Ze hadden hun lot in zijn handen gelegd. Ondanks de hoogte en de koele motregen liep het zweet de politiechef over de rug. Alles tintelde bij de gedachte aan ogen of geweren die misschien op hen waren gericht. Naast alle andere zorgen was er nog het punt dat ze zelf in het donker de weg naar beneden zouden moeten terugvinden. Het schemerde al.

Was het echt zo ver? Hadden ze het volgende teken over het hoofd gezien? Nee, daar was het, niet zo ver vooruit: een witte lap die aan een doornstruik was vastgebonden. Ze namen het voetpad naar rechts en liepen er ruim een halfuur over verder, totdat weer een witte lap een afslag naar links aangaf. Dit kon je geen pad meer noemen, enkel een doorgang door de struiken, vaak genoeg gebruikt om het te kunnen zien, maar moeilijk begaanbaar en vol stekels. Ze droegen oude dikke kleding die door braamstruiken kapot werd gescheurd. De doorntakken bleven aan hen vastzitten terwijl ze verder worstelden. Zo nu en dan moesten ze halt houden om zich weer los te maken. Toen ze uiteindelijk op de open plek uitkwamen, die met het vierde en laatste teken was aangegeven, werd het echt donker. Ze stonden daar in stilte te wachten. Ze hadden geen reden om niet met elkaar te praten, maar het lukte ze gewoon niet. Ze stonden daar tot de duisternis ze insloot en ze elkaar niet meer konden zien.

Toen ze de stem hoorden, leek hij van erg dichtbij te komen. Het had geen zin de richting op te kijken waar hij vandaan kwam. Ze liepen een groot risico, maar wilden hun leven niet op het spel zetten. Ze konden er zeker van zijn dat ze Salis op zijn woord konden vertrouwen, maar net zo zeker dat een domme beweging, een fakkel, of een derde persoon die hen volgde, de dood zou betekenen. Ze stonden stil en luisterden.

'Morgenavond zal een vrouw naar uw bureau bellen om een poging tot diefstal van een brommer te melden. Ze zal jullie vertellen dat het pal voor haar huis gebeurde. Ze zal zeggen dat een man de weg op sprong waardoor de brommer plotseling moest uitwijken en de bestuurder, een jongen, slipte en moest stoppen. Ze zal vertellen dat de bestuurder, die een boodschappentas aan het stuur had hangen, werd aangevallen, waarna een lange worsteling plaatsvond. Tijdens die worsteling zal ze een tweede man hebben gezien die de brommer naderde en eroverheen boog alsof hij hem wilde meenemen. Hij zal daar zo een tijdje staan om verpulverde slaappillen in een veelgebruikte wijnfles die altijd in de boodschappentas zit te doen. De vrouw zal echter vertellen dat ze niet precies kon zien wat hij deed. Ze zal zeggen dat ze naar het gevecht had staan kijken. Als het achter de rug is, zal de tweede man verdwenen zijn. De jongen zal zich weten los te worstelen, op zijn brommer stappen en wegrijden. De volgende ochtend bij zonsopgang kunt u over de Monte della Croce vliegen. De plek waar het slachtoffer wordt vastgehouden zal met een wit merkteken zijn aangegeven. U zult haar levend aantreffen. De mannen die haar vasthouden zullen dood zijn.'

'Nee! Mijn God, Salis, dat niet! Dat kan ik niet hebben!'

'Wat jullie willen. In dat geval kun je er maar beter voor zorgen dat je er eerder bent dan de twee die bij het eerste ochtendlicht naar boven zullen gaan. Als ze er eerder zijn dan jullie en ontdekken dat hun bewakers niet wakker zijn te krijgen, maakt het niet uit of ze al dan niet doorhebben dat het door de wijn komt. Ze zullen weten dat de klus verknald is en zich van de vrouw ontdoen. De keus is aan jullie. En maak nu dat je wegkomt. Jullie hoeven niet bang te zijn dat je de weg naar beneden niet zult terugvinden. Jullie vallen hier onder mijn bescherming.' De stem viel stil. Ze hoorden niets anders meer dan hun eigen luidruchtige ademhaling. Salis zou zich niet verroeren totdat ze waren vertrokken. Ze zouden geen geluid van hem horen waarvan hij niet wilde dat ze het zouden horen, zelfs niet het kraken van een twijgje.

De politiechef voelde nog eerder dan dat hij het hoorde dat Bini langzaam diep inademde voor hij besloot iets te zeggen.

'Heb je eraan gedacht... Je zou je kunnen aangeven. Nu je met ons hebt samengewerkt, zou je...'

'Zodat jullie voor de tv-camera's een grote arrestatiescène kunnen ensceneren? Wat bied je?'

'Dat mag ik niet... Ik heb niet de bevoegdheid om een deal te sluiten. Ik vroeg me alleen af...'

'Vergeet het maar. Ik was nieuwsgierig hoeveel ik waard was. Mijn gezin komt niets tekort. Ik kan het me veroorloven te sterven als een vrij man.'

'Het was niet kwaad bedoeld, dat begrijp je...'

'Ik voel me niet aangesproken. Ga nu.'

Ze draaiden zich om en begonnen op de tast aan de terugweg. Braamstruiken reten hun gezicht open nu ze hun ogen niet meer konden gebruiken om ze uit de weg te gaan. Alleen onder hun knieën was de weg begaanbaar. Hij was ingesteld op mannen die zich op handen en voeten konden voortbewegen, onzichtbaar onder de doornstruiken; ondoordringbaar voor mensen die rechtop liepen. Ze wisten wanneer ze de verkeerde kant op gingen omdat hun laarzen dan verstrikt raakten in niet weggekapt kreupelhout. Dan klonk er een stem vanuit de duisternis.

'Ga terug. Stop. Ga nu naar links.'

Het was niet altijd dezelfde stem en ze waren te gedesoriënteerd door de dikke klamme duisternis om te weten uit welke richting deze instructies afkomstig waren.

Het was een opluchting toen ze voelden dat ze weer op het voetpad waren aanbeland. Maar die opluchting was van korte duur, omdat ze al snel door een leegte strompelden die hun geen aanwijzingen bood waarmee ze gevoel voor richting of evenwicht kregen.

'Jezus, Maria, Jozef!' hijgde Bini opgelucht toen ze tegen de hen goedgezinde stevigheid van de jeep aanbotsten.

Op de terugweg naar het dorp, gerustgesteld door hun koplampen, het geluid van de motor en het uitzicht op de eerste boerderijen, hervonden ze hun normale stemmen, dat gold althans voor Bini.

'Ik heb wel eens gehoord dat ze adrenaline in die neussprays tegen verkoudheid stoppen. Heb je gemerkt dat ik sinds we daar uit de jeep stapten niet meer heb geniest?' Maar zelfs toen vertelde hij geen grapjes. 'Salis... Die heeft met niemand iets te maken. Op het vasteland wonen heeft hem niet aangetast. Ik wilde dat ik niet had gezegd wat ik heb gezegd.'

De politiechef was vervuld met vrees over de mogelijke consequenties van deze nachtelijke bezigheid en zei helemaal niets.

Eenmaal thuis waste Teresa de stekende schrammen in zijn gezicht schoon, wat begeleid werd door boze opmerkingen in de trant van: 'Ik snap niet waarom je dit soort dingen niet aan de jongere carabinieri overlaat, die fitter zijn dan jij en er hun hand niet voor omdraaien de halve nacht op te zijn.' Maar haar stem klonk eerder angstig dan boos en ze vroeg hem niet wat ze zich bij 'dit soort dingen' zou moeten voorstellen.

Zijn schriftelijke verslag aan Maestrangelo was bondig en bevatte geen vermeldingen over de voorafgaande nachtelijke activiteiten. Het stelde dat hun collega, politiechef Bini, hem een kennisgeving had voorgelegd, waarvan hij aannam dat hij van een niet bij naam genoemde informant afkomstig was, die een indicatie van de schuilplek gaf...

Mondeling legde hij de kwestie van de te verwachten aangifte van een gestolen brommer en de gedrogeerde wijn voor. Daarbij vermeldde hij ook zijn persoonlijke zorg dat de voedselbezorger misschien iets vermoedde.

'We houden hem nu al weken in de gaten. Hij is niet ouder dan een jaar of elf, twaalf. Bovendien zal er niets missen. Hij zal zich alleen zorgen maken over zijn kostbare brommer. Hij is nog te jong om erop te mogen rijden en zou er geen aangifte van diefstal voor kunnen doen. Nee. Salis weet hoe hij zijn werk moet doen. En wij moeten ons op het onze concentreren. Het is tijd om de experts erbij te halen.'

De commandant belde meteen met de Eenheid voor Speciale Operaties in Livorno. Ze reageerden gealarmeerd door het risico dat bij zo'n strak tijdschema kwam kijken, maar gingen de uitdaging aan met het volgende voorstel: het regiment parachutisten zou op luidruchtige wijze voor afleiding zorgen door met helikopters laag over het nabijgelegen gebied van Salis te vliegen. Met dat als dekmantel kon hun eigen helikopter over het gebied waar de operatie zou plaatsvinden vliegen en bij het eerste licht negen mannen met bestuurbare parachutes droppen boven de dichtstbijzijnde open plek bij het merkteken.

De commandant stelde de politiechef geen vragen over de voorafgaande nachtelijke aangelegenheid. Hij beperkte zich tot een uitspraak hoe opgelucht hij was dat hij niet in de verleiding was gebracht de jonge voedselbezorger te arresteren. De neiging om zo'n arrestatie te doen als een onderzoek vastliep was groot. Zo'n gebaar kon je misschien maken om het vertrouwen van de familie te winnen of herwinnen, maar het zou ze evengoed zenuwachtig kunnen maken over wat de motieven van de rechercheurs zijn. Het zou de pers een dag of twee bezighouden. De mensen zouden misschien denken dat de voedselbezorger een boekje open zou doen, omdat ze geen idee hadden dat zo'n kleine schakel niets anders wist dan dat hij elke dag een tas voedsel op een afgesproken plek achterliet. Hij zag nooit wie hem ophaalde en wist evenmin voor wie het bestemd was. Toen hun gesprek voorbij was, namen ze stilzwijgend aan dat het nooit had plaatsgevonden.

Toen de politiechef de rivier overstak om terug te keren naar het palazzo Pitti, waren zijn emoties een ondoorgrondelijke poel van onrust om wat hij had gedaan en ergernis omdat hij niet aan de verwachtingen van de commandant had voldaan. Ten slotte was het misschien wel niet nodig geweest om te moeten doen wat ze nu gingen doen, als hij het vertrouwen van Leonardo Brunamonti had weten te behouden. De schuld lag deels ook bij de commandant zelf die de politiechef had overschat. De jonge Brunamonti was welopgevoed en intelligent. Hij zou de commandant waarschijnlijk meer hebben vertrouwd dan een dom overkomende onderofficier. Maar toch, als hij aan hun eerste lange gesprek terugdacht, was Leonardo toen ontwapenend open en vriendelijk geweest. Hij had natuurlijk alleen de waarheid over zijn zus niet verteld. Nou, dat was de grootste bron van ergernis! Daar had hij echt gefaald. Hoe had hij zich zo kunnen laten inpakken terwijl hij al die tijd had geweten dat er iets niet in de haak was? Hij had naar haar eindeloze complimentjes aan haar eigen adres geluisterd, en naar haar eindeloze kritiek op anderen, met name haar moeder. En als hij zich al niet volledig had laten inpakken, kwam dat niet omdat hij zijn best niet had gedaan. Hij was bang geweest om te zien wie ze werkelijk was.

Hoe kon hij het de broer dan kwalijk nemen? De broer die met een bijna pijnlijke tederheid zachtjes over haar arm had gestreeld om haar in bedwang te houden, omdat hij niet had gewild dat ze zoals hun vader zou worden. Het zou onredelijk zijn – ook gezien de traumatische omstandigheden – van hem te verwachten de noodzaak in te zien zijn angst, liefde en schaamte te overwinnen.

Maar toch, hoeveel mensen hadden de alarmklok niet laten luiden zonder dat de politiechef daarop had gereageerd? Signora Verdi, die eerste dag, met dat 'hare hoogheid wil het niet hebben'. Nesti met zijn walgelijke opmerking dat dit wel een zaak was en geen carrièrekans, het gehuil van de meid, en haar maar al te gerechtvaardigde angst: 'Wat gaat er nu met mij gebeuren?'

Om nog maar niet te spreken over de alarmklokken die Caterina zelf had doen luiden. Het grootste deel van de tijd had ze gelogen, maar hoe zat het met de momenten waarop ze de waarheid had gesproken? Hoe verklaarde hij dat ze het woord 'moeder' vermeed terwijl ze 'vader' wel gebruikte? Dat ze zei dat een model niets anders dan een kleerhanger was? Zoveel dingen die hem zo'n ongemakkelijk gevoel hadden gegeven dat hij er niet over had willen nadenken.

Als hij al aan de ophanden zijnde operatie in de heuvels dacht, dan ging dat gepaard met de diep gekoesterde wens dat die een goede afloop zou hebben. Maar hij dacht verder niet echt na over hoe dat moest worden bereikt. Op dat gebied had hij niets te vrezen. De zaak lag in handen van specialisten en het was nu hun verantwoordelijkheid. Zijn enige bijdrage was geweest dat hij als contactpersoon had gefungeerd tussen Bini – wiens jarenlange ervaring, ijver en zorgvuldig onderhouden contacten deze operatie mogelijk hadden gemaakt – en de mannen die in staat waren de operatie uit te voeren. Een klein aandeel dat passend was voor zijn bureau en zijn bekwaamheid, wat zou worden genegeerd als het een jammerlijke mislukking zou worden en vergeten bij een glorieus succes.

Maar het zou nog een hele tijd duren voordat hij zich niet meer aan zichzelf ergerde als het om 'die afschuwelijke rotmeid' ging, zoals Contessa Cavicchioli Zelli haar noemde. Dat was nou een vrouw die de dingen bij de naam noemde. Nadat hij haar had ontmoet, had hij zichzelf niet langer voor de gek gehouden. Als de anderen nu ook eens zo uitgesproken waren geweest.

De politiechef beklom het omhooglopende plein voor het palazzo Pitti en sloeg toen linksaf om onder de stenen poort door te lopen. Op dat moment was hij van plan zich in zijn eigen ruimte terug te trekken en al zijn concentratie te richten op de alledaagse klusjes die hij normaal gesproken deed. Eerst zou hij met zijn onderbevelhebber Lorenzini praten om weer een beetje op de hoogte te raken van wat er zich los van de ontvoering in zijn wijk verder nog afspeelde. Daarna zou hij wie er ook maar in de wachtruimte zat ontvangen om de tijd die dan nog overbleef aan te wenden om zijn achterstand in de administratie weg te werken. Al bereikte hij er verder misschien niets mee, hij zou in ieder geval zijn hoofd zo met details kunnen volproppen dat er geen gaatje meer overbleef waar de gedachte aan het meisje Brunamonti zich doorheen zou kunnen wurmen. Dezelfde zoektocht naar normaliteiten en geestelijke gezondheid inspireerde hem naar huis te bellen om Teresa te vragen: 'Kunnen we pasta eten?'

Ze lachte hem uit. 'Je lijkt Giovanni wel!'

'Ik lijk ook op Giovanni – of beter gezegd, hij lijkt op mij.' Hij was beledigd. 'Het maakt niet uit, ik dacht er zomaar aan.'

'Wat ben je toch een grapjas. Ik zal het water opzetten. Maar dan wordt het wel alleen met tomatensaus, ik had er niet op gerekend.'

'Dat maakt niet uit.'

Tot vijf uur wierp deze werkwijze haar vruchten af. Daarna

deed een angstscheut zijn maag samentrekken toen hij eraan dacht wat de zus misschien wel niet van plan was dat op de een of andere manier de operatie van die avond in gevaar kon brengen. Ze had hem met die toestand rond Patrick Hines geschokt, hem verrast met die gesloten deuren, met de ontslagen meid, de nieuwe portier, en hem gealarmeerd met dat interview in de krant. Hij kon het zich niet veroorloven zelf troost te zoeken door haar te vergeten. Hij moest niet met haar gaan praten, daar was de commandant het mee eens geweest, maar hij moest wel in de gaten blijven houden wat ze uitspookte.

Een kwartier later hield hij de handgreep boven zijn hoofd vast terwijl de jeep wild over een rotsig tractorspoor stuiterde. Lorenzini zat achter het stuur.

'Ik geloofde u eerst niet toen u zei dat we de jeep nodig hadden om naar een plek te gaan die twee minuten rijden van het stadscentrum ligt, maar – jemig! Gaat het?'

'Niets aan de hand. Ik ben hier vaker geweest. Stop maar. Wil je hier keren en dan op me wachten. Ik ben zo weer terug.'

Het bed waar eerst de krokussen hadden gebloeid was nu een woud van Florentijnse lissen. Van sommige waren de eerste lichtblauwe kransen al geopend. Verder was er niets veranderd. Terwijl de honden keften om de aankomst van de jeep aan te kondigen, stormde Elettra de deur uit waarbij ze werd begeleid door Caesar en haar hondenkoor. Ze droeg dat stokoude, grijze pak en streek met haar hand door de warrige pieken van haar grijze haar.

'O, wat ben ik blij u te zien! En Tessie ook – kijk toch eens hoe ze u begroet! Ze weet dat deze aardige politiechef haar mamma probeert te helpen, hè? Ja, dat weet ze, ja, dat weet ze, de kleine schat!'

De laatste keer hadden ze in de februarizon gezeten, maar al was de lente nu echt aangebroken, dit keer gingen ze binnen zitten om aan de dreigende regenbui te ontkomen. De woonkamer werd door kleine lampen verlicht. Er stonden banken met een bloemenprint, de vloer was van glanzend steen, en in een grote haard brandde een houtvuur. Ze gingen bij het vuur tegenover elkaar zitten, elk op een bank. Terwijl de banken met honden volstroomden, maakte de politiechef haar deelgenoot van zijn angsten.

Het was niet makkelijk. Dit was een erg slimme dame en hij kon niet verwachten dat hij haar met een verzinsel kon afschepen, vooropgesteld dat hij in staat was iets te verzinnen, wat hij betwijfelde. Hij moest haar overtuigen door geen leugens, maar ook niet de hele waarheid te vertellen. Hij wist niet of ze het losgeld gedeeltelijk hadden betaald, maar hij dacht het niet. Hij moest haar ervan overtuigen dat als het nog niet was gedaan, het in geen geval nu alsnog moest worden betaald.

'Dat krantenartikel zou haar doodvonnis betekenen. Dan zouden ze zeker weten dat er niet nog meer zal worden betaald. Ze weten dat er geen invloedrijke connecties zijn die misschien zouden ingrijpen. Om haar te laten gaan voor veel minder dan de vraagprijs zou hun zaak veel schade berokkenen. Begrijpt u dat?'

'Ik begrijp het volkomen. Ik begrijp ook dat u iets in uw schild voert waardoor het plotseling erg belangrijk is dat we niet betalen, en dat u me niet gaat vertellen wat dat is.'

Hij keek naar de muur. 'Ik kan het u niet... Het is niet dat ik... Mijn bazen vinden nu eenmaal...'

'Virgilio Fusarri, die sluwe oude vos. Ik mag hem wel. Hij kan me niet vertellen wat ik moet doen, hij zou het niet eens proberen. En daarom stuurt hij u. Vertel me eens. Lijkt het erop, vanwege de twee foto's, dat de woordvoerster – ze kan me wat – echt namens Leo en misschien zelfs Patrick sprak?'

'De afgegeven boodschap is het enige wat telt. Een kleine betaling zou die bevestigen. Het maakt niet uit wie de boodschapper is.'

'Maar Olivia zal het wel iets uitmaken! U denkt toch niet dat ze het haar hebben laten zien?'

'Misschien wel. Als ze van plan zijn haar nog een smeekbede te laten schrijven, zullen ze dat doen. Maar denkt u niet dat ze er het handwerk van haar dochter in zal herkennen, zelfs haar woordkeuze?'

'Natuurlijk wel – Caesar, ga van de politiechef af! Je bent veel te groot om bij mensen op schoot te zitten! Neem me niet kwalijk, het is een Afrikaanse leeuwhond en gefokt om op leeuwen te jagen, maar dat weet hij niet. Hij denkt dat hij net zo klein is als de andere honden. Eraf, Caesar. Goed zo, ga maar rustig naast hem zitten.'

De hond bedaarde en viel in een diepe slaap, terwijl hij zwaar tegen de politiechef aanleunde. Daar wist hij zijn gewicht goed bij te gebruiken.

'Ze zal Caterina's giftige toon in dat artikel herkennen – wie zou dat niet? Maar het gaat erom dat Leo haar niet heeft tegengehouden. Hij heeft haar haar gang laten gaan. Hij weet dat ze gestoord is. Hij had haar moeten opsluiten totdat dit achter de rug was.'

'Hij kon toch moeilijk...'

'Hij had de kranten moeten waarschuwen. En hoe kan het dat ze zoiets plaatsen als het zo gevaarlijk is als u zegt. Waarom hebt u ze niet tegengehouden?'

'We kunnen vragen of ze willen meewerken, maar het is hun werk meer kranten te verkopen en we kunnen hen niet tegenhouden hun werk te doen. In het artikel staat niets strafbaars.'

'Er moet toch iets zijn wat we kunnen doen!'

'We doen wat we kunnen. We moeten voorkomen dat er betalingen worden gedaan.'

'Dat zei die detective ook al. Hebt u echt informatie over Olivia?'

Het was risicovol, maar hij had haar hulp nodig.

'Ja.'

'Jullie gaan toch geen vergeefs gebaar maken waardoor jullie heldhaftig lijken en Olivia in levensgevaar komt?'

'Nee, nee... Haar leven loopt al gevaar. We hebben een kans om het te redden. Het is enkel een kans, maar als er een onvolledige betaling wordt gedaan, zullen we die niet eens hebben.'

Even zeiden ze allebei niets meer. De politiechef luisterde naar het inzakken van het houtvuur, een geluid uit zijn jeugd. De talrijke honden op de andere banken snurkten tevreden bij de warmte van het haardvuur.

'Goed!' De Contessa maakte haar beslissing bekend: 'Ik zal u helpen. Het geld zal niet worden betaald.'

'U weet zeker dat u het kunt tegenhouden?'

'Nogal wiedes. Het is mijn geld.'

'U zult begrijpen dat alles wat ik u heb verteld...'

'U hebt me helemaal niets verteld. Maakt u zich geen zorgen. Ik weet precies wat u bedoelt. Ik zal wat u me niet heeft verteld voor me houden.'

Meer kon de politiechef niet doen. Deze hele onderneming hing van twee mensen af die hun woord moesten houden. Twee mensen, elk in een bastion op een heuvelrug, elk met een strikte erecode. De politiechef had in beiden een rotsvast vertrouwen. Zijn taak zat erop.

Caesar begeleidde de jeep tot aan de poorten bij de brede weg beneden, waarna hij zich omdraaide en met sprongen de heuvel weer op rende.

Het was gaan regenen.

11

'Er moeten duizenden mensen op de wereld zijn die voortdurend vreselijke pijn lijden. U staart me met die grote waakzame
ogen van u aan en ik weet dat u zich zult afvragen waarom ik zo
rustig, zelfs gelukkig ben. Om u de waarheid te zeggen was ik
nooit zo'n held met pijn. Als kind huilde ik bij de tandarts en
inentingen waren een drama. En toch, die heftige pijn die mijn
oren doorboorde en mijn hersenen leek te penetreren, de pijn
die me in eerste instantie zo bang maakte dat ik dacht dat ik er
gek van zou worden, werd een deel van mijn leven. Als een ondraaglijke pijn voortduurt en constant is, verleggen onze hersenen volgens mij onze pijngrens. Die constante pijn wordt de
norm en alleen veel meer pijn of een plotselinge pijnscheut
maakt dan nog indruk. Ik weet dat ik vroeger bang was voor
pijn en ziekte, met name voor kanker, maar dat is niet meer zo.
Ik vertrouw er nu op dat mijn lichaam ermee om weet te gaan.
Ik was me misschien wel meer bewust van de door de ketting
ontstane rijtwonden op mijn enkel en pols, die ondanks Houthakkers inspanningen steeds erger werden. De ketting was echt
loodzwaar en elke beweging deed pijn en verwondde me. De
psychologische pijn was zelfs nog erger, omdat er behalve
wreedheid geen enkele andere reden was om me vast te kete-
nen. De wreedheid van "de baas" die ik nooit zag.
    Toch konden de kleinste genoegens het allemaal doen verge-
ten. De ochtendzon die op mijn voorhoofd scheen als ik bij de
tentopening zat. Dan zat ik tevreden te wachten op fris water
en knapperig brood, maar misschien was het wel een van die

zeldzame keren dat ik een kop koffie kreeg. De geur daarvan vermengd met de zoete rooklucht van verbrand hout in de frisse ochtendlucht. Ik zal koffie nu altijd meer op prijs stellen dan vroeger, maar nooit zo erg als toen.

Ik had Houthakker gesmeekt om de paar privileges die ik nodig had en ze door middel van goed gedrag verkregen. De belangrijkste was dat ik de steek 's ochtends buiten mocht gebruiken. Ik had ook andere kleren gekregen; een tas vol erg goedkoop aanvoelend, katoenen ondergoed en een groen trainingspak. Ik had nu ook plastic slippers in plaats van mijn laarzen omdat het warmer werd. Soms namen ze de tas met ondergoed mee om het te wassen. Deed Houthakkers vrouw dat? Ik probeerde me voor te stellen wat ze zou weten, wat ze ervan zou denken. Ik herinnerde me de woorden van Houthakker, dat je er nooit meer uit kon stappen. Misschien dacht ze er verder niet over na, stelde ze geen vragen, en deed ze uit angst alleen maar wat haar was opgedragen.

Ik plande mijn dagen rondom hun aankomst en vertrek, hun wisselingen van de wacht, het opdienen van mijn maaltijden. De tussenliggende periodes deelde ik op en voor elk ontwikkelde ik een andere gedachtegang – mijn kinderen, mijn werk, mijn geliefde, mijn ouders en het verleden. En mijn vrienden. Ik deelde ze allemaal een plekje toe en dacht aan ze. Weet u, als je in een ander land woont, worden je vrienden zo belangrijk als familie voor je. Ik ontdekte dat ik voorzichtig te werk moest gaan bij het indelen van dit rooster van overpeinzing, omdat ik elk spoor dat me misschien van streek zou maken vlak voor het slapengaan wilde vermijden. Verdriet kan je in een eenzame nacht overspoelen. Ik lag er niet wakker door – er zat zo'n regelmaat in het ritme van mijn dagen dat mijn aloude slapeloosheid niet de kans kreeg me te gaan plagen – maar ik kreeg er soms wel verdrietige dromen van, nachtmerries zelfs.

Dus na elke maaltijd zette ik het dienblad voorzichtig op de grond en trok ik me terug in de tent. Dan sleepte ik de ketting mee naar binnen en installeerde ik me om na te denken. Op een bepaalde manier is het een voorrecht geweest om deze stilte, deze bedachtzaamheid opgelegd te hebben gekregen, hoewel ik niet denk dat iemand dat zal geloven. Ze zullen me er ook niet om benijden, hè? Ik zal het waarschijnlijk nooit aan iemand vertellen.

Maar ik heb het gevoel dat ik u dingen moet vertellen alsof dit de enige halte zal zijn, de tussenstop waar twee werelden samenkomen, en dat u de grenswachter ervan bent, de enige mens die beide werelden kent en begrijpt. Ik ben ervan overtuigd dat niemand zal begrijpen waar ik ben geweest. In hun ogen ben ik enkel afwezig geweest. Als ik eenmaal in mijn eigen wereld ben teruggekeerd, zal ik er volgens mij nooit meer zo makkelijk over praten.'

De politiechef was zich dit zeer bewust en zat roerloos en zonder iets te zeggen. Hij prentte zich in wat hij moest onthouden, maar durfde geen aantekeningen te maken.

'Mijn moeder leek in orde nadat mijn vader was gestorven. Ze leek haar gewone gangetje te gaan, maar dat was enkel schijn. Ik was zo bang in dat huis dat ik het vreselijk vond om naar huis te gaan en zoveel mogelijk tijd bij vrienden thuis doorbracht. Ik was dertien en begreep niet wat er aan de hand was totdat ze naar een kliniek werd gebracht om af te kicken. Ik herinner me nog dat mijn tante de deur van het washok opendeed en dat we daar al die flessen vonden. Volgens mij was zij degene die op dat moment, of misschien was het later, tegen me zei: "Denk eraan dat je vanaf nu op eigen benen moet staan. De wereld is hard en je bent alleen. Niemand zal je helpen." Ik heb een paar jaar op kostschool gezeten en bracht de vakanties nu eens bij het ene dan weer bij het andere familielid door. Daarna ging ik tegen de wens van mijn tante naar de universiteit.

"Niemand zal je helpen." Weet u dat mijn hele leven om die

ene hardvochtige zin die ik op mijn kwetsbaarste moment te horen heb gekregen, heeft gedraaid? Wat heeft ze er verdomme mee willen zeggen? Ik was dertien en praktisch een wees. Waarom kon ik niet worden geholpen? Vanaf die dag heb ik het leven als een strijd gezien die ik in mijn eentje moest uitvechten. Ik werd een taaie, ik probeerde dat althans te lijken, maar voordat dit gebeurde, was ik innerlijk zo opgebrand dat ik wist dat ik niet meer verder kon. 's Nachts lag ik jaren van opgekropte angst eruit te zweten. Overdag probeerde ik het me uit mijn hoofd te praten. Moest ik het bedrijf opgeven omdat het te veel stress opleverde, het aan Leo overlaten? Moest ik met Patrick trouwen, die schat, die me wel begreep en me probeerde te helpen. "Niemand zal je helpen." Dat was de regel die ik naleefde. Patrick wiegde dan mijn pijnlijke hoofd op zijn borst als ik door de angst en uitputting in tranen was en zei dan: "Luister nou hoe dat oude hart van je tekeergaat. Laat het rusten. Leg je zwaard neer. Ik ben nu bij je." En dat deed ik ook. Bij hem kwam ik tot rust. En de volgende dag pakte ik mijn zwaard dan weer op. Macht der gewoonte, begrijpt u. Met uitzondering van Patrick, die me doorzag, geloofde iedereen bovendien dat ik onverwoestbaar was, spijkerhard. "Olivia weet er wel iets op te vinden. Olivia weet altijd wat ze moet doen. Olivia is een vechter."

Ik kon het verdriet om mijn verweesdheid alleen verlichten door anderen troost te bieden. Na het vertrek van mijn echtgenoot werd ik zowel vader als moeder voor de kinderen. "Niemand zal je helpen" waren woorden die zij nooit te horen zouden krijgen, enkel omdat hun vader was gestorven. Toen ik dit allemaal overdacht, vond ik het vreemd dat de enige persoon die ooit iets voor me heeft mogen doen mijn zoon Leo was. Misschien omdat ik mezelf in hem herkende, misschien omdat hij de enige persoon was van wie ik wist dat hij een moeder had die van hem hield en er altijd voor hem zou zijn, de enige persoon voor wie ik niet bang hoefde te zijn. Leo was altijd de eerste aan wie ik daar aan het begin van de avond dacht, nog voor Patrick, mijn vader, en slapen. Het gaf me veel vreugde om zijn leven te overzien. Ik hield van zijn intense, ernstige, starende blik toen hij nog met stille vastberadenheid aan de borst lag. Als klein kind was hij al zo geconcentreerd! Toen hij drie was, maakte hij zijn eerste bibberige tekeningen – bijna altijd van insecten. Hij was nog niet oud genoeg om te weten hoe je een groter object met de juiste verhoudingen aan de maat van het papier aanpaste. Later, op zijn zevende, schilderde hij buiten op de *loggia* aquarellen in zachte kleuren. De paleizen en bomen beneden op de piazza, vleermuizen en zwaluwen aan een rode hemel bij zonsondergang, zo schilderde hij twee of drie uur achtereen tot het wegkwijnende licht hem dwong te stoppen.

De migraineaanvallen begonnen op zijn vijftiende. De pijn was zo vreselijk dat ze het hele huis vulde. Ze hing loodzwaar in elke kamer, zodat we nauwelijks konden ademhalen. Ik wilde hem troosten, iets doen om te helpen, maar dan smeekte hij me op de allerzachtste fluistertoon: "Laat me maar alleen in het donker..." Dan ging ik zelf ook in het donker zitten, aan de andere kant van de op een kier staande deur, zodat nog geen lichtstraaltje hem zou storen. Caterina haatte het omdat ze zich verwaarloosd voelde. Ze was een kind van tien en kon maar niet begrijpen dat haar broer daar niet doodstil lag omdat hij sliep, maar omdat hij zo vreselijk veel pijn had dat hij zich niet kon bewegen. Als het achter de rug was, merkte je er niets meer van en hij praatte er verder nooit over.

Er was iets heel verstilds aan hem, iets van een onpeilbare intensiteit, en zo nu en dan borrelden gedachten, dromen of opgekropte vrolijkheid op. Plotsklaps kon hij met geestdrift verbazingwekkend goede imitaties van zijn leraren op het Liceo Artistico neerzetten, met name van de plaatselijke kunstenaars die kwamen om in hun vaardigheden les te geven – gieten, afdrukken, enzovoort – met hun luide Florentijnse accent en scherpe humor. De verbazing werd volgens mij voor een groot deel veroorzaakt omdat het zo'n contrast vormde met zijn gebruikelijke zwijgzaamheid. Wat kon hij me aan het lachen krijgen! U zult wel denken dat ik gek ben, uit mijn evenwicht na deze verschrikkelijke ervaring, hoewel ik van uw gezicht niets kan aflezen, omdat ik u over afschuwelijke ervaringen vertel met een vredige glimlach en nu heb ik het ook nog over heuglijke dingen en ik – ik kan niet – het spijt me. Nu is het mooi geweest. Het spijt me. Ik heb hem vreselijk gemist... Lieve hemel, wat maak ik vreselijk veel lawaai. Ik ben nog altijd bang om te huilen, hoewel de pleisters eraf zijn. Ik ben niet gek, dat beloof ik u... Dank u wel. Even een slokje en dan zal het wel weer gaan.

Normaal gesproken verwisselden ze de pleisters eens per week – Houthakker deed dat. Godzijdank deed hij dat altijd. Hij zei me dat het eens per week was. Ik telde niet in dagen en weken, alleen in seconden en minuten, die langzaam wegtikten op de maat van mijn gedachten. Telkens als hij ze kwam verwisselen, waarbij hij zachtjes twee keer op mijn ketting tikte zodat ik wist wie het was, wenste ik dat er nieuws was, ontwikkelingen, een nieuw krantenartikel, wat dan ook. Nou, ik heb het gekregen ook en ik zal nooit van mijn leven meer een wens doen, hand op mijn hart. Die ochtend wist ik dat er iets aan de hand was. Ik zat nog met mijn dienblad van het ontbijt in de opening van mijn tent – alleen water en brood die dag, maar dat maakte me niet uit. De lucht was vochtig van een dreigende regenbui en alle zoete geuren van jong gras en lentebloemen werden geaccentueerd. Ze hadden al vaker ruzie gehad, hoewel ik er nooit genoeg van hoorde of begreep om te weten waarover ze gingen. Misschien over hun werktijden, het voedsel, de verveling of de nervositeit over hoe lang dit allemaal nog ging duren. Zij wilden tenslotte waarschijnlijk net zo graag hun oude leven weer oppakken als ik. Ik kon hun geruzie niet volgen, maar als een klein kind was ik me meteen bewust van de spanning, een twist tussen de "volwassenen", die voor mij meestal in een onredelijke straf resulteerde. Terwijl ik daar met mijn dienblad zat, drongen stemverheffingen de golven van mijn onderzeese wereld binnen en werd ik zenuwachtig. Ik zorgde ervoor dat ik mijn hoofd niet omdraaide of optilde, omdat zweet de pleisters over mijn neus had losgeweekt en ze anders misschien zouden denken dat ik eronderdoor probeerde te loeren. Ik had deze gespannenheid eerder alleen op zondagen gevoeld, als veel geweerschoten van jagers om ons heen klonken en de kans op ontdekking het grootst was. Omdat mijn oren dichtzaten, klonken de schoten als een plof in de verte, maar zij hoorden ze luid, duidelijk en dichtbij, dus was het logisch dat het hen op de zenuwen werkte.

Het was geen zondag. Het was de dag dat mijn pleisters werden verwisseld en dat deden ze nooit op zondag, maar op een van de twee dagen in de week dat jagen verboden was. En toch was er iets goed mis. Houthakker ging zelfs ruw met me om. Hij rukte het dienblad uit mijn handen en beval me met zijn hoofd dicht bij mijn gezicht op woedende fluistertoon naar binnen te gaan en een beetje voort te maken.

Ik kroop de tent in en trok mijn ketting naar binnen.

"Ga je nu mijn pleisters verwisselen?"

Hij gaf geen antwoord en ik hoorde hoe de rits omlaag zoefde, een snelle boze beweging.

In een poging hem, mijn enige bondgenoot, te kalmeren zei ik: "Je moet ze verwisselen. Bij mijn neus zitten ze los. Ik heb ze echt niet aangeraakt, dat zweer ik, het komt gewoon door het zweet, en ik heb niet geprobeerd mijn hoofd op te tillen en kijk..."

"Houd je bek!"

"Wees alsjeblieft niet boos op me. Je zei zelf dat ik het je moest vertellen, voor mijn eigen bestwil, als ze..."

"Houd je bek." Hij rukte de pleisters eraf in plaats dat hij het mij langzaamaan liet doen, zodat het geen pijn deed. Bij mijn slaap trok hij er een paar haren met wortel en al uit en ik schreeuwde het uit. Ik voelde dat zijn arm de lucht in ging alsof hij me wilde slaan en ik kromp ineen. De pleisters waren eraf, hij gooide een krant op mijn slaapzak en zei me dat ik die moest lezen. Mijn hart sloeg in mijn keel toen ik Caterina zag. Caterina met een zonnebril op. Ze droeg nooit een zonnebril, daar had ze een hekel aan. Ik stelde me voor hoe haar prachtige, bruine ogen, groot en kinderlijk, nu door de tranen ontoonbaar waren geworden. En Leo, Leo in zijn oude skitrui die over zijn schouder naar me keek, dezelfde foto als de keer daarvoor. Alleen deze keer moest ik mijn emoties beheersen en lezen wat er gaande was. Houthakker zou mijn ogen niet onbedekt laten. Ik begon te lezen. Hield op. Begon weer bij het begin, kon het niet begrijpen. Ik struikelde en viel over de woorden die over de pagina dansten zodat ik er geen wijs uit kon worden.

"Heb je de boodschap begrepen?" schreeuwde de geïrriteerde Houthakker in mijn gezicht. "Ze willen je niet terug, die mooie, gestudeerde, rijke kinderen van je. Hoor je me? Ze hebben besloten dat ze het geld houden en zonder jou verdergaan – nou, dat gebeurt uiteindelijk toch, niet, dus wat doet het ertoe? Dit krijg je ervan nu die stomme klootzakken jou hebben meegenomen in plaats van die hebzuchtige trut van een dochter – jij zou wel hebben betaald, hè? Dat doen moeders. Je mag nooit het risico nemen een vrouw als jij te nemen die zelfs geen echtgenoot heeft die haar terug wil. Zelfs als hij liever het geld zou houden en met zijn minnares verder zou willen, zou een echtgenoot zich te zeer schamen om dat zo openlijk te doen!" Hij smeet de krant naar me toe. "Dit is dus het resultaat van jarenlange opvoeding. Zoals de Florentijnen altijd zeggen – het probleem met het krijgen van kinderen is dat je niet weet wat voor mensen je in huis haalt. Nou, jij weet het nu. Jouw kinderen willen je dood hebben!"

Ik zat daar naar de krant te staren en voelde hoe mijn maag

killer en killer aanvoelde, een koelte die zich naar boven verspreidde. Toen het mijn hoofd bereikte, viel ik flauw. Alleen de pijn die ik voelde toen mijn keiharde oor op de grond viel, zorgde ervoor dat ik weer bijkwam. Het lukte me de steek op tijd te pakken om er onverteerd brood en water in te kotsen. De zure geur van braaksel in combinatie met het bleekwater zorgde ervoor dat ik weer moest kokhalzen, en nogmaals, en nogmaals, zonder succes. Houthakker pakte de steek en zette hem buiten. Hij sloot ons weer in terwijl de geur er bleef hangen. Hij ging dicht bij me zitten en gaf me de kussentjes die ik voor mijn ogen moest houden en zei: "Je bent er geweest. Dat heeft de baas besloten. Ze hebben nog maar een paar dagen om de deadline te halen en ze hebben geen contact opgenomen. Als ze niet betalen, of als ze ons proberen om de tuin te leiden door minder te betalen dan we hebben geëist, moet je worden vermoord." Zijn woede leek af te nemen toen hij dit zei en zijn vingers modelleerden voorzichtig de nieuwe repen pleisters om mijn neus. Toen fluisterde hij: "Geef me je hand."

"Waarom? Waarom?" Deze onnodige wreedheid durfde ik nog net te registreren en erop te reageren. "Overdag keten je mijn hand nooit vast. Waarom? Doe het alsjeblieft niet! Het doet pijn."

"Het is voor je eigen bestwil. Dan kan ik een flap van de tent openslaan om deze stank eruit te krijgen."

"Maar ik beloof je dat ik me niet zal verroeren. Ik zal in de slaapzak gaan liggen. Alsjeblieft."

"Geef me je hand."

"Doe het dan in ieder geval niet zo strak. Het hoeft niet zo strak te zitten."

Hij probeerde het wel op de schakel ernaast vast te maken, maar trok het toch weer strakker. "Op die manier zit het te los. Als de anderen het zien, zullen ze het nog strakker vastmaken dan ik nu doe." Het hangslot klikte dicht en ik hoorde hoe hij achterwaarts naar buiten kroop, waarbij hij de rits niet omlaag deed.

Ik bleef zitten waar hij me had achtergelaten, verstijfd, nauwelijks ademhalend, alsof ik het leven tijdelijk kon onderbreken om zo de vloedgolf van verdriet die me bedreigde op afstand te houden. De geringste beweging zou de catastrofe doen losbarsten. Zolang ik me niet verroerde, blind en doof als ik was, was ik veilig. Beweging, routinebewegingen en aanraking zouden het leven weer op gang brengen en dan zou ik overspoeld worden. Maar misschien omdat ik even was flauwgevallen, had ik het ijskoud en werd ik algauw gedwongen de warmte van mijn slaapzak op te zoeken. Ik had geen andere keus dan mijn gebruikelijke denk- en slaappositie in te nemen, de prop onder mijn nek te leggen om de pijn in mijn oren te verlichten, en het op me af te laten komen. Een vernietigende vloedgolf van wanhoop, waarin ik verdronk, die me verwoestte, een litanie van verdriet die mijn hoofd verscheurde en ritmisch gekerm voorbracht.

Caterina! Laat het niet waar zijn. Ik probeer sterk te zijn. Ik wil leven en dat kan ik ook, maar dan moet je wel bij me blijven. Laat me niet in de steek. Laat me...

En Leo, de zon in mijn leven – ik heb me tegen je vader en zijn hele familie verzet omdat ze liever wilden dat je werd geaborteerd dan dat een Brunamonti met een buitenlander zou trouwen. Ik heb het je nooit verteld, omdat je dan zou zeggen wat jonge en onwetende mensen altijd zeggen: "Ik heb er niet om gevraagd geboren te worden." Maar dat deed je wel. Ik heb je gehoord. Hoor mij nu, Leo. Hoor me, alsjeblieft. Laat me niet alleen in de duisternis...

Patrick, waar ben je? Wat gebeurt er allemaal?

Niemand zal me helpen.

Ik was te kapot om deze woorden te kunnen vormen. Zoals ik al zei kwamen ze naar buiten als het ritmische gekerm en gesnik van een dier dat pijn heeft. Ik weet niet hoe lang het heeft geduurd, aangezien het zelfs in mijn slaap voortduurde. Ik weet dat omdat iemand – volgens mij was het Vos – de rits van de tent opendeed en me wakker maakte door me een klap te geven. Ik maakte te veel lawaai. Het moet tot de volgende morgen zijn doorgegaan omdat ik me op die dag geen maaltijden meer kan herinneren. Het volgende dat ik weer weet is opnieuw een ontbijt. Het had 's nachts geregend, en ik voelde dat de aarde en het gras nat waren toen ik mijn dienblad neerzette. De klamme ochtendzon streelde mijn voorhoofd en ik hoorde een vogel zingen. Ik voelde me heel vredig. De beslissing was genomen. Ik zou sterven en dat betekende dat ik mijn zwaard kon neerleggen. Mijn strijd was gestreden en ik hoefde me nergens meer zorgen over te maken. Ik kon me volledig richten op het feit dat ik leefde. Niets maakte nog wat uit behalve het stukje brood dat zacht werd in mijn mond, de warmte van de zon, en het lied van een vogel. Het enige wat me speet was dat ik niet eerder had geweten hoe je zo moest leven, hoe je elke manifestatie van leven op waarde kon schatten, al het verdriet en alle problemen. Het was geen gevecht dat je moest winnen, maar een bevoorrechte staat waarvan je moest genieten.

Ik bleef kalm ondanks het feit dat mijn bewakers, met name Vos en Slager, buitengewoon geïrriteerd waren, wat ze op mij botvierden. Op een dag tastte ik in mijn kom naar eten en trof ik een aantal gladde metalen objecten aan. Het waren kogels.

"Ik had zo'n idee dat je je eigen kogel wel wilde uitkiezen."

Ik draaide mijn gezicht weg omdat ik een hekel had aan de scherpe geur van Vos, die dit vlak bij mijn wang had uitgesproken. Dus ze zouden me neerschieten. Dat zouden ze dan waarschijnlijk op zondagochtend doen als het geluid niemand zou opvallen. Dat was voor hen de veiligste manier. Ik had geaccepteerd dat ze me zouden vermoorden, maar had er tot dat moment niet over nagedacht hoe ze dat zouden doen. Ik wachtte op de komst van Houthakker en toen hij 's ochtends het hangslot losmaakte, vroeg ik hem of het niet op een andere manier kon.

"Ik ben altijd bang voor wapens geweest. Kun je me niet iets anders aandoen?"

"Ik heb het speciaal aan de baas gevraagd. Hij was erop tegen omdat we het alleen op een dag dat er gejaagd mag worden kunnen doen. Ik heb hem omwille van jou overgehaald. Het is een snelle en zekere dood. Je zult geen pijn lijden."

"Ik zal angst en afschuw moeten doorstaan. Ik wil niet als een dier worden neergeschoten."

"Je zult het geweer niet eens zien. Je ogen zijn bedekt."

"Maar ik zal het wel horen. Ik hoor de jagers ook nog net. Ik hoor jouw stem als je dicht bij me bent."

"Je zult er niets van horen, want de kogel komt in je hersenen. Je bent al dood voor je het geluid hebt gehoord."

Ik geloofde hem, maar bleef protesteren totdat hij ermee akkoord ging me een flinke klap tegen het hoofd te geven en me vervolgens, als ik buiten bewustzijn was, te wurgen of te laten stikken.

"Jij gaat het echt doen? Niemand anders zal aan me komen?"

"Ik zal het wel moeten doen. Je bent mijn verantwoordelijkheid."

"Wanneer ga je het doen?"

"Waarschijnlijk overmorgen."

"Zul je eerst mijn verband afdoen en mijn oren vrijmaken, zodat ik je kan zien en afscheid van je kan nemen?"

"Nee."

"Zul je het lef er niet voor hebben als ik je kan zien?" Ik herinnerde me weer dat hij me signora noemde als ik geen verband op mijn ogen had. Nu gaf hij geen antwoord, maar zei kortaf: "Kruip in de slaapzak. Ik moet nog veel doen."

Ik deed de rits zo ver mogelijk dicht en toen deed hij iets wat hij nog niet eerder had gedaan. Hij duwde zachtjes mijn arm met de ketting in de slaapzak en ritste hem helemaal voor me dicht.

"Het regent nog steeds. Het zal een koude nacht worden." Ik voelde zijn adem op mijn wang terwijl hij praatte.

"Waarom heb je medelijden met me? Komt dat omdat ik zal sterven?"

"Nee, je moet niet te veel waarde hechten aan wat in de krant staat. Ze verdraaien dingen. Het maakt ons allemaal niet uit. Als ze niet betalen, ga je eraan. Maar jij moet niet alles geloven wat er in dat artikel staat." Hij had medelijden met me omdat mijn kinderen me niet wilden. Ik hoorde hoe hij achterwaarts de tent uit kroop en ik wilde naar hem schreeuwen dat hij bij me moest blijven, me moest troosten en aanraken. Ik voelde nog steeds zijn adem op mijn wang, zijn lekkere, naar hout geurende adem. Hij ging me vermoorden en ik verlangde naar hem. Ik geloof niet dat ik ooit zo naar een man heb verlangd. Het was een vlijmende pijn, een kwelling. Het spijt me als u geschokt bent door wat ik zeg.'

'Nee, nee... Daar hoeft u niet bang voor te zijn. Het is heel normaal.'

'Denkt u dat? De behoefte aan troost leek me heel natuurlijk, maar ik schrok van mijn verlangen. Misschien was het een tegenreactie op het feit dat ik ging sterven... Ach, het doet er nu niet echt meer toe, hè?

Ik sliep net zo goed als anders en de volgende dag ontdekte ik dat zijn woorden nog door mijn hoofd spookten. Hoe kon ik vanwege een krantenartikel het geloof in mijn eigen, dierbare kinderen verliezen? Misschien hebben ze de betaling uitgesteld omdat er een of andere wet is die betaling aan ontvoerders niet toestaat, klopt dat?'

'Ja. Ja, die bestaat inderdaad.'

'Ik wist me dat nog te herinneren – en de bank maakte misschien ook wel problemen – of u had dat artikel laten plaatsen omdat het u op een bepaalde manier bij het onderzoek heeft geholpen. U hebt me tenslotte bevrijd. U had plannen die door een betaling in de soep zouden lopen en daarom hebt u Leo gevraagd mee te werken.'

'Dat klopt. Ik heb hem persoonlijk gevraagd mee te werken... Bij dit soort dingen ligt het erg ingewikkeld. Het enige wat telt is dat u veilig bent. Laat andere mensen zich maar over de rest druk maken.'

'Houthakker had dus gelijk. Het kon niet waar zijn. De anderen bleven me kwellen omdat ze woedend moeten zijn geweest dat het losgeld niet was betaald, maar ik had niets te vrezen omdat ik toch zou sterven en Houthakker me had beloofd dat hij degene zou zijn die me ging vermoorden. Ik was niet bang om dood te gaan. Het enige wat ik wilde was dat bij mijn dood mijn dierbaren op hun beurt ook van mij hielden. Ik begon erover na te denken hoe ik me wilde voorbereiden. Ik vroeg aan Houthakker of hij me ook zou begraven. Hij zei dat dat niet zou gebeuren. Hij zei dat alle sporen van het kamp moesten worden verwijderd en dat ik niet kon worden begraven. Hij verklaarde zich niet nader en ik stelde geen vragen meer. Ik wist dat wilde zwijnen in de bossen geen sporen nalieten.

Dus ik zou geen begrafenis krijgen. Niemand zou mijn lichaam reinigen en er ritueel afscheid van nemen. Ik besloot dat ik dat dan zelf zou doen. Ik had in de weken die achter mij lagen zo veel over mijn leven nagedacht, maar nooit over het lichaam dat mij al die jaren zo goed had gediend. Op mijn laatste dag haalde ik Houthakker over een kom kostbaar water naar de tent te brengen en vroeg ik hem of hij een kam had. Ik denk dat hij me begreep en ook Slager, die samen met hem de wacht hield, stoorde me niet. Met proppen opgerold toiletpapier waste ik mijn lichaam zo goed en zo kwaad als dat ging, en legde mijn smerige kleren weer op mijn vochtige huid. Mijn huid voelde vreemd aan, ruw waar het altijd zacht was geweest, vooral op mijn armen en benen. Mijn huid moet erg droog zijn en schilferig. Uitdroging, neem ik aan. En mijn nagels – lange, zwarte klauwen, geen twijfel over mogelijk –, maar Houthakker had geen schaar, anders zou hij me wel hebben geholpen. Ik kreeg mijn haar met geen mogelijkheid gekamd. Het was erg lang en inmiddels vreselijk in de klit. Ik deed wat ik kon, maar er was al heel wat haar uitgevallen en dat was met het restant verward, zodat ik er met de kam dikke strengen en klonten uit trok. Ik gaf het op en streek het glad met mijn natte handen. Mijn vingers waren enorm gezwollen. Ik herkende ze niet meer. Ik herinnerde me dat Houthakker Patricks ring er "voor mijn eigen bestwil" had afgehaald. Hij moet hebben geweten dat dit zou gebeuren. Hij heeft hem niet gestolen. Hij zou hem me vast hebben teruggegeven als hij niet had hoeven vluchten. Ik lag daar roerloos en betastte mijn lichaam, nieuwsgierig ernaar na deze langdurige vervreemding. Ik betastte mijn borsten, mijn heupen, mijn geslacht, en dacht eraan hoe ze de liefde hadden bedreven, nieuw leven hadden voortgebracht, en hadden gezoogd. Ik betastte mijn armen en mijn lange benen, mager en kwabbig nu, ondanks armoedige pogingen ze te trainen. Maar goed, ik had geen spieren meer nodig. Ik voelde me heel vredig en bedacht dat sterven een stuk makkelijker was dan leven.

Nadat ik rond het middaguur mijn eten had gehad – het gebruikelijke taaie brood, een stuk Parmezaanse kaas, en een verbazingwekkend sappige tomaat waarvan ik zo lang mogelijk genoot – nam Houthakker het dienblad mee en fluisterde hij in mijn gezicht dat hij weg zou gaan en morgen bij het krieken van de dag met de baas zou terugkomen. Ik wist wat dat betekende. Het laatste wat hij tegen me heeft gezegd was: "Ga naar binnen. Het gaat hard regenen."

Ik rook het inderdaad. En er klonk ook gerommel van de donder. Ik kroop naar binnen, werkte me in mijn slaapzak en trok de ketting erin. Ik dacht eraan hoe Houthakker me had ingestopt en de rits helemaal had dichtgedaan. Ik wilde dat hij toen bij me was om dat weer te doen. Zelfs in de tent was de lucht zwaar van de naderende regenbui en ik rilde. Zowel de slaapzak als mijn huid leek vochtig. Ik dacht niet meer aan de gebruikelijke dingen. Er bestond geen noodzaak meer om na te denken. In mijn laatste uren hoefde ik alleen maar te zijn. Hoezeer ik ook van de mij dierbare denktijd had genoten, dit was een opluchting. Ik was erg moe en de pijn in mijn oren leek heftiger dan normaal, hoewel ik niet kon bedenken waarom dat het geval zou zijn. Morgen kwam Houthakker en dan zou het allemaal voorbij zijn. Ik kon hem vertrouwen. Hij was verantwoordelijk voor me. Iemand moest de verantwoordelijkheid voor me nemen, omdat ik er te moe voor was...

Ik viel in slaap. Ik weet niet hoe lang dat heeft geduurd, alleen dat ik van de regen wakker werd. Hoe hard moest het wel niet regenen als ik het gefluisterde gekletter op het tentdoek kon horen? Ik trok mijn arm uit de slaapzak, betastte het doek en stond er versteld van hoe erg het vibreerde. Ik hoorde de donder ook. Die moet pal boven me hebben gezeten, want ik hoorde hem niet alleen duidelijk, al was het geluid vervormd, het geratel zorgde er ook voor dat mijn oren zelfs meer pijn dan ooit deden. Ik probeerde ze met mijn handen te bedekken, maar het deed ondraaglijk veel pijn om deze grote, harde proppen aan te raken, en het maakte het alleen maar erger. Ik reikte omhoog en voelde dat het dak van de tent inzakte onder een groot gewicht van water, wat erdoorheen drenkte en langs mijn arm omlaag stroomde zodra ik het had aangeraakt. Hoe kon dit gebeuren? Terwijl ik me uit mijn slaapzak worstelde en te hard aan de ketting trok waardoor de pijn me naar adem deed snakken, voelde ik dat de grond onder de tent onder water stond. De tent was aan een kant losgeraakt zodat hij daar ook naar binnen doorzakte, het water drukte erop. Ik gaf een schreeuw. Niemand reageerde en tot mijn schrik herinnerde ik me weer dat Houthakker er niet was. Hij had me eens verteld dat ik niet bang hoefde te zijn als ik 's nachts met de andere twee werd achtergelaten. Als ze namelijk eenmaal hadden gegeten en mij te eten hadden gegeven, installeerden ze zich om te gaan kaarten en zopen ze zich een stuk in de kraag. Ik begon weer te schreeuwen, erg hard, omdat het me te binnen was geschoten dat mijn volgepropte oren ervoor zorgden dat ik dacht dat mijn stem luid was wanneer dat niet zo was. Er kwam niemand. Was er wel iemand? Ik had sinds het vertrek van Houthakker rond het middaguur geen eten meer gehad. Hoe lang had ik geslapen? Zou het al avond kunnen zijn? Waren ze te dronken om me te horen? Ik was volledig gedesoriënteerd en ik begon in paniek te raken bij de gedachte dat ik in de tent gevangen zat en erin zou verdrinken. Ik slaakte nog een laatste harde schreeuw. Als er iemand was geweest, zou ik op mijn lazer hebben gekregen als ik maar half zoveel lawaai had gemaakt. Niets. Alleen maar nog meer vibraties door de donder en water dat uit de duisternis op me neer regende. Ik zocht naar de rits, en toen ik hem vond bedacht ik dat als het avond was, ik dan niet alleen te eten had moeten krijgen, maar dat ook mijn pols zou moeten zijn vastgeketend. Ik opende de rits en knielde neer, bang om naar buiten te gaan, schreeuwend om hulp. Niemand kwam.

Helaas zaten de pleisters er nog niet zo lang op en zaten ze stevig over mijn neus vastgeplakt. Ik durfde ze er niet af te trekken. In mijn paniek moet ik zijn vergeten dat ik toch zou worden vermoord, dus dat de regels niet meer van belang waren. Ik kon die onderworpenheid van de afgelopen tijd niet afleren. Zelfs op een moment als dat kostte het me moeite het onvergeeflijke te doen, wat ik Houthakker had beloofd nooit te zullen doen: ik peuterde aan de pleisterstroken over mijn neus en maakte ze losser, zodat ik onder de oogkussentjes door kon turen als ik mijn hoofd optilde. Ik bracht mijn hoofd dicht bij de tentopening en gluurde. De regen plensde op me neer, maar de wereld was zwart. Ik zag niets, niets! Wat was er aan de hand? Waarom kwam er niemand? Ik pakte de ketting en kroop naar buiten waar mijn handen weggleden in kolkende modder en water. Ik had de wereld buiten mijn tent nooit gezien. Binnen maakte dat ook niet uit omdat ik precies wist waar alles stond, ik wist er blind de weg. Maar hier was een gapend gat. Ik wist maar één ding: mijn boom. Ik tilde de ketting op, mijn ademhaling maakte lawaai in mijn inwendige oor, en trok hem naar me toe. Toen ik bij mijn boom aankwam, omhelsde ik zijn doorweekte stam. Ik hield hem lange tijd vast en drukte mijn voorhoofd tegen zijn natte schors, omdat zijn aanwezigheid me troostte. Mijn ketting en mijn boom waren alles wat ik nog had van een wereld die in een storm wegkolkte en mij als een schipbreukeling achterliet. Hadden ze besloten me hier achter te laten in plaats van me te vermoorden? Het zou hun weinig uitmaken. Als ze geen geld zouden krijgen, konden ze misschien maar beter zo snel mogelijk de aftocht blazen.

Maar wat betreft het verschil dat het voor mij zou uitmaken... Ik zou misschien door wilde zwijnen worden aangevallen en levend worden opgegeten in plaats van dood, maar dat maakte geen indruk op me aangezien ik me dat met geen mogelijkheid kon voorstellen. Wat wel echt uitmaakte was dat Houthakker tegen me had gelogen. Hij had beloofd dat hij zou terugkeren. "Je bent mijn verantwoordelijkheid." Hij had het beloofd en had me nu in de steek gelaten en dat idee kon ik niet verdragen. Ik omhelsde de mij zo vertrouwde boom, in de steek gelaten door mijn bewakers, mijn kinderen en mijn trouwe beul, en zeeg neer in de modder, waar een gekerm zonder tranen uit mijn maag loskwam en oprees. Het ritme ervan klonk luid in mijn hoofd en dat geluid hield me samen met mijn boom urenlang gezelschap.

Toen veranderde er iets. Het ritmische dierlijke gekerm in mijn hoofd werd begeleid door andere geluiden. Ik kon zelf niet ophouden dat geluid te maken, omdat ik er geen controle over had, het had nog het meeste weg van ademhalen, maar ik probeerde te doorgronden wat ik verder nog hoorde. Het was niet de donder, het was een gedempt fut-fut-fut op afstand en dichterbij gegons. En nog iets. Onder mijn voorhoofd, dat ik nog altijd stevig tegen de boomstam aandrukte, was een glimp licht. Terwijl ik één arm om de mij zo dierbare boom geslagen hield, peuterde ik de pleisters verder omhoog. Het was opgehouden met regenen en de zon kwam op.

Het was moeilijk om te staan, maar mijn boom hielp me. Ik hield hem stevig vast en tilde mijn hoofd op om onder de losgepeuterde pleisters door te turen. Er was wel iemand! Grote bruine rubberlaarzen, groenbruine broekspijpen en de glanzende mond van een machinegeweer. Hij moest hebben gezien hoe ik mijn hoofd had opgetild! Ik had het onvergeeflijke gedaan – ik had deze man gezien, ik had gezien dat achter hem de schuilplaats was, de matrassen, de tafel, de anderen slapend. Houthakker was voor mij teruggekomen en ik had hem verraden. Ik draaide me om en plakte de pleisters weer vast als een kind dat met zijn vingers in de jampot is betrapt.

"Ik had mijn ogen dicht! Ik heb helemaal niets gezien! Echt niet. Alsjeblieft, vergeef het me, alsjeblieft!"

Ik verzette me niet toen hij me vastpakte. Ik boog alleen mijn hoofd en smeekte: "Alsjeblieft..."

"Contessa Brunamonti."

Ik rook inmiddels dat hij het niet was. Hij heeft kunnen ontkomen...'

Het was een vraag hoewel ze hem probeerde te doen klinken als een uitspraak.

'Ja, hij is ontsnapt. Hij moet nog steeds samen met Puddu ergens daarboven zijn.'

'Puddu?'

'Degene die u de baas noemt.'

'Ik heb hem nooit gezien.'

'Nee. Hij zou nooit hebben toegestaan dat u hem zou kunnen zien. Dat weten we. Wees maar niet bang.'

'Ik heb ze geen van allen gezien.'

'Nee.'

'De man die ik vanochtend heb gezien is een van uw mensen?'

'Ja.'

Ze leek opgelucht. Nu ze weer de beschikking had over haar andere zintuigen stelde de geurzin haar niet meer zo gerust als eerder het geval was. Tegen de tijd dat ze een paar dagen in het ziekenhuis had gelegen, zou de beschaafde wereld haar weer in zijn greep hebben. Wat ze dan nog zou vertellen, zou vanuit een verkeerd perspectief worden verteld. Andermans verwachtingen zouden het dan filteren. Niettemin weerhield de politiechef zich ervan haar vragen te stellen.

Ze zei: 'Nu heb ik het warm, in deze dekens... Van wie is het trainingspak dat ik aanheb?'

'Het is van Bini's vrouw. Bini is de politiechef van dit bureau. Herinnert u zich dat niet meer? Zij heeft u bij hen thuis afgedroogd en andere kleren aangetrokken toen u hier aankwam.'

'Ik kan het me niet herinneren...' Omdat ze een glimp van zichzelf in de spiegel had opgevangen, een wezenloze blik, een verwilderd gezicht omkranst met een warrige bos uitgegroeid grijs haar, de vrouw die een paar maanden geleden nog voor haar dochter was aangezien. Ze was flauwgevallen. 'Wilt u haar namens mij bedanken? Waar komt dat lawaai vandaan?'

'De sirene? Dat zal commandant Maestrangelo zijn die samen met de aanklager die over deze zaak gaat, arriveert. Ze zullen u een paar vragen moeten stellen, omdat u later misschien dingen zult vergeten. Als u mij al heeft verteld wat ze willen weten, dan zal ik ze op de hoogte brengen. Daarna zullen we u naar het ziekenhuis brengen. Bent u in orde? Hebt u iets nodig?'

'Ik moet naar het toilet.'

'Maar natuurlijk. Hebt u een ogenblikje? Er zijn hier alleen maar mannen. Ik kan me zo voorstellen dat Bini even wil controleren dat alles is zoals het wezen moet.'

'Wat maakt dat nu uit na alles wat...' Maar de politiechef stond op en liep het kantoortje uit. Bini deed de deur open om de nieuwe gasten te verwelkomen.

'Bini, ze moet naar het toilet.'

'Hier is er eentje.'

De politiechef deed de deur open en tuurde een kleine ruimte in. Het plensregende weer en de regen sloeg tegen het hoge raampje dat schemerlicht en vochtigheid doorliet.

'De lichtknop zit hier,' zei Bini, waarna hij perplex toekeek hoe de politiechef naar binnen ging en voorzichtig het lichtpeertje losdraaide.

12

Rome.
De minister van Justitie stond op het punt het palazzo Chigi te ver-
laten toen wij hem staande hielden en hem vroegen:
Bent u tevreden, minister?
'Waarover?'
Over de afloop van de Brunamonti-ontvoering.
'Maar natuurlijk. Ik ben blij dat we het slachtoffer hebben gered. De
Contessa Brunamonti is weer thuis bij haar familie.'
En over de polemiek rond de manier waarop dit tot stand is gekomen?
'Welke polemiek?'
*Sommige mensen zeggen dat de ontvoerders haar niet zouden hebben
laten gaan als het losgeld niet was betaald. De kranten hebben ook be-
richt dat een zegsman of -vrouw van de familie Brunamonti nog maar
een paar dagen geleden heeft verklaard dat ze het bedrag niet konden
betalen.*
'Ik ga geen commentaar geven op geruchten die de kranten besluiten rond te strooien.'
*Diezelfde persoon heeft in een gepubliceerd interview ook gezegd dat ze
met de overheid samenwerkten en dat de overheid op haar beurt met
hen zou moeten samenwerken.*
'Ik begrijp niet wat u bedoelt met samenwerking. We hebben het
slachtoffer gered en drie bendeleden gearresteerd. Nu is het voor
ons zaak de twee mannen die nog op de vlucht zijn op te sporen en
te arresteren.'
*Vergeeft u mij dat ik op dit punt blijf aandringen, maar hoe is de red-
dingsoperatie tot stand gekomen? Waren er regelingen getroffen om geld*

voor het slachtoffer over te dragen, wat vervolgens op een arrestatie uit-
draaide? Hebben de opgepakte mannen al iets gezegd?

'Ik ben ervan overtuigd dat u heel goed weet dat ik dergelijke informatie vooralsnog niet kan geven.'

Ontvoeringen zijn overduidelijk nog steeds een goede broodwinning aan-
gezien ze nog altijd voorkomen. Mensen maken zich zorgen, niet ten on-
rechte, over het feit dat ontvoerders de gevangenis uit mogen. Is dat geen
verkeerde zaak, minister?

'Deze zaak is opgelost. Het slachtoffer is bevrijd. We hebben een
aantal arrestaties verricht en we hebben alle reden om te hopen
dat de informatie die we in handen hebben zal leiden tot de arrestatie van de overige daders. Discussies over wetswijzigingen moeten op een daarvoor aangewezen tijd en plaats worden gevoerd.
We bespreken al de mogelijkheid van corrigerende maatregelen
voor het systeem van strafvermindering, waarbij natuurlijk de
richtlijnen van het Constitutionele Hof in acht moeten worden genomen. Dat geldt voor de plegers van dit misdrijf in het bijzonder,
aangezien het daarbij steevast om een groep criminelen gaat en
derhalve kan het als georganiseerde misdaad worden beschouwd.'

Dus voor de Cosa Nostra zouden dezelfde regels moeten gelden?

'Dat zou goed kunnen. Een ontvoering is een georganiseerd, pro-
fessioneel opgezet misdrijf, wat ook voor de misdrijven van de maffia geldt. Beroepscriminelen gaan weer aan de slag als ze worden
vrijgelaten.'

En in de tussentijd?

'In de tussentijd is de Contessa Brunamonti gered. Het spreekt
voor zich dat ik daar erg blij om ben.'

'Hij was natuurlijk woedend.' De commandant schoof het artikel over het bureau naar de politiechef. Hij wist dat de minister
al een tiental keren aan net zo veel journalisten dezelfde antwoorden had gegeven en bij twee gelegenheden zijn geduld
had verloren en iets verkeerds had gezegd. Als de beschuldigingen dat de staat het losgeld had betaald waar waren geweest,

zou hij voorbereid zijn geweest en zijn kalmte hebben bewaard. Maar aangezien ze dat niet waren, wist hij zich geen raad. Het enige wat hij had losgelaten was het verhaal dat 'informatie was ontvangen waardoor de schuilplek precies kon worden opgespoord'. Wie gaf daar nu de voorkeur aan boven een leuk schandaaltje? Wie zou het zelfs geloven – dit verhaal en de wel heel toevallig in diepe slaap verkerende bewakers die hun ogen nauwelijks hadden geopend toen ze werden geboeid? Er was besloten dit deel van het verhaal weg te laten aangezien het niet geloofwaardig zou zijn als Salis' aandeel in de zaak er niet bij kon worden verteld. Niemand geloofde overigens wat dan nog overbleef. De kranten niet, de oppositie niet, en het publiek niet. Dat had de minister de bevelvoerende kolonel in Florence ook zo ongeveer verteld, die vervolgens zijn gram bij commandant Maestrangelo was gaan halen. Commandant Maestrangelo was niet gelukkig met de onregelmatigheid aan deze affaire, maar hij was in ieder geval wel voorbereid. Aanklager Fusarri, die gehuld in een rookwolk onbekommerd in de leren leunstoel van de commandant zat, was net zo tevreden met de onregelmatigheid aan de affaire als met de succesvolle afloop. Plotseling leunde hij naar voren en wees hij met zijn sigaar naar de politiechef.

'Nu heb ik je. Ja, die ontvoering van het meisje Maxwell. Ik kan me niet meer precies herinneren wat u daarbij heeft gedaan, maar u hebt iets gedaan dat...'

'Nee, nee...' zei de politiechef, terwijl hij zijn blik van het krantenknipsel naar het schilderij achter het hoofd van de commandant verplaatste. 'Commandant Maestrangelo hier heeft dat toen afgehandeld.'

'Hm.' Fusarri trok een wenkbrauw op, tuitte zijn lippen in een halve glimlach en mompelde: 'Maestrangelo, beleg een persconferentie.' Dat deed de commandant. Hij haalde er iemand van de Speciale Eenheid bij en ze richtten zich op de reddingsoperatie zelf. Dat ging erin als zoete koek, met name de valstrik van de helikopters. Dit verhaal werd verwerkt tot een tv-documentaire waarin de reddingsoperatie werd gereconstrueerd. De commandant zag de noodzaak voor deze afleiding van de aandacht in, maar hij was een eerlijke en ernstige man, en het speet hem dat dat deel van het ware verhaal dat iedereen mocht weten, niemand zou hebben geïnteresseerd. Speciale Eenheden, gevaarlijke nachtelijke beschietingen, camouflagepakken en dure wapens, dat wilde men horen. 'Ontvangen informatie' was nu niet direct een goede krantenkop. Je kon geen tv-documentaire maken over een saaie onderofficier in een plattelandsdorp, die slechte grappen vertelde en zijn dagen besteedde met rustig luisteren naar de problemen van zijn mensen. Wat viel daar nog aan toe te voegen? Dat een net zo doorsnee politiechef van een klein bureau in Florence naar hem had geluisterd? Dus deed de commandant wat hij moest doen. De journalisten waren er gelukkig mee. De commandant was van zijn stuk gebracht en zei dat ook toen hij dit allemaal vertelde aan de politiechef die tijdens de persconferentie in zijn kantoor had zitten wachten. 'Zolang die arme vrouw maar is gered...' zei de politiechef alleen maar. Zo gauw als enigszins betamelijk was, vroeg hij permissie terug te gaan. Iets over een dringende afspraak.

De politiechef was meer dan van zijn stuk gebracht; hij was bijzonder verontrust. Toen Teresa zijn opdoemende donkere gestalte in het oog kreeg, deed ze een beetje bits tegen hem.

'Salva, kleed je om. We moeten er over tien minuten zijn.'

'Het is om de hoek.'

'Kleed je om. Het zal een slechte indruk geven als we te laat komen.'

De opgedoemde donkere gestalte verdween.

Ze liepen de helling voor het palazzo af en wachtten tot ze konden oversteken. Het was halfzeven en erg druk op straat. Het had die ochtend echter geregend en nu het weer was opgeklaard, verdrong in de avondlucht de geur van lindebloesem zelfs de uitlaatgassen. Verderop werd de smalle stoep geblokkeerd door een moeder die het met een klein meisje aan de stok had.

'Zo is het genoeg. Ik zei dat het zo genoeg was!'

Het meisje schreeuwde en sloeg met gebalde vuisten naar haar moeder. 'Ik haat je en ik ga het papa vertellen! Ik hoop dat je in je broek plast. Ik haat je!'

'Hou daarmee op. En ga eens even aan de kant. Er zijn hier mensen die erlangs willen.'

De moeder trok haar kind opzij en glimlachte verontschuldigend naar de politiechef en zijn vrouw. 'Ze worden te veel verwend,' merkte ze op, terwijl ze geen acht sloeg op het meisje dat rood was aangelopen van woede.

Teresa had altijd graag een dochtertje willen hebben. Ze glimlachte naar de vrouw terwijl ze zich erlangs wurmden. 'Kleine kinderen, kleine problemen, zeggen ze toch.'

Toen ze waren gepasseerd, moest ze lachen en herhaalde ze: '"Ik hoop dat je in je broek plast," hoorde je dat? Dat moet wel het allerergste zijn dat ze kan bedenken om haar moeder toe te wensen.'

De politiechef vond het niet grappig.

'Wat is er met jou aan de hand? Bij het middageten was je ook al zo chagrijnig.'

'Niets. Het is niets... Een beetje moe.'

'Nou, als het je te veel is, dan had ik beter alleen kunnen gaan.'

'Nee.' Ze kwamen in de Via dei Cardatori en gingen bij de ingang van de school naar binnen.

Hoe wist je nu wat het beste voor je kinderen was? Niemand vertelde je het. Je modderde gewoon voort, deed je best, en bedacht oplossingen voor allerhande problemen. Ooit hadden ouders gewoon eeuwenoude regels gevolgd die niemand ter discussie durfde te stellen. Hij kon zich niet voorstellen dat zijn moeder ooit had getwijfeld wat ze moest doen. Ze werd er altijd volledig door in beslag genomen dat haar kinderen schoon bleven, te eten kregen en zich fatsoenlijk gedroegen. En zij had het vinden van een vaste baan als hun toekomstdoel gezien, zodat ze schoon, gevoed en respectabel zouden blijven. Hoe moest hij nu weten of Totò het beter zou doen met Engels in zijn pakket zodat hij bij zijn vriendjes in de klas zou zitten, dan wanneer hij zonder hen Frans zou volgen in kleinere klassen? Het idee dat zijn zoon een jaar zou moeten overdoen maakte hem bang en boos en in die boosheid zei hij: 'Dat is goed voor hem, het zal hem een lesje leren.' Hoe wist hij dat nou? En de toekomst zou nog moeilijkere beslissingen brengen, waarover hij geen informatie kreeg en waarin hij geen ervaring of vertrouwen had. Hoe deed Teresa dat toch tussen alle bedrijven door? Kwam het dan nooit bij haar op dat op een dag in het verschiet haar kind zich misschien tegen haar zou keren en haar zou beschuldigen van een onmetelijke fout?

'Salva!'

'Hè?'

'Ga zitten.' Toen de lerares zich omdraaide om een vraag van een van haar collega's te beantwoorden, fluisterde Teresa: 'Probeer in vredesnaam in ieder geval te doen alsof je luistert.'

Die ochtend had hij het ziekenhuis bezocht waar Olivia Birkett nu twee weken lag omdat ze longontsteking had gekregen. In de kamer van de Contessa waren fotografen geweest en hij was op de gang gaan staan wachten. Daar zag hij hoe Elettra Cavicchioli Zelli in een furieus gesprek met Caterina Brunamonti was verwikkeld. Ze waren zo spinnijdig dat hij elk luid gefluisterd woord kon verstaan voordat hij ook maar dicht genoeg in hun buurt was gekomen om door hen te worden opgemerkt. Hij hoorde Elettra het eerst.

'Het gaat er niet om dat het hun zaken niet zijn. Het is niet meer dan normaal dat ze rondkijken naar wat bloemen die ook mooi op de foto's kunnen. Verdorie, zelfs de arts vroeg waar ze waren. Dus waar zijn ze verdikkeme, om te beginnen met de mijne, dat waren fresia's, haar lievelingsbloemen?'

'De verpleegsters klaagden erover. Het waren er veel te veel. Dit is een ziekenhuis, geen operagebouw. Hier kan ze niet de prima donna uithangen.'

'Niet te geloven. En Patricks orchideeën? Je gaat me niet vertellen dat je een hele mand orchideeën hebt weggegooid?'

'Ik heb ze niet weggegooid. Ik heb ze voor haar mee naar huis genomen.'

'Voor haar? Of voor jezelf?'

Een van de fotografen stak zijn hoofd om de deur. 'Signorina. Zouden we nog een foto mogen maken van u terwijl u aan uw moeders bed zit?' Caterina's glimlach zat alweer op haar gezicht geplakt en ze haastte zich naar de kamer.

'Politiechef! O, wat ben ik blij dat u er bent. Niet te geloven hè, wat er gaande is? Luister, Olivia loopt geen gevaar meer. De koorts is gezakt en de arts heeft gezegd dat ze nu beter thuis verder kan herstellen, maar hij zegt dat Leo hem heeft gevraagd haar nog een week hier te houden!'

'Heeft haar zoon dat gevraagd?' Zijn ogen volgden het spoor van de dochter, een meer waarschijnlijke dader voor een dergelijk verraad.

'Ik weet het! Maar zij was het niet, het was Leo. Hij heeft een afspraak gemaakt en gezegd dat hij zich zorgen om haar maakte en er gelukkiger mee zou zijn als ze hier nog wat langer bleef. Hij zou er gelukkiger mee zijn! Het maakt niet uit hoe het voor Olivia is als ze erachter komt.'

'U weet zeker dat ze het niet weet? Zouden ze het haar niet als eerste hebben verteld dat ze haar wilden ontslaan?'

'Ik weet het niet en ik durf het ook niet te vragen. We mogen haar niet van streek maken. U moet er echt met Leo over praten.'

'Ik? Zou het niet meer indruk maken als u dat deed? Ik bedoel, als een vriendin van zijn moeder...'

'Ik probeer het al twee dagen, maar ik kom niet langs die kleine gifkikker die nu daarbinnen voor de camera zit te glimlachen.'

'Maar dan nog, ze kunnen haar niet verbieden naar huis te gaan.'

'Ze heeft de sloten verwisseld! Hebt u dat niet gemerkt? De gesloten deuren, de portier, die hele toestand? Zij is nu de baas. Olivia weet het nog niet, maar ze kan er niet eens naar binnen. Een fijne thuiskomst na alles wat ze heeft meegemaakt. Luister eens, ik ga voorstellen dat ze een weekje bij mij komt logeren met als smoes dat Tessie daar is en dat ze sneller op het platteland zal herstellen dan in de stad. Als je wilt dat Olivia iets doet, wat dan ook, dan moet je tegen haar zeggen dat het voor iemands bestwil is. Ze kan niet meer zelfstandig nadenken. En u moet met Leo praten. Hij is niet zo'n prater bij anderen, maar hij praat wel met u, toch?'

'Nou... dat heeft hij gedaan, maar wel onder buitengewone omstandigheden...'

'Ze zijn nu ook buitengewoon. Olivia is een taaie. De manier waarop ze dit allemaal heeft doorstaan doet niemand haar na, en nu de koorts is gezakt is ze rustig en gelukkig. Maar niemand kan zich wapenen tegen zijn eigen kinderen, en al helemaal niet als je zo van ze houdt als Olivia doet. Als ze erachter komt wat er gaande is, zal ze er kapot van zijn. U denkt toch niet dat ze ooit dat vreselijke interview in de krant te zien zal krijgen?'

'Ze heeft het al gezien. Op de dag van verschijnen. Ze hebben het haar laten lezen.'

'Maar, Olivia kennende, geloofde ze het niet. Ze heeft Caterina altijd verdedigd, hoewel ze diep in haar hart moet weten... Maar Leo! Als ze denkt dat hij niet wil dat ze thuiskomt, dat zou haar dood worden!'

De fotografen kwamen naar buiten. Caterina week niet van hun zijde. Ze vertelde hun hoe vreselijk het was wat ze had moeten doormaken en hoe ze dag en nacht werkte om haar lieve moeder bij te staan. De fotografen keken enigszins bedenkelijk en buitengewoon verveeld, met uitzondering van een kleine roodharige man die, terwijl ze doorliepen, maar foto's van haar bleef nemen.

'God nog eens aan toe!' luidde Elettra's enige commentaar waarna ze de kamer binnengingen. Een verpleegkundige verwijderde zich van het bed waar ze de bloeddruk van de patiënt had opgemeten. Ze fronste het voorhoofd bij het zien van nog meer bezoek en mompelde: 'Ze is erg moe.'

Olivia zag er meer dan vermoeid uit. Ze leek te zijn ingestort in haar kussens. Haar gezicht was vertrokken en afgetobd. Ze zag eruit als een oude vrouw. Maar toch tilde ze haar arm op om de omhelzing van haar vriendin te beantwoorden.

'Olivia! Je ziet er verdrietig uit!'

'Het gaat wel. Echt.' Haar stem klonk zacht en krassend, maar ze probeerde te glimlachen al zag het er als een grimas uit.

'De politiechef is hier om – ik weet niet waarom – waarom bent u hier?'

'Alleen maar om een eerste versie van de verklaring van de Contessa te brengen. Dan kan ze hem controleren en nog dingen toevoegen als haar nog iets te binnen schiet. Daarna zal ik haar een gecorrigeerd exemplaar geven dat ze dan moet ondertekenen.'

'Ik kan niet... Niet nu... Het spijt me.' Haar borst begon op en neer te gaan en ze leek een poging te doen te hoesten.

'Ik dacht dat het beter ging met die hoest. Zal ik een verpleegkundige roepen?'

'Nee. Alsjeblieft niet, Elettra. Het is gewoon de zweer aan mijn enkel. Die doet nog steeds veel pijn. Neem me niet kwalijk. Ik wil slapen.' Ze deed haar ogen dicht.

Ze keken elkaar aan en vertrokken.

Elettra marcheerde in zo'n tempo de ziekenhuisgang uit dat

de politiechef haar maar met moeite kon bijhouden.

'Sorry. Ik heb haast. Ik heb drie honden in de auto gelaten. Het valt wel mee met die enkel, weet u. Het is waarschijnlijk best pijnlijk, maar ik heb hem gezien en de wond is bijna genezen. Ik denk dat ze verdriet heeft omdat ze erachter gekomen is.'

'Ja.'

'Dat met die enkel is gewoon een smoes.'

'Ja. Ik zou niet laten merken dat u het weet. Het moet voor haar een opluchting zijn om een kant-en-klare uitleg voor haar verdriet te hebben. Ze heeft niet veel privacy met dat ziekenhuis, de journalisten en wij erbij.'

'Volgens mij hebt u gelijk. De enkel dus. Ik moet gaan. Dank u wel.'

Waar bedankte ze hem nu voor? Ze leek altijd net zo blij om hem te zien als hijzelf om haar te zien. Hij liep nu in een rustiger pas naar zijn auto terwijl hij zich afvroeg of hij nu gelijk naar het palazzo Brunamonti moest gaan om een poging te ondernemen een gesprek met de zoon aan te knopen, of dat het verstandiger was eerst met Patrick Hines te spreken. Het probleem was dat hij vrij zeker wist dat Hines er erg voor zou waken zich te bemoeien met Olivia en de kinderen en er met name voor zou waken – zo niet er doodsbenauwd voor zou zijn – de dochter kwaad te maken. Zij was namelijk best in staat met een eigen versie van de gebeurtenissen op een zekere middag op de proppen te komen. En wat als ze hem als getuige erbij zou roepen? Wat kon hij anders vertellen dan dat hij Hines het huis had zien verlaten en de dochter zo ongeveer naakt had aangetroffen toen hij was binnengekomen. Nee. Hij moest naar Leonardo toe. Maar hoe...

'Politiechef?' Daar stond hij gewoon naast zijn auto. 'Ik hoop niet dat u het vervelend vindt. Ik zag u naar binnen gaan toen ik arriveerde en ik heb op u staan wachten. Kunnen we even praten?'

'Maar natuurlijk.'

Langzaam liepen ze naar het einde van de rij auto's waar ze bij de rand van de parkeerplaats weer omdraaiden. Zo liepen ze bijna twee rondjes voordat de politiechef het zich veroorloofde zijn zwijgende metgezel aan te sporen.

'Neem me niet kwalijk...' Zelfs op dat moment viel er nog een lange stilte voordat hij zei: 'Mijn moeder heeft het over u gehad. Ik heb het gevoel dat ze u vertrouwt.'

'Ik was de eerste persoon met wie ze weer echt contact had. Dat is alles, waarschijnlijk.'

'Hoe dan ook, ze vertrouwt u, dus.... Help me alstublieft om haar over te halen nog een tijdje hier te blijven. Ik moet thuis een aantal zaken rechtzetten. Zaken – u bent in ieder geval van een paar op de hoogte – die ik haar niet te weten mag laten komen.'

De politiechef moest zichzelf herinneren aan Leonardo's ontzetting en verdriet, zijn vreselijke verdriet, om de aanvechting te onderdrukken om tegen hem te zeggen dat hij deze zaken maar beter niet had kunnen laten gebeuren.

'Ik begrijp wat u bedoelt, maar u kunt het niet maken. Ze komt er hoogstwaarschijnlijk voor het grootste deel toch wel achter. Het is belangrijker er nu aan te denken dat ze erg verzwakt is en dat niets, echt niets ter wereld, haar meer zou beschadigen dan dat u haar thuiskomst probeert te voorkomen. Het zou alles wat in dat krantenartikel stond bevestigen. Het zou de verdenking die rond haar in de lucht hangt bevestigen, dat jullie tweeën ervoor hebben gekozen haar in de steek te laten ten faveure van jullie erfenis.'

'Dat is niet waar. Dat is niet wat ik wilde: ik was bereid alles wat ik had weg te geven, maar Caterina... Ik heb er zelfs aan gedacht het bedrijf te verkopen – we hebben een concurrent die ons zo zou uitkopen – maar Patrick heeft gezegd dat daar geen sprake van kon zijn. Ze heeft het van de grond af opgebouwd en we mochten het met geen vinger aanraken. Hij stelde voor een hypotheek op het palazzo te nemen, maar daar wilde Caterina niet voor tekenen omdat het eigendom was van de Brunamonti's en niet van mijn moeder. Mijn geld en dat van Elettra was niet voldoende. Wat moest ik doen? Ik weet dat ik het beter had moeten afhandelen, maar het is niet waar dat ik haar in de steek wilde laten om mijn erfenis te kunnen houden.'

'Als u het zegt. Ik zal u het voordeel van de twijfel moeten geven. Ik denk dat uw moeder liever was gestorven dan met zo'n idee te moeten leven. Veel mensen overleven een ontvoering echt niet. Degenen die het overleven hebben een kleine kans volledig te herstellen. Als u nu niet daar naar binnen gaat en uw moeder vertelt dat u wilt dat ze thuiskomt – en haar dan morgen ook thuis heeft –, als u zich niet gedraagt zoals het een zoon betaamt, zult u die kleine kans voor altijd tenietdoen.'

'Maar het zal veel beter gaan als ik eerst die andere problemen kan oplossen. Daarna...'

'Er is geen "daarna". Er is alleen maar nu, het enige moment in haar leven dat ze niet sterk is, niet de competente persoon die u denkt dat ze is, maar een beschadigde kwetsbare vrouw wier enige hoop op herstel van u afhangt.'

Hij wist dat hij het recht niet had op deze manier tegen de man te praten, maar hij kon zich niet beheersen. De angst die in zijn maag kolkte spoorde hem aan. De gebroken vrouw in het ziekenhuisbed nam Teresa's gezicht aan. Hij smeekte omwille van haar alsof hij het tegen zijn eigen zonen had, hij had immers niet het eeuwige leven. 'Bovendien' – hij klampte zich vast aan de laatste strohalm, omdat hij voelde dat het niet echt effect had – 'heeft de arts haar ontslagen. Ziekenhuisbedden kunnen niet zonder reden bezet blijven.'

'Ik heb er al met de arts over gesproken. Het kan worden geregeld. We betalen voor de kamer.'

Geschokt probeerde de politiechef Leonardo in de ogen te kijken. Hij had vanaf het eerste moment het gevoel gehad dat dit een oprecht mens was en die eerlijkheid straalde altijd uit zijn blik. Maar nu was die blik leeg en duister zoals op de dag dat hij op de binnenplaats was flauwgevallen. De politiechef had het idee dat hij in de ramen van een huis zonder dak keek. Hij was onbereikbaar.

'U weet niet hoe moeilijk mijn zus kan zijn. Ze is erg jaloers.'

'Inderdaad.' De politiechef was heel wat beter op de hoogte over de reikwijdte van haar jaloezie dan haar broer, maar hij noch iemand anders zou hem dat ooit vertellen.

'Ze kalmeert wel weer, na verloop van tijd. Als mijn moeder nu thuis zou komen en de ruzies hoorde, zou de spanning on-draaglijk zijn.'

Ondraaglijk voor jou waarschijnlijk, dacht de politiechef, maar hij probeerde zich in te houden.

'Haar sieraden en kleren zijn verdwenen en misschien nog wel meer. En ik kan de meid wel weer aannemen, maar ik kan de portier niet ontslaan.'

'Allicht' – de politiechef probeerde op neutrale toon te spre-ken – 'zal ze zich misschien wel afvragen waarom het losgeld niet betaald kon worden terwijl er wel geld is voor een portier, daar ben ik het mee eens.'

'Ik heb alles wat ik had beschikbaar gesteld, maar ik heb u toch verteld dat dat bij lange na niet genoeg was! Caterina zei dat ze haar zouden hebben vermoord. Ze zei dat ze haar mis-schien al wel hadden vermoord. Waarom niet?'

'Zo werken ontvoerders niet. Het is waar dat een onvolledi-ge betaling soms geweld tegen het slachtoffer tot gevolg heeft gehad om zo meer geld los te krijgen.'

'Elettra geeft mij de schuld. Ik kon Caterina niet dwingen haar handtekening onder een lening op het huis te zetten.'

'Hebt u het geprobeerd?'

'Ik heb niet aangedrongen. Ze wordt hysterisch als ze wordt tegengewerkt. Mijn moeder en ik hebben altijd geprobeerd – de dood van mijn vader... Mijn vader... Ik kan het niet uitleg-gen, het is te ingewikkeld. Bovendien had ze gelijk – de overheid heeft slachtoffers met goede connecties in het verleden wel vrijgekocht. Ze vond dat we als tweederangs burgers werden behandeld en dat is een slechte zaak. Alles waar mijn moeder al die jaren voor gewerkt en gevochten heeft zou zijn verdwenen. Als het kon, wilde ik het voor haar veiligstellen. En dat is me gelukt. Als ze thuiskomt, zal ze alles hebben wat ze hiervoor ook had.'

Behalve een zoon, dacht de politiechef, want hoe graag ze je ook zal willen geloven, hoeveel ze ook van je houdt, vanwege dit moment zal ze je nooit meer vertrouwen.

Het enige wat hij waagde te vragen was: 'Neem uw moeder alstublieft mee naar huis. Doe het nu.'

'Ik denk dat Elettra – mijn moeders beste vriendin – haar misschien wel vraagt een week of wat bij haar te logeren. Als ze niet hier wil blijven, is dat volgens mij de beste optie.'

'Het is in ieder geval beter dan het ziekenhuis, maar alstublieft...'

'Elettra zal haar wel weten te overtuigen, al was het maar omdat Tessie bij haar verblijft.'

'Ja. Ik hoop alleen dat ze er nooit achter komt waarom Tessie daar zit. Ik ken uw moeder niet goed, maar uit het kortstondige contact dat ik met haar heb gehad, maak ik op dat het feit dat u hebt gefaald haar hondje te beschermen, haar meer zal kwetsen dan uw pogingen uw erfgoed te beschermen zouden kunnen goedmaken. Ze is een erg goede vriendin geweest, de Contessa Cavicchioli Zelli.'

'Elettra is oké, maar ze heeft totaal geen verstand van ontvoeringen en het was niet aan haar ons te vertellen wat we wel en niet moesten doen, ook al probeerde ze te helpen. Caterina heeft gezegd...'

Toen ze drie rondjes over de parkeerplaats hadden gelopen, was het geduld van de politiechef op. 'Uw zus,' zei hij op ferme toon, 'heeft ook geen ervaring met ontvoeringen en zij heeft niet geholpen. Ze was nou niet direct de aangewezen persoon om in die omstandigheden advies van aan te nemen.'

'Ik denk daar anders over, politiechef. Ze was het enige familielid dat ik nog had. Ze was er het meest bij betrokken. Wie had ik dan moeten raadplegen? U? U had me ook niet kunnen helpen, toch?'

'Nee, nee... Gaat u nu bij uw moeder op bezoek?'

'Ik denk het niet. De manier waarop ze naar me kijkt... Ik heb gedaan wat ik kon... Het kwetst me echt, dat mag u best weten. Ik kom een andere keer wel weer terug.'

'Salva!'

'Hè?'

'Je hebt geen woord gehoord van wat ik zei, toch?'

'Natuurlijk wel. Je zei dat we een andere keer met de leraar van Totò moeten gaan praten.'

'Ik zei dat jíj dat moest. Je had er net zo goed niet kunnen komen! Volgens mij ben je totaal niet geïnteresseerd in de toekomst van dat kind.'

'Dat ben ik wel. Ik weet dat dingen door mijn toedoen vaak op jou neerkomen, dat weet ik.'

'Ik begrijp je gewoon niet. Je wilde per se mee terwijl ik kon zien dat je moe en boos bent.'

'Ik heb niet gezegd dat ik boos ben.'

'Wat heeft dat er nu mee te maken? Wacht hier even, er is een kleine rij.'

'Je gaat nu toch niet winkelen? Kunnen we niet naar huis? De kinderen...'

'Ik ga wat aardbeien kopen. Dit is de eerste keer dit jaar dat ik ze zie liggen. Totò zal thuis zitten wachten, dodelijk ongerust. Ik wil niet dat nog iemand boos wordt vandaag. Het is genoeg geweest. We gaan lekker eten en dan een film kijken of zo. Wacht hier maar. En blokkeer in vredesnaam niet de hele stoep.'

Zoals die vrouw met dat kleine meisje. Kleine kinderen,

kleine problemen. Maar als ze ouder worden... Als hij de winkel niet binnen mocht, omdat het er te vol was, wat kon hij er dan aan doen dat hij alle ruimte op een stoep in beslag nam die minder breed was dan hij? Auto's toeterden naar hem toen hij eraf stapte, dus liep hij een stukje door naar de hoek van de Piazza Santo Spirito waar hij naast de krantenkiosk niemand in de weg liep. De koppen die de verschillende kranten aanprezen waren allemaal min of meer hetzelfde.

WEER EEN ARRESTATIE IN DE ZAAK BRUNAMONTI

Hij wachtte, vermoeid en, zoals Teresa al had aangegeven, boos. Waarom had Totò er zo'n potje van gemaakt als hij slim genoeg was om het te hebben kunnen voorkomen? Het is echt onbegonnen werk andere mensen te begrijpen. Hoe deed Teresa dat? Als hij soms thuiskwam uit het werk, voelde ze al aan in welke bui hij was zonder zich zelfs maar om te draaien om hem aan te kijken. Dus zij zou wel weten wat ze tegen Totò moest zeggen. Toch? 'Zaak Brunamonti nieuwe arrestatie'... De Contessa, haar hoofd in de kussens weggezakt, in haar droge ogen stond de pijn te lezen. Alle problemen die haar kinderen hadden had ze kennelijk willen oplossen door meer hulp aan te bieden, meer liefde... Maar het was helemaal geen oplossing geweest. Niemand kon je vertellen wat het beste voor je kinderen was. Zo'n groot deel hing af van geluk en giswerk. Terwijl Teresa kwam aanlopen en haar arm door de zijne stak, was hij dankbaar dat hij niet in zijn eentje hoefde te gissen.

'Salva! Kijk naar die kop. Je hebt me helemaal niet verteld dat ze weer iemand hebben gearresteerd.'

Niemand had ook maar enige illusies gekoesterd dat ze Puddu en zijn handlanger, vermoedelijk degene die de Contessa Houthakker noemde, zouden weten te pakken. De twee bewakers die waren gedrogeerd en zodoende hadden liggen slapen, waren degenen die ze Vos en Slager noemde, die volgens haar die nacht dienst hadden gehad. Het netwerk van tunnels in het kreupelhout, gecombineerd met het feit dat Puddu het gebied op zijn duimpje kende, en de hulp die hij kon inroepen van andere Sarden in het gebied, gaf de mannen die nog steeds ergens in de heuvels waren een te grote voorsprong. Ze waren maar met zijn tweeën. Ze hielden zich stil. Ze waren onzichtbaar. Hun achtervolgers waren met velen, zichtbaar en hoorbaar. De zoektocht duurde dagen, maar de hoop van de commandant was gevestigd op nachtelijke surveillance van de plekken waar ze dachten veilig te zijn om voedsel te kunnen zoeken en van de snelweg die aan de voet van de heuvels liep, waar ze misschien door andere leden van hun clan zouden worden opgepikt. Veel hoop had hij niet, omdat deze mannen niet alleen over eeuwenoude schurkenstreken, maar ook over hedendaagse technologie beschikten. Het was niet nodig een boerderij te naderen als je met je mobiele telefoon ook eten, kleding, batterijen en geld naar een goed verborgen grot kon laten brengen. Wekenlang was het enige levensteken een pakketje dat naar de Contessa Brunamonti was opgestuurd. Er had een kostbare ring in gezeten die in een stuk bruin papier afkomstig van een broodzak was gewikkeld. De Contessa stelde hen op de hoogte van de bezorging ervan, maar beweerde dat ze de envelop waarin ze het hadden gepost had weggegooid. Het maakte nauwelijks iets uit. Een handlanger zou het hebben gepost en het poststempel zou nutteloze informatie hebben verschaft.

Toen, op een dag, kwamen ze bij toeval zo dicht in de buurt van hun prooien dat ze enigszins overhaast hadden moeten vertrekken. Op de kleine beschutte open plek waar ze hadden zitten eten, waren nog sporen van hun aanwezigheid te vinden geweest: een halfvolle fles wijn, een paar korsten schapenkaas, en, het mooiste van alles, een plastic zak met een t-shirt, een ware schat voor de honden. De commandant was er goed van doordrongen dat Puddu niet zo stom zou zijn geweest om een

T-shirt achter te laten, hoeveel haast hij ook maar had, en dat hij bij zijn handlanger zou wegvluchten als hij diens vergissing zou ontdekken. Dat bleek inderdaad het geval. De honden stormden op de handlanger af toen deze op de snelweg in een auto stapte die op weg naar het zuiden was. Een achtervolging was ingezet waarbij de banden van de auto werden lek geschoten en hun verdachte aan zijn schouder gewond was geraakt. Vanuit een ziekenhuisbed in de gevangenis had hij voor de camera's van de nieuwsprogramma's de Contessa Brunamonti en haar familie zijn excuses aangeboden. Tijdens ondervragingen had hij zich in stilzwijgen gehuld als het over de mogelijke verblijfplaatsen van Puddu ging. Van de drie mannen die het slachtoffer uit de stad hadden vervoerd ontbrak elk spoor. En tegen de fotograaf, Gianni Taccola, was er geen enkel bewijs en dat zou er waarschijnlijk ook nooit komen.

Pas toen een jaar voorbij was gegaan en de lindebomen weer in bloei stonden, zag de politiechef Olivia Brunamonti weer. Het was een zonnige zaterdagmiddag en arm in arm met Teresa wandelde hij over de Piazza Santo Spirito. Ze waren op weg naar een kortingszaak in San Frediano om een nieuwe koelkast te kopen. De oude kon het elk moment begeven en ze hadden besloten hem nu te vervangen in plaats van het risico te lopen dat hij in de augustusvakantie zijn laatste adem zou uitblazen, als ze niet zonder konden zitten en geen nieuwe zouden kunnen kopen.

Hij was het die het trouwgezelschap buiten bij de kerk opmerkte. Hij was sentimenteel wat trouwerijen betreft als je het Teresa vroeg, die de verkwisting en de afgezaagdheid ervan afkeurde.

'Maar het blijft een mooie ceremonie,' zei hij zoals altijd, 'en dat is een mooi meisje. Kijk toch eens naar haar.'

Teresa wierp een blik op haar. 'Dat is dat meisje Brunamonti.'

'Nee!'

'Jawel.' Ze was het inderdaad. 'Ze ziet er wel mooi uit. Wit staat haar goed.'

'Politiechef! Wat fijn om u weer te zien!' De Contessa Cavicchioli Zelli liep glimlachend, buiten adem en zonder honden snel weg van de bruidsstoet om zich bij hen te voegen.

De politiechef stelde zijn vrouw voor. 'Dat weet je nog wel, ik heb je over haar en al haar honden verteld.' Het had even geduurd voor hij haar had herkend toen ze op hen af was gelopen omdat ze zo mooi gekleed was, hoewel het piekerige haar onder de rand van een buitengewoon elegante hoed was weggestopt. Ze praatten een poosje en zij stelde de politiechef van de laatste ontwikkelingen in de familie Brunamonti op de hoogte. Olivia en Leo staken nog altijd de hand naar elkaar uit, zoals zij het noemde, maar wisten elkaar niet te bereiken.

'Olivia heeft nu in ieder geval die vreselijke dochter van haar aan de man, maar ze is nog niet van haar af. Hij trekt bij hen in. Dat exemplaar zal nooit afstand doen van het huis van de Brunamonti's, hoewel ze Olivia eruit zou werken als ze dat kon. Ze heeft in elk geval al voor elkaar dat het atelier heeft moeten plaatsmaken, hebt u dat gezien? Olivia heeft de begane grond en de eerste verdieping van het pand aan de andere kant van de bar verbouwd toen dat vrijkwam. Typisch iets voor Olivia. Ze voelde er niet zoveel voor, maar zag het als weer een mogelijkheid om Leo de kans te geven zich weer bij haar op zijn gemak te voelen. Daarom vroeg ze hem of hij het voor haar wilde ontwerpen en inrichten. Ze dacht dat de spanning zou afnemen als ze eenmaal samen aan een klus werkten, zodat hun verhouding weer in de gebruikelijke gemoedelijke welwillendheid zou vervallen.'

'En lukte dat? Het klinkt als een goed idee.'

'Het was een goed idee, en nee, het lukte niet omdat Leo net had besloten met zijn vriendinnetje naar Zwitserland te verhuizen. Hij koesterde de hoop dat zijn moeder beter met Caterina zou kunnen opschieten als hij niet de oorzaak van jaloezie zou kunnen zijn, en dat Olivia misschien in zijn afwezigheid eerder geneigd zou zijn met die arme Patrick te trouwen – ik heb zo met hem te doen. Maar goed, hij is inmiddels vertrokken. Dus moest ze de verhuizing in haar eentje regelen, wat haar verbolgenheid en zijn schuldgevoel weer voedde. Het enige daadwerkelijke gevolg, behalve dan dat Olivia zich uitputte, was dat die venijnige slang weer haar zin heeft gekregen. Nou ja, Leo komt nog wel over om Olivia's shows te ontwerpen dus wie weet praten ze het op een dag allemaal uit. Wat vindt u van de bruidegom? Die kleine kerel met het rode haar.'

'Is dat...'

'Jazeker. Half zo lang als zij en twee keer zo oud. Heeft geen cent te makken. Een vreselijke snob die haar trouwt om haar naam. Hij heeft niet één goede eigenschap.'

'Daar moet zij dan anders over denken.'

'Ja, ach, de kerel is fotograaf bij een of andere krant. Ze heeft hem leren kennen toen dat gedoe met Olivia gaande was. Hij was de enige die foto's van haar bleef maken terwijl de anderen zich rond Olivia schaarden. Dit is het huwelijk dat ze wenste. Helemaal opgedoft – en u moet toegeven dat ze er werkelijk schitterend uitziet – en het middelpunt van alle foto's, en een hoffotograaf tot haar dienst. Ik geef het nog geen jaar. Hebt u Olivia gezien? Dat pak! Caterina heeft het uitgekozen. Het is bijna net zo erg als wanneer ze een zwarte doek over haar heen had gegooid. Ze had met Patrick moeten trouwen. Ze is goed stom geweest.'

'Waarom heeft ze dat niet gedaan?'

'Ze is nog altijd helemaal in de ban van dat ene bendelid. Ze bezoekt hem in de gevangenis. Wist u dat niet?'

'Nee, daar had ik niets over gehoord.'

'Hij heeft ook een vrouw en een zoontje. Olivia staat ze allemaal bij. En wist u dat ze me heeft verteld dat als het allemaal was misgegaan, hij haar zou hebben vermoord? Wat zegt u me daarvan? Ze zegt alleen maar dat ze het wil begrijpen. Ze zal geen rust vinden totdat ze begrijpt waaróm. Waarom hij iemand kapot zou moeten maken die hij nauwelijks kende en die hem geen kwaad had gedaan. Ik heb tegen haar gezegd dat het misschien meer zin heeft uit te zoeken waarom haar eigen kinderen zich hebben gedragen zoals ze dat hebben gedaan, maar daarop zei ze: "Daar kan ik niet aan denken, want dan word ik gek. En ik wil beter zijn."'

'Ze zou hulp kunnen zoeken. Er is een Nationale Vereniging voor Ontvoeringsslachtoffers. Ze zijn gewend met dit soort problemen om te gaan.'

'Ze zijn er niet aan gewend met Olivia om te gaan. Ze weet niet hoe ze hulp moet accepteren, ze weet alleen hoe ze moet helpen. Vandaar dat bendelid. Ze zegt dat hij in de gevangenis een universitaire studie gaat volgen. Maar goed, misschien is hij haar uiteindelijk wel erg dankbaar, wat je van haar kinderen niet kunt zeggen. Moet u dat zien! De bruidegom staat achter de camera en Olivia staat erg behoedzaam op de haar aangewezen plek, aan de rand van de groep, op de achterste rij. Ze klaagt nooit, weet u. Soms raakt ze geïrriteerd als Leo ter sprake komt en soms meende ik haar te horen huilen, maar dan had ik het mis. Ze is een taaie, onze Olivia. Ik heb haar nog nooit een traan zien laten. Ik moet terug. Wat fijn om u weer even te hebben gesproken!' Ze rende naar de kerk terug terwijl ze haar hoed vasthield.

De politiechef en zijn vrouw draaiden zich om en liepen bij de fontein tussen de groepen kleine kinderen en grootmoeders door. Ze lieten het palazzo Brunamonti achter zich en genoten van de zonneschijn en de geur van de lindebloesem.